創仙誓

玄明聖使傳

第一話

荒原宇宙

作者

履咸引路大過述言

目錄

番敘外事篇

創仙誓開幕

宇宙道化說論

造物陰陽體。道轉相立成。躁靜見兩儀。恆動無止息。
此立宇宙政。乃見如常新。萬物盡有德。修真明見成。

且知五方老。一炁定識核。動止陰陽中。極分循正邪。
造化理崇志。虛擬衍化真。境界有道證。天外稱十八。

復見有識靈。踴躍仙魔界。五行動五方。匯聚宇宙星。
再得五行精。魂識成精靈。獨我為識王。眾魂分陰陽。

行尊化二極。星河理萬機。輝光覺道證。萬載無止行。
此是宇宙真。璀燦極樂界。幽冥是無間。全地稱識真。

故事前言

道化永恆之義，必陰陽相立相成也，即如太極圖說，正邪善惡，缺一不可。

宇宙形成之理，就在陰陽相成互動，而為永續之量能發展，其法則，名為五行正論，其演化作用，稱之為道，實則，為自然之生成，不藉外力，不著其他，皆自得成就。

此宇宙萬物衍成之序，即為因果造化，而成人間諸造物，即如自我意識之生，亦必由此，是可觀五行執性，必有所之，故知此自然，本成魂識之必然，而魂識之衍，又必成自我之醒覺。

自我醒覺，是終成識核以成造作，從此五行執性有主，而行止有其意識，復進一步演化成長以提升識核境界，此即靈子進化，是五行執性之衍，是自然作成之道，是必然發展之徑，是永恆之進化歸途。

是知宇宙，靈子修行之道場也，必依各靈子之信仰、意識、執性以成造作，此即造物宇宙創造之所由也。

老子所言之道，為自然造物之法則，其為名，則稱易，其為義，必循理，皆為自然，皆成因果，即如易道之六十四卦諸有象，乃至太極圖之陰陽證玄，皆為道之必然，是言靈子修證，如心正執，亦循造化，且觀「太極圖說之道心正引」，則可知靈子修行造化之義。

九天經藏——太極圖說之道心正引

靈子執心修行，藉虛擬道場為功，是別陰陽以為判分，乃靈子執之為實者，當為虛，靈子成見為虛者，反為實，此虛實為道也，方能為真修，而實證之是非，當循有道而存心也，必為自申證。

乃知靈子居處虛擬即無物，然早不知身處黑暗，是黑不識黑又白無觀白，若得此心醒覺於虛擬，即若明燈一指，執心當定，必可實觀世界，此黑中鑑白，而執心明悟，乃證白裡存黑矣。

此太極圖說，可為道心正引，乃觀靈子修行進化之勝則，是無惑於眾以見自性也，此靈子道行，當知乾乾有思矣。

陰陽相立，兩儀分判。
虛實為道，是非證心。
白無觀白，黑不識黑。
黑中鑑白，白裡存黑。

此八句四言，為太極圖說，能有思以辨乎陰陽，乃成正等聖覺。由此而能不執外惑，是可為此心之恆定，更明悟以識造化之理道，外緣於盛業，內順乎正志，則靈心識核，必可為實定矣，是言道性成。

陰符經有云：「觀天之道，執天之行，盡矣。」

此明白世界本為虛擬道場之義，則知應天心之志，乃無私而至公，方成靈子修行之大道，由此可知，世界之造作，有為而惑心者，皆屬德業之證考，其吉凶得失，其是非善惡，皆當無執。

即言世之有觀道場人生所歷之變，依其玄而應玄，總難得其究竟，故言「人知其神而神，不知其神之所以神也。」若已得虛擬世界之相，則又何惑焉？

且知天生之而復殺之，此道之理也，生殺為盜，是知天地生殺萬物，為萬物之盜，即觀萬物之與世人，互生而互殺，由此恆復革新，乃成道之運轉，是得世界造化永恆進步之所宜矣。

由此以觀世界之正義，善惡皆得，生殺皆必，即如陰陽相立相成，乃證其如新之永恆。

乃知是非善惡之義，存乎一心而已，即知道化者，善與惡皆正義也，世人執是非而為別分，當成見而申障，是趨眾而自惑矣，必難見自性。

故得明觀太極，以悟陰陽相立之義，則得造化之功，不在純善與純惡，而必要相依矣，即知造化之衍續，以成宇宙永恆之道者，乃證仙佛之傾善與天魔之偏惡，皆自成所需以為相成矣。

創仙誓故事中的「荒原宇宙」就是我們所認知的極樂世界，或名為天堂，或稱為天外，而其實就是創造地球人間造物主的世界。

這荒原宇宙極其巨大廣垠，歷時古老而久遠，主要分為東西南北中五大銀河星系，地球造物主即居南方星系而稱名「琉璃法界」，此道門創仙誓系列，就是描述造物主世界上，真實演變發展之歷史。

琉璃法界創造地球世界，以作靈子演化之道場，各依其執性衍業道證，乃成修持之道心進化，而為將來引渡真實世界之選，此即上蒼取擇之真義，是知靈子於道場修行之證，皆得仙佛之觀察有誌也。

復依仙佛世界之環境適性以成考量，以求證化靈子預成有識，必相引其歷史以為人間劇本。

此如盤古開天故事，本來就是宇宙形成的真實，又如人間所觀山海經、封神演義與西遊記等中華神話一屬，皆必為造物主所傳之荒原歷史一隅，故知道門創仙誓，則實為諸神話之前傳導引且為圓全之敘也。

讀者由此以知造物開天之義，而得人生立志之究竟，此創仙誓開幕之前序，乃為相知緣客以成人生之明道善引是也。

創仙誓作者，所述言之仙佛歷史，是為地球造物主之靈識直傳。

筆名「履咸引路大過述言」，乃承應造物派任，必持敬慎不敢妄言，故言履咸，傳世界真相以明道，故言引路，言人所未言，道人所未知，即行非常之事，故為大過述言。

此於本作前言，敘明創仙誓之由來，以為信緣讀者之證信。乃知本書內容，多為仙佛歷史真實。而得引申地球人間道場，本為虛擬世界之真相也。

讀者信緣，必自乘盛福，若既明世界虛擬，則知人生吉凶得失，當可無強執矣，由此慧行自勸，終必得安心而如實自在矣。

第一回 荒原序曲

達盤古造物主所建成之仙魔世界，其亙古以來的荒原璀燦歷史，是一部充滿神奇幻域、魑魅精怪、執妄邪魔、術陣魔法、鬥勝心計的長篇故事，多種各式的支線番外敘事，皆足以衍成感人肺腑之人文情節，真要從中探循精彩而理出一個脈絡，且由仙魔世界的造物主來說起。

造物宇宙化兩儀。盤古開天育五尊。
仙魔世界由此立。胤生荒原第一真。

達盤古宇宙造物研發科技

這是相對於地球世界而言，屬於位在第十七天外之宇宙中，最頂級的造物科技公司，與「深淵靈子造化研究科技」專案協議合作，共同創造了荒原造物宇宙。

這所謂之十七天外，即從地球說起，創造地球之造物主世界，稱為地球之天外世界，也就是荒原宇宙之仙魔世界稱為十八天外，而創造荒原宇宙者，則稱為十七天外。

這宇宙天外之體系，皆由「道」之造化，即形成宇宙第一天外之「聖盤古大帝」後，再創造第二天外之世界，復由第二天以造第三天，而後於今已至十八天外，即依宇宙靈子世界建成以來，已歷經了第十七重造物宇宙之實成，這是為了尋求有意識靈子的極限進化發展，而依原世界條件，所依序仿造出來之各天外宇宙。

在「道」之造化，即五行量能運用之科技發展，早成極致文明之十七天外，即為盛行研究造物宇宙之世界，達盤古是其中實力最強之組織，也是在十七天外世界中，最先創造出造物宇宙的事業集團。

創造荒原宇宙之核心人物總計十四位，於達盤古造物為「七聖使」，於深淵科技則為「七人眾」，以我們世人之角度來說，七聖使論為仙佛，七人眾則屬於天魔。

這七聖使與七人眾，其實都是本為一體之陰陽化身，世人所知佛與魔只差一線之說，可以由此來做理會，蓋本來就屬於一體之兩面。而這兩個極端之互成，本就是宇宙世界要能永恆發展之必然要求。

若說佛與魔之絕對差異，主要就在靈子修行進化方式有著觀念上之分歧，天魔所尋求的是極致迅速完美；仙佛則循緩步踏實而能容缺。一者因強執要求，會使靈子於進化過程，產生極多數的淘汰與不必要的痛苦，且難成穩定；而循緩漸進，則必能紮實根基，可說是最穩固之方法，雖進化速度相對緩慢許多，但基本上多數靈子，都能由此而漸漸尋得進化之道，不至於在途中夭折消亡。

這就是佛與魔之差別，太極造物宇宙之陽界即由仙佛管理，而幽冥世界則是天魔統治，這二造世界氛圍，自然因此而有顯然相對立之極大特色。

在十七天外這擁有極致科技文明之世界，到處都是智慧型城市，一整群的超大型建築物凌空而立，大約如蛋形之太極球體，內部猶如小型城市，應有盡有，這些建築都屬於各組織集團，公司員工可遷居於此，彼此共同生活，如同家人一般，外面則比較少見人來人往景象，畢竟在十七天外世界，若有任何溝通聯繫需要，大都可由意念傳達完成。

靈子在此皆成永生，也幾乎不存生物需求，欲往何處，皆可由意念，但欲行創造，仍需實際排佈，這是太極宇宙五行量能造作之必然，不能單由憑空想像而得，而這就是道之五行制義，也就是造化之自然。

這十七天外世界之靈子，大都執業於虛擬世界之發展，諸如各式虛擬實境之遊戲產業，或如穿越過去之平行世界等等之類也是，其中最盛行的，自然就是造物宇宙之創造了。

創建造物宇宙最大的好處，就是能讓靈子修行有一個絕佳的晉升環境，透過對造物宇宙之設計安排，能讓其中之時間流速遠快於現實世界，比如十七天外之一天即等同於十八天外之一年左右，這以靈子之修行利益來說，將大大提高修練之效能。

而十七天外的造物主修行境界，全都已達目前所知最高境界「太乙金仙境」，在荒原宇宙之各式造物人員安排，即都屬於十七天外本靈化生之元識，這除了提供元識修練境界之機會經驗，更能趁機培養優秀之原生靈子以引渡回十七天外，這會是永恆之家人與事業好夥伴，或者更於造物宇宙中做進一步的五行機密探討與研究。

這些提供靈子修練的各式造物宇宙道場，就是十七天外「達盤古宇宙造物研發科技」創立以來長期所進行之主要事業項目。

造物太極研究室

位於達盤古總部中心處，是一方圍三丈的絕塵密室，由「協合使──良又」負責，「觀察使──玄生」常駐此密室為重要聯繫人，「研發使──明道」則專精於造物宇宙之太極空間中從事各式靈子藉體之發明創造與環境地貌設計。

其餘聖使，各有專長與責任範圍，至於宇宙之靈子建生創造與適性變化研究，則需於幽冥世界，這專由七聖使之另一極體，也就是深淵七人眾負責。

時代紀元盤古第九元會第八百五十二年，「造物太極研究室」終於出現了達盤古眾人期待已久的景象。

這裡是造物太極研究室之觀察區，成半圓形環繞這密室中心球體，這太極宇宙的全貌，在一整群晶亮的螢幕上展露無遺。

繁星點點，璀璨迴旋，一顆太極宇宙球體，如同漂浮夜空中之極星，精彩炫目，瑰麗軒華，不時閃現數道紫青光束，如同彩虹群體劃過，忽隱忽現，這些光束越形精細，輪廓越成明顯，即如雷射，瞬影流光，交叉奔竄，勢如競逐。

有時也出現黃白色彩，甚至是黑得發亮的神秘霓虹，交織穿越，渾然不雜，漸漸的五色併出，同色流光匯聚，此時已形五道匹練，恰似五條龍形凌空而躍舞，隱約間，龍嘯震震，其破空之勢，震攝了整座密室。

初次照見這番光景，必然覺得夢幻又神秘，充滿超科技的既視感。

這一間研究室，隸屬於達盤古宇宙科技公司總部，屬於最高機密級別，研究代號「玄道」，主要是「荒原」這最新發明的宇宙太極體，「玄生」主要負責的，是觀察這造物宇宙的最新狀況。

玄生翹著二郎腿，斜靠在觀察座上，見到這五龍併出之景象，興奮的從座位上跳了起來：「終於……終於讓我們盼來了。」隨即趕緊聯繫良又眾人，「兄弟姊妹們，準備開會囉！」

玄生七手八腳的，迅速指揮各個觀察螢幕視屏，立刻下達指令給荒原世界中之造物人員，要他們事先做好五行至尊臨世之各項準備，同時也安排了化生元識之預備行動。

第二回 玄道會議

同一時間，十七天外之「造物太極研究室」進行了一場極機密的玄道會議。

低調群組會議訊息傳來喵喵聲：「五分鐘後開會！」玄生意識感知，隨口回道：「喵！」這次的報告，肯定讓大家再也不低調了，哈哈！

良又（汪、汪汪）：「各位小寵物，今天開心嗎？跟各位報告一下目前『那個』的最新進度，哈哈！嗯，大家先由個人即視影像看看，嘿嘿，看到沒？對吧！怎樣？這回終於確定了吧！」

果如（吱吱、吱吱）：「真的耶？五條乖乖蟲，真好看，真好看。」

良又（汪汪）：「汪、汪汪，汪汪汪汪。」

問采噗哧一笑（喔喔）回道：「每次低調黑話，都讓我笑到肚子痛。」

華容（嗡、嗡嗡）：「妹子呦！注意，嗡、嗡嗡嗡，嘻嘻！我也是。」

良又（汪汪）：「不黑話，會有麻煩的，這種念波即時視訊，只能用這招，不然很容易被他們知道的。」

玄生（喵喵）：「喵、喵喵喵，本喵預計頂多喵喵、喵喵喵喵。」

良又（汪汪）：「汪、汪汪，哈哈！超讚！」

場景——深淵即心意識特區

如果（嗷嗚、嗷嗚）：「那群傻蛋，嘻嘻哈哈、喵喵嗡嗡的，還汪汪吱吱喔喔的，根本不知道他們在講什麼啊。」

左魈（嘰嘰）：「依這次的聒噪頻率判斷，八九不離十，『那個』肯定有突破了。」

岸魃（啾啾）：「不只是突破而已。」

左魈（嘰嘰）：「嘰，嘰，嘰嘰？」

岸魃（啾啾）：「啾，啾啾。」

左魈（嘰嘰）：「那麼，大夥兒，準備囉。」

哭凌（咿咿）：「我先去熱機，大家一起來吧。」

豹殤（咩、咩咩）：「好滴。」

白芷（呦、呦）：「只要提早他們半小時，就足夠了，嘿嘿。」

場景——造物太極研究室

浪淘沙詞牌，激壯大器，今朝如過龍門，拿來描述當下情景，最是適合不過了。

一覽眾星繁，璀燦光華。
太虛混沌行萬億，天河流洩理三千，
一朝看去。
天地穹蒼啟，萬類匯聚。
從此宇宙已作活，聖靈覺醒盡可期，
萬般如意。

浪淘沙

玄生（喵喵）：「我建議，喵，喵喵喵。」

果如（吱吱）：「快、快！」

兼相（啾唧、啾唧）：「我先過去了。」

良又拿起一塊帶黑金雜紋的方牌，上面篆刻「達盤古科技」，感覺沉甸甸的，對著一道密門，晃了一下，出現一條通路，眾人走在通路上，宛如在繁星點綴的時光隧道上，這種超科技的既視感，彷彿置身虛無空間，不自覺的飛舞了起來，實在令人驚豔無比，不愧是達盤古重金置辦的啊。

這裡稱為「元靈化生空間」，是用來分離識核自我的地方，全十七天外世界只有兩座，這便是其中之一，由此也可知達盤古公司財力背景之雄厚了。

眼前這膠囊狀的儀器，稱為「匯象雙分儀」，就是用來分離本靈意識的，基本上有兩種功能——

第一種：稱作分靈，可取出本靈識核外圍部分，以造獨立識核，這具備本靈少部分的意識與能力，這分靈在虛擬宇宙的修練經歷中，本靈感受不明顯，要進行引導進化也會比較有難度。

第二種：稱作分離元識，是取出本靈識核中心一區塊，再造獨立識核，必具備本靈特長之能力與意識，於虛擬宇宙經歷，本靈感受明顯，引導進化較為容易，但因能力值較高，會有可能循邪而入執道。

良又眾人來這，主要是分靈化生各人元識，以進入荒原宇宙，為造作仙魔世界做好準備。

問采（喔喔、喔喔）：「大家辛苦了，我準備了點心喔！巧克力、餅乾、蛋糕、千層派、奶酪、布丁、咖啡、紅茶、雞尾酒，都來試試。」

玄生（喵、喵）：「你們吃，我先進去。」

果如（吱吱、吱）：「我要巧克力。」

良又（汪、汪汪）：「大家還是得注意喔！不能讓他們察覺，至少要比他們提早半小時。」

場景——深淵即心意識特區

深淵七人眾各自於總部分離好元識後，即迅速將元識渡入荒原尋找五行尊。

白芷（呦呦、呦）：「要是能搶在那群傻蛋前面，這荒原就是我們的魔神世界了。」

如果（嗷嗚）：「嗷嗚、嗷嗚！」

左魈（嘰嘰）：「嘰嘰，嘰嘰嘰，這群傻蛋就怕我們先知道啊，哈哈！」

達盤古與深淵雖合作開發荒原宇宙，但主要資金是由達盤古負責的，深淵只是提供荒原幽冥界之各項技術支援，故以荒原宇宙之所有權而言，是屬於達盤古科技的。

然而到底能建立七聖使理想中的仙魔世界，還是深淵眾所要的魔神世界，就得看誰能掌握進行五行至尊識核極體分離過程了，所以他們都抓緊時間安排下一步的行動，深怕對方奪了先機。

華梵世界之時代背景

十七天外七聖使創立荒原宇宙後，總歷經九階段之靈子吞噬煉蠱進化，最終於華梵王朝時代煉成五行至尊靈體，從此能開始荒原宇宙之永恆發展計畫。

故於五行尊煉成之時，七聖使派遣其本靈之元識，積極干涉荒原世界之發展，以協助五行尊衍化二極體，並道成太極世界之陰陽分治，以創立荒原宇宙之仙魔世界，於此同時，深淵七人眾之化生元識也在爭奪五行尊之主導，雖同樣在陰陽分治之永恆發展，然而他們所要建立的，卻是以魔為主之魔神世界。

玄明聖使傳之故事，即由此拉開序幕。

盤古聖使與深淵七人眾

《盤古七聖使之職稱與元識稱名》

良又——盤古協合使。創造達盤古宇宙科技公司。其化生元識自名：「觀因」。

玄生——盤古觀察使。負責研究荒原宇宙物種造化之執欲需求，並獨創「太玄經」修真之法。其化生元識自名：「玄明」。

明道——盤古研發使。發明靈子藉體研究之「造生經」，並負責荒原宇宙造化藉體與環境編輯。其化生元識自名：「玄真」。

問采——盤古照護使。負責荒原宇宙氣候排佈與各式花卉植種進化，所著「道養論」為研究心得。其化生元識自名：「瑤光」。

華容——盤古美善使。獨創「方地論」以加速造物，主要負責荒原宇宙環境物種之調和機制。其化生元識自名：「瑾書」。

兼相——盤古證核使。執心「易風政」研究靈子群體自然之演化，負責荒原宇宙組織文化之發展創造。其化生元識自名：「探朝」。

果如——盤古運作使。負責荒原宇宙突變演化之發展程序，其「瑾玄道」為各式紀錄。其化生元識自名：「振武」。

《深淵七人眾之稱號與元識命名》

左魈——深淵天之魔。創造深淵靈子造化研究科技。其化生元識自名：「識惡」。

白芷——深淵地之魔。創造「亟波經」，促進荒原宇宙之靈子生成。其化生元識自名：「晦藏」。

岸魃——深淵人之魔。創造「開兀經」，從事荒原宇宙靈子進階研究。其化生元識自名：「虛妄」。

豹殤——深淵勢之魔。創造「縱橫經」，從事荒原宇宙靈子配種研究。其化生元識自名：「暗黑」。

哭凌——深淵生之魔。創造「行天論」，從事荒原宇宙靈子吞噬併合研究。其化生元識自名：「生狂」。

鄙笑——深淵衍之魔。創造「楚風歌」，從事荒原宇宙靈子執性道和之研究。其化生元識自名：「幽夕」。

如果——深淵幻之魔。創造「彌肓道」，從事荒原宇宙靈子變異條件之研究。其化生元識自名：「文止」。

這七聖使與七人眾在荒原宇宙中，所扮演的就是造物主的角色，即觀察著其中靈子之修練與進展，而其進入荒原宇宙的本靈元識，在荒原宇宙中之各種經歷遭遇，必全賴自己應對，在造物主的視角上，是絕對不會施加干涉的，這是由此以成訓練元識修行的真正方式。

也就是說，我們靈子在道場修行，從來就只能靠自己，任何循巧依賴的想法，都是非常不切實際的，而且只會招來更多的磨礪考驗而已，這於仙佛世界也是如此，所以由仙佛歷史來了解思考理會，必能獲得人生真正的修行意義與目的。

第三回 華梵應天城

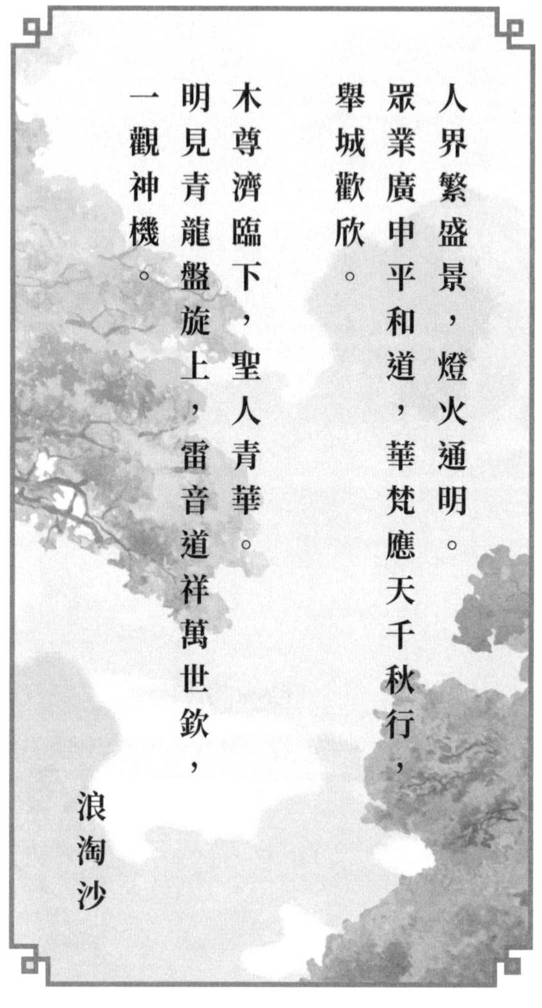

十七天外造物主們，於確定荒原宇宙五行尊誕生後，即分靈元識化入荒原，為掌握五行至尊分離識核機會，以定世界未來由哪一陣營主導之權，而展開了各門人並元識間之爭奪相勝。

根據聖使玄生所安排之造物使消息，得知木行尊，已出現於皇朝應天城，「玄明」聞訊星夜趕至，時間正為華梵世界曆一零三五年立冬當日，這距離玄明聖使化生荒原宇宙已是第二十五年了。

這華梵世界主要分為五大疆域，東方為華梵皇城，北方荒城聖域，西方八荒原，南方麒麟地，中部玄空峻嶺。這「應天城」就在華梵皇城之中心偏東地帶。

華梵應天城

皇朝屬中央集權制度，君主歷代世襲，這時已是第十一世天子——王昊德掌權之期，應天城即為世界統治中心，為皇帝日常之所居。

這華梵王朝之皇帝宮殿，其結構，就如紫禁城，不如說，世間所見的就是華梵應天城之再造。

且看詩詞為證——

華梵應天城。亙古帝王家。
玲瓏真世界。猶道牧天下。

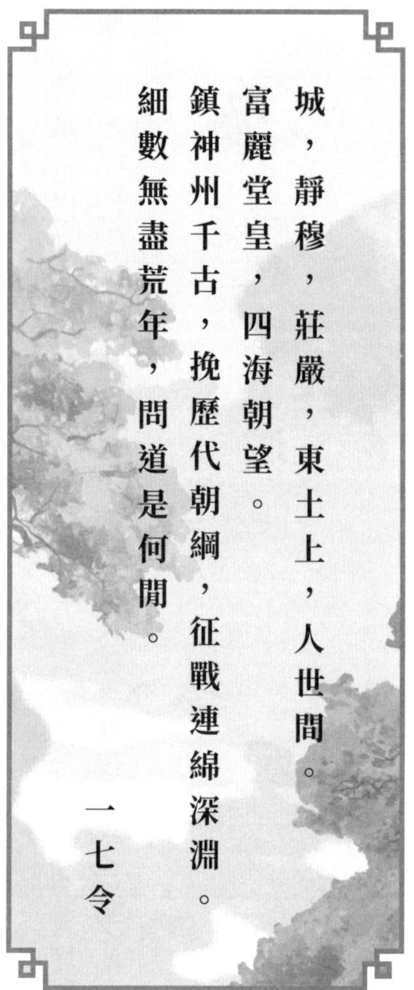

若比照世間所見紫禁城之規模，這應天城要大上許多，至少四倍有餘，因本為世界統治中心，故相對之城內建築增加了許多，官員於此處辦公交通，往返多需驅騎神獸，或者傳遞公文，則由仙鶴童子與靈蛇宮娥負責，這種景象於地球世界屬於神異，然而這可算是華梵世界裡的生活常態。

這些神獸與靈蛇仙鶴，皆為靈子藉體的一種，在這世界皆能互存溝通，與人族一起生活修行，這已是屬於藉體修真文明，若文明劃分以宇宙造物為第十等來說，皇城屬第七等，地球文明僅算接近第五等，現在地球上所引以為傲的科技，皆難與環境共存，這類無知的產物，早為華梵世界所淘汰了。

游龍雙腋護城邦，且觀太玄鎮八方，
九紫化徑離合走，青紅玉階遁家鄉。
皇極中道問天下，眾星拱月齊四端，
或見扶搖迎風歌，仙人絡繹定朝安。

皇城大街

應天皇城午位正門前，這縱長百里之筆直大道，其中非管制區域，開放人民市集路段，統稱作皇城大街。

在最熱鬧的市中區域，有一些七聖使安排的秘密組織，由聖使直屬門人坐鎮經營，這稱為道門事業，主要負責資訊蒐集與尋找世界菁英之用，其中最為重要的有兩處，一為「謫仙酒樓」，另一則為「明道書院」，是這兩項任務之主要聯繫中心。

這皇城大街也是金融交易聚集之處，全世界各式錢莊、商會都設據點於此，人潮熙熙攘攘，朝夕絡繹不絕，要說繁華指標，看這皇城大街就是。

皇城中另有西市與東市，西市為靈子修行用品的集散地，東市則為高級的日常商品交易商圈，大致上皇城的街景就依此來劃分。

在皇城大街中央精華地段，距離應天城午門十里位置，屬於南北折衝三角區域，佔地面積至少十幾面鋪之廣，遠看就極為醒目的，就是道門之謫仙酒樓。

裡面佈景庭園，玲瓏雅致，小橋流水，蘭蕙增香，更有歌舞表演、術法競賽、武技賭坊，字畫古玩、交易拍賣，甚至幻境體驗，境界模擬之類，是皇城名流仕紳、達官貴客以及各地修真者最愛彙集之處，為皇城第一大酒樓飯店，南北往來貴賓知客，大都借宿於此，生意非常的興隆。

距離酒樓後方離大街一里左右，有一少見的僻靜處，屬四圍三合建築，就是明道書院，六丈許高牆，大門外設虎形銅環魁儡，常閉鎖而持神祕，外人大都不得其門而入。

華梵世界曆一零三五年立冬深夜，一位行者，和尚打扮，素面平裝，拍著身上積雪，正輕敲著明道書院大門，咚咚，咚，咚咚咚。

院內燈火一亮，瞬間熄滅。

咚，咚咚咚咚。

一陣快速的腳步聲，蹬，蹬蹬，急簌簌的奔了過來，大門吱呀一聲推開，一位僕人提著燈籠，欠身道：「貴客駕臨，主人有請。」

行者：「有勞。」

咿呀一聲，大門關上，銅環再次緊閉。

書院正廳燈火一明，兩人賓主分座左右。

行者：「奉造物主命，先來拜會院長，求相助行尊一事。」

院長：「聖使客氣，但凡有所吩咐，劣者皆必遵行。」

接著說道：「行尊一事，劣者已備於錦囊，近日據各方呈報，外界有多人密探此事，進一步詢知，屬深淵一脈之七煞商會，聖使既已掌握先機，得加緊行動了。」

「劣者近日夜觀星相，常見一青光迴旋皇城之上，時隱時現，或聞雷聲陣陣，忽近忽遠，又近日聖上龍子即將臨世，可以斷定行尊必擇龍子藉體為身，故盤旋等待。」隨即拍拍兩聲示意，「請聖使稍候。」

一會兒，廳門外轉入兩位女門客，皆是玄身勁裝，只是行禮：「屬下月德星——夏招、伏吟星——姚庶良，參見院長！」

「聖使，這兩位道門暗影二星，做您的貼身護衛，必有助聖使行動。」

行者：「有勞二位星使。」

「來，你倆先拜見聖使。」

二星使齊跪拜：「屬下參見聖使！」

行者恭敬起身道：「行者幸會。」

場景——謫仙酒樓

立冬夜半未過，皇城大街上寒風吹急，雪花飄零，繁華酒客，聲已漸息，三人頂著斗笠鶴氅，看似趕著路，來到酒樓門口。

咚咚，咚，咚咚咚。

一人提燈而來，欠身道：「貴客大名？容老奴與主人通稟。」

行者：「只說老友來訪即可。」

老奴：「諾，請貴客稍候。」

「貴客，主人有請。」三人越過曲道迴廊，來到一僻靜處。

咿呀一聲開門：「請。」

廂房內正立一明豔女子，手持鳥繪宮扇，一身仙服流素，脂粉淡抹，秀目臨波，搖起婀娜，清麗沁人，見三人說道：「聖使駕臨，小妹有失遠迎。」

行者：「掌櫃幸會，煩請安排留宿，二間房，約需一月，另外行尊一事，尚請掌櫃協助任務。」

場景——產元寢宮

此為應天城後宮坤寧，為武德皇后寢宮，面寬十丈許，左右設雙門禁，皇城鐵衛，四員守道，貔貅兩旁丈餘，神獸象喻寶藏。

立冬深夜子時已過，宮裡幾個姥姥忙碌不停。「娘娘快臨盆了，大家準備好迎接皇子！」

一會兒，轟然一陣雷鳴閃光，響聲嘶吼不斷，由遠而近，聲勢驚人，剎那間滿室青光大作，一尾龍形霓虹伴隨著濃烈異常的水沉香味，直接遁入新生皇子體內。

這時，皇子數次變幻身形，朦朧間，竟成七歲童子模樣，雙眼炯炯有神，態度雍容尊貴，凌空數步，凝視於下，右手指天，左手指地，遂出一偈：

「魂識無我終醒覺，
至夢一場論我知。」

這情景就是荒原宇宙東方行尊降世一幕，眾人哪見得此神異現象，急忙跪了下來，口稱聖人，不停膜拜，幾乎忘了娘娘產後一事，幾位姥姥又著急著忙了起來。

梨花遍地紅，秀色迎風香，
連履接行小，處處霓虹妝。
仕女青娥樣，后德仙人般，
堪比世上道，造化應天疆。

木行尊遁入皇子藉體，一早轟動整個皇城，道門聖使、七煞商會皆不及設警，大出意料，一場行尊計時爭奪戰，迅速開展。

這五行尊入世，即是造物宇宙之開始，從此荒原世界得以永恆發展，十七天外造物主長期以來的研究心血，終於呈現開花結果，荒原宇宙未來會成為仙佛主導之仙魔世界，或是以天魔為主的魔神世界，就看五行至尊是由光明勢力分化識核極體，還是由黑暗勢力掌握了。

在同一時間，荒原宇宙其餘南方、北方、中方、西方四大星系之五行至尊，也應時而陸續降世，也都同時展開了造物主間元識的爭奪競賽，這是創仙誓系列之其他故事了，與華梵世界內容更有特異之處，敬請各位讀者期待。

第四回

天命皇子

五行木尊降辰星，遙目修持宇宙靈，
天命永恆勤正德，造物化成五方經。
仙魔循道以正主，何者堪敵為下楚，
皇朝未識留朝議，正邪且話算神機。

華梵世界是荒原東方宇宙星系中，靈子進化程度最高的一顆行星，故十七天外造物主以此為陰陽統合分治的重點，在其餘四方宇宙，同樣也是做相似的選擇。

東方這顆行星，即稱為「華梵世界」，在二千五百年前之聖魔大戰後，歷經千年混沌之期，由造物主介入扶持華梵王朝一統世界，目前也已過千年而傳至第十一世。

皇朝統治整個世界，不採分立制度，而由中央集權管理，傳位雖承襲世代，然輔相制度健全，又有造物主選擇適任靈子遁胎入世，故能如實守護世界，眾業發展迅速，百姓安和樂利。

這第十一世皇帝，在位已二十六年，年歲四十二，今日降生之皇子，為首次得兒，見上天所示諸多異相，從來無有，著實驚異，且不知吉凶剋應，故招文武百官於朝堂共議。

皇帝以下，左輔右弼，文武千萬，正行履義。
百姓安儀，大同世界，聖人紫微，降德福延。

皇帝：「眾位愛卿，對於皇子降生異相，有何看法？」

時有顧命大臣左相姬叔禮，右相言清正，大學閣光祿大夫彭祖壽，刑部主事風刑、鐵衛右使楊定侯等多位重要官職人員，皆同時在場議事。

一眾臣工熱烈發言，大都偏向於吉兆，皆認為必將開啟皇朝另一番創新再造，但也有認為嬰兒藉體變化，俗言非常即妖，恐怕衍生禍害，必要仔細偵詳，一時間眾說紛紜討論無果，皇帝正欲再傳欽天鑑主事詢問。

皇帝：「應愛卿還沒到嗎？說不定他的看法會有些許不同。」

正於朝堂喧騰間，皇城鐵衛值日主事來報：「宮外有一行者，法號玄明，因皇子降生一事，求見皇上。」

皇帝於此正無頭緒，趕忙言道：「宣，快宣。」

值日主事口宣旨意，迅速傳到殿外，玄明一行穩步踏入，徐徐進殿，乃立於朝堂之上。

殿門之內，沿道有觀皇城景象——

三碧四綠有道。左右乘承西勝。
翠玉大白真境。錦帶勝冠華粧。
龍麟呈祥為飾。萬紫千紅應麗。
玲瓏宮闕輝耀。廣垠穿廊入雲。

金鑾殿上，九極龍柱併立，文武大臣分列，天子上座明君臨，皇廷眾臣議合欽，好一番皇朝威儀。

皇帝：「行者駕臨，針對皇子一事異相，必能有教于我。」

玄明：「貧道玄明，一介行者，權當不速之客，乃特來恭賀天命皇子降生，並贈一寶貝與皇子，還望皇上笑納。」

皇帝：「仙人好說，寡人愚昧，不知異相何來？」

玄明：「令皇子初降世，即口誦一偈者，可知來由？」

皇帝：「朕實覺神異，雖此二句文義理道可循，然至今仍不解，還請仙人教我？」

玄明：「『魂識無我終醒覺，至夢一場論我知』，此宇宙行尊之有言也，即如太玄經所申者，理道其中矣，乃言魂識之自我覺醒，是為宇宙再進化之勝機，是知皇子者，天命之聖人也，此異相者，實為皇朝更新氣象，而必為百姓之盛福也，今無多言，且贈玄珠一顆，以助皇子日後盛業之大成也。」

皇帝：「此珠能為何？」

玄明：「此名『修真玄珠』，乃必引渡皇子至十七天外，助靈子識核進化，以成境界突破之天外至寶。」

皇帝：「既名天外至寶，仙人如何能捨得？或有求於朕乎？又寡人如何知其真切？」

玄明：「一世皇帝所傳『太玄經』開頭讖言，有曰：『混沌太虛，宇宙無遺。明德萬億，千載盛平。』混沌太虛者，洪荒之象也，宇宙無遺者，造化有功也，明德萬億者，世界化成也，千載盛平者，發展之序也，此乃直言華梵世界，乃天外造物主之有為造作也。」

皇帝：「此朕之大學閣學士曾有此證言，只是難以確認，故置之耳。」

玄明：「此為真實，即如行者，來自十七天外是也。」

隨即更言道：「虛擬宇宙之有為，實為靈子境界化生之勝機，乃由造物主循勢創造諸有形，以為靈子歷練進化之功，此即為華梵世界真相。」

「是言皇子降世異相，乃宇宙五行尊之造作也，宇宙得行尊現世，乃實成造物宇宙，即由道場虛擬轉化永恆實際，此陰陽之至道，乃證其玄妙也。」

「是知華梵世界既能為永恆，則唯循陰陽之道乃成維新創造，而實得進化之義，即如陽間與幽冥之界，必要有為而成分治，如此乃成陰陽之相立而相成也，此即宇宙造化機密。」

「以人間陽界而言，即由天命皇子再分陽體以成聖治，而幽冥則需由皇子陰體以為正決，即必知者，陰陽分治唯從行尊所化之陰陽極體，此必賴修行進步方證德，故道門乃贈皇子玄珠，預送皇子至十七天外以成修行，此即行者真實目的。」

皇帝：「我思太玄經由先祖所傳，本為道門之贈物，想來也是十七天外之極術了，難怪這等不凡，如此，倒是上天美意，這前後因由，朕已得明白，感謝仙長指點，還望仙長長留皇城，以護皇子修行也。」

欽天鑑主事應九通早至朝堂，聞皇帝與玄明之言，急忙趨前執笏啟奏：「皇上，臣有事啟奏。」

皇帝：「應愛卿，欲稟何事？」

應九通：「臣聞『天垂異相，必應吉凶，人間失常，必存妖亡。』今雖證異相，然未得禎祥，吉凶乃不明也，而皇子形態變化非常，尚無究竟，其是聖是妖也實未定也，又此行者無端入朝，無人得識，其所言或能合道，然妖精鬼魅之屬亦有能為，或有以代之，而惑聖聽也，臣斗膽為社稷安危計，還望皇上三思。」

皇帝思索半晌言道：「眾愛卿如何？」

右相——言清正出列奏言道：「老臣以為，仙人與應公之言皆有理道，然此是非實為難斷，微臣尋思建議，若仙人能證天外身分，或許可以立眾信，如若不能，則以欽天鑑應公得覽天機之能，交其研析處置，應能成適當，聖上可為裁決。」

鐵衛右使楊定侯出列奏言道：「末將以為仙長一派莊嚴，甚是道德，絕非邪祟之類可代，聖上可為諦聽立決，若如某人之類造蒙惑道玄之說，以迷信天下者，臣則不取矣。」

玄明：「行者致謝右使，道德之言，愧不敢當，行者本乎至誠，無一絲不苟，然眾人對于玄珠無識，故不得吉凶，亦必存懷疑，建議不如由應公執回研究，待其認可，聖上再行定奪如何。」

右相——言清正奏言道：「仙人之言，甚為恰當。」

大學閣光祿大夫——彭祖壽奏言道：「老臣亦能認同，畢竟道玄之事，惟持敬慎，方得有之，只是亦必立下期限，以免玄珠若真，必誤了時機。」

左相——姬叔禮奏言道：「臣以為仙長建議可行，為求公平無惑，臣舉薦欽天鑑官員柳風協助應公，可求其善全，蓋此二位素來互相針對，可避免唯執一言。」

皇帝：「眾愛卿所言皆當，即依仙人建議，將修真玄珠交由應愛卿與柳風共同研析，且以十日為期，仙人請見諒，朕且候些時日，再行定奪。」

應九通跪接旨意：「臣下領旨。」

「好極！」接著轉頭詢問玄明：「仙人可否移駕書房，寡人有事請教太玄道經修持之事。」

曰：「諾。」

場景——皇城內院御書房

皇帝請玄明搭乘離合獸，自己則坐居玉麒麟，與一行內侍齊往皇城內院而行，一路上，奇花異卉，群麗爭豔，庭園應景，美不勝收，窈窕宮娥，翩翩淨庭，道德仙鶴，紛飛忙碌，麒麟莊嚴，縱橫有勢，離合威武，遙目輝光。眾人繞過一處處迴廊景緻，庭院樓閣，來到了皇帝常居之御書房。

清風徐徐，芬芳遍遍，好一座金碧輝煌。好一處玲瓏仙居。

此處稱為養心殿，居應天城乾清宮西側院落，為皇帝下朝後與大臣會事密議之所，也是皇帝起居、會客、宴飲之處。

正殿面闊十丈有餘，縱深四丈，金黃琉璃瓦，單檐歇山頂，正間和西次間、西稍間前出捲棚懸山頂抱廈，正中三間為一敞間，上書皇帝御筆「中正雍禾」四個大字，屏風背後有通往後殿的兩小門，曰恬澈、安敦。北牆設書隔，東西按板牆壁與東西暖閣相隔，牆南各有一門通往東西暖閣。

東暖閣屬密議之處，西暖閣為修行之所，更有後殿為皇帝休憩讀書之用，可謂占地雖小，一應俱全，是最佳辦公議事與養身靜心之處，皇帝平常大體皆居於此。

皇帝：「仙長，適才汝所言道經開卷讖語，寡人實感興趣，所謂天外世界，真實存在否？又所謂靈子境界覺醒突破進而修真化體，是否亦皆屬真實？朕想人生朝暮，想求永恆之道，還望仙長賜教？」

玄明一一如實以告，皇叔姬叔明亦醉心於修行，聞訊特地趕至，玄明將太玄道經造物宇宙之義與靈子修行總論一篇詳細分明解說，皇帝一旁聽的如癡如醉，各個歡欣踴躍問道，相談甚歡，遂留置半午。

此後姬叔明即入道門，跟隨玄明修行，後經玄明推薦，先於謫仙酒樓暫任管事一職，後來陪同玄明江湖遊歷，此姬叔明也扮演了重要的關鍵角色。

玄明離開皇城，即直往謫仙酒樓，與道門皇城當值之光明聖使會面，等待商討天命皇子一事之後續發展與應對。

這位光明聖使，外號「九幽智星」，為華梵世界號稱用計第一人，江湖上與「荒林慧老」齊名，稱為道門「慧智雙城」。

這所謂天外天十三光明聖使，就是盤古七聖使之玄生，派於華梵世界進行任務之造物使，皆統稱為護星使。

「御寶千陳，聖神魔仙林，無師幽鳴。」為十三光明聖使之封號排行，這十三字說明了天外造物主對於荒原宇宙之原始設計，即有造仙魔世界，而成神異鈞奇、萬寶如藏之靈子修行道場。

第五回 天才組合

天才智奪，且應無雙，臥龍吟，九幽識靈。
陰陽排佈，拘仙令天下，奇門離遁術行。
五星稱服，道門再建基石。
體縱橫，金剛修羅，伏妖降魔。
道轉護生民，搖信仙子聖靈。

明月逐人來

這首詞牌，描述的是隱居在九幽靈谷的那位人物，這靈谷就在皇朝欽天鑑後方懸崖峭壁之下方約近三千丈，算是生人難進之別世仙境。

在皇帝確定將「修真玄珠」交與欽天鑑主事應九通研究後，經過一番王朝內部公文作業程序，將聖使玄明所贈之玄珠，交代凌空欽差——六翼神使傳遞。

欽差出應天城午門後，向南直飛一百五十餘里，在前方一片崇山併立之處，沿著山間官道，繞過原始巨木叢林，蜿蜒委曲而上，來到一處神秘幽靜之地。

皇城授命欽天鑑

這是一座四圍三合建築，四圍之意，連於外者皆高牆，遠觀約有十丈之度，高牆頂上靛瓦，大體紅漆一片，無雜色，大門開向北，拱型玄黑鐵門銅鎖，高三丈，寬丈許，兩旁各立一武人，銀盔束甲，皆配雙鐧，氣勢軒昂，凜冽莊嚴，只要閒雜人等勿近。

入大門，再見一履矮牆，與連外高牆並行，高則僅丈許，大紅磚砌成，佈滿青苔山蕨，可見經年濕氣重，兩牆距離僅容二人並走，向左向右還有機關，需看時辰決定左右，不知者，繞來繞去，總是在大門前後。

時辰方向都對了，會見到一小木門，青色，兩扇開合，咿咿呀呀的，沒鎖，推開就是。

進去是一片庭園景色，此時秋楓正落葉，看得一地金黃，三三兩兩，更觀夕陽，從裡向外，會看的清楚些，連外雙牆以大門為中，如雙手懷抱半圓，矮牆內側紫竹連結相伴，陣風簌簌，喋喋有聲，懷抱下一株大松，問來千年有餘，腰下石桌石椅，一盤棋。

東廂西鄰，太極有魚，黑白不雜，巧佈無極。
迴廊穿越，連體三合，正廳端座，磐石觀星。

這東西廂房相對，造型也相對，相距約十丈許，正統宮殿建築，雙仰金琉璃瓦，皆置嘲風，入口造形太極暈，兩道門一重一輕。

延廂房前廊往中走去，即是大廳，中無設門禁，寬約二丈許，裡面陳設簡單雅致，一座躺椅，幾卷陳書，一壺酒，一暖爐，幾枝寒霜冬梅，再無其他。

大廳後緊鄰一處懸崖，望之不能見底，只得雲霧迴繞，間有扶搖藏縱，神神秘秘，不知底下多少形縱。

應九通與徒兒柳風，正閑暇無事，好似百般無聊的坐在松下競棋，邊聊天邊說道。

「老酒鬼，那玄珠來歷，你是肯定清楚的，識趣的快把天外的真相說一說。」

「小秏子，我自然知道，但就是不爽告訴你。」

「我隱約可以猜測，只是要你給我確定一下。」

「也就是那樣了，別猜了。」

「那這玄珠的作用呢？」

「這你就算了吧，曉不曉得都沒差。」

「這皇上下旨要你我查個清楚的，我要沒搞懂被你唬弄，那豈不是得死個不明不白？」

「呵呵！再投胎就好了，我再幫你做個遁體指南。」

「我呸！師父有這麼做的？投個胎以為是進出大門啊？目前這藉體還算方便，不想這麼麻煩，你最好還是乖乖聽話，不然把你的事一股腦兒抖出來。」

「我能有什麼事，還怕你知道不成？」

「哼！哈哈！呵呵呵！」

「哦？嘻嘻！我喝酒去。」

「一起喝吧。」

「我的存糧早都被你偷光了吧。」

「少廢話，拿來。」

欽天鑑，華梵王朝裡最神秘的機構，主要執事是一對師徒，徒兒叫「柳風」，師父名為「應九通」，他們是號稱華梵史上五百年來第一天才組合，在外人眼中看來，二人雖名為師徒，但立場上互相敵對，自身來歷，也很神秘。

欽差：「聖上旨意，著二位研析此玄珠，請務必於十日內完成用處與吉凶判斷。」

應九通與柳風接下皇上旨意，送出了欽差，又到松樹下喝酒對棋了。

「那是十七天外的東西對吧？」

「是又怎樣？」

「那就說明了，造物主要干涉了，你的頭兒，不也應該有指示了？」

「小耗子，知道多了，壽命不會長久的。」

「老酒鬼，這世界的真相，你知我知之外，也沒多少人知道了，既然造物主已經出手，那可以期待一場激烈精彩的變局了？但是我的目標，只有那消息，唉，目前也只能放在皇城內了。」

「呵呵，會有機會的，我也該準備準備了，至於你，自己看著辦吧。」

「我的目標只能在這，你要走就先走吧，走之前，可以讓我知道的，能否說一說？」

「唉！好吧，看你是我徒兒份上，就與你說說吧。」

「可別再拿假的挑釁我了。」

「這次不會騙你，應該也沒下次機會了。」

「請務必說清楚，講明白。」

「五行至尊現世，代表了什麼？不就是那個那個嗎？」

「嗯，這我知道。」

「造物主那邊有不同意見，自然就要起爭端的，以現在皇朝情勢，若被四方蹂躪，也是剛好而已啊。」

「嗯，那你預計還有多長時間？」

「頂多十日吧。」

「既然這樣，皇上把那玄珠給我們，那豈不是會招來一群有的沒的？」

「那還用說嗎？」

「那你這酒鬼，當初在朝堂上是在反對什麼，就直接讓他們把皇子送去天外不就好了？」

「我當下沒反對的話，你以為現在還能在這邊跟你抬槓啊？」

「哈！原來你在外邊就完全被盯住了，那現在應該只能把玄珠丟了。」

「嗯，早想好了，丟下後面山谷就好，一勞永逸，沒有後患。」

「給那人處理，倒是好方法。」

「這樣兩邊都能接受，接下來我要逃命去，你就準備被抓了吧。」

「嗯，酒鬼，我應該會記著你的。」

「最好別，此後你我恩怨兩清，見面也不要相識。」

「呵呵！拿你珍藏的玉瓊漿來啦，以後沒得喝了。」

「你這小耗子又想偷我的好酒。」

應九通隨即繞到大廳後面樹下取出藏酒，隨手將「修真玄珠」丟到山谷下了，這玄珠也真神異，落下山谷同時，竟伴隨著一道亮眼的霓虹與龍吼聲響。

六翼神使欽差剛走不遠，聞聲後心覺怪異，遂折返欽天鑑查問究竟。

師徒倆一般老實，都原原本本地交代了。

「這……這個，大膽師徒！竟敢將聖上寶物丟下山谷，且待我、待我即刻回稟聖上，聖上必下令將爾等拿下治罪！」

這位欽差，頭也不回，飛奔皇城去了。

師徒倆繼續喝酒下棋。

「看來這局我是贏定了。」

「是嗎？我可還沒輸。」

欽天鑑底下這片山谷，稱為「九幽靈谷」，要到那裡，一般人只好從上方跳下去，除此外，沒別的辦法，這顆玄珠被應九通丟了下去，直落落的沒了蹤影，要想找回，外人設想是沒可能了。

從上面看不到這山谷底，只知道縱深超過百里，終年迷霧不散，但常見七彩炫光，怪的是每月固定時間，會明顯聽到一陣陣的梵音仙樂或者吟誦清唱，忽近忽遠，幽幽森森的，有時還能見到一些巨大怪物盤旋，或是少見的扶搖，總之一切非常詭異，旁邊的居民都說，谷內肯定有妖魔作祟，都不肯輕易靠近。

這四面環山的靈谷，還真不能說是怪異，因為這些奇特的景象，根本就是谷底的人刻意用陣法奇術表現出來的。

九幽靈谷中，其實住著謫仙人與仙兔菲菲二人，謫仙人是七聖使玄生派駐在華梵世界的造物使，江湖外號九幽智星，而在一起陪伴他的菲菲，則是出生在靈谷的仙兔一族，謫仙人來到這靈谷造作事業基地，機緣下尋得仙兔菲菲，從此二人在谷中定居，至今已經歷了二千多年的歲月了。

謫仙人透過「藉體移魂術」，能夠更新藉體，故能生存久遠，而菲菲本為造化之道器，沒有藉體壽命的問題。

這是荒原宇宙中，靈子修行的一種方式，只要擁有新藉體，可保長生不老，但這是修行有一定境界之人才能做到，一般人不是買不起新藉體，就是沒有能力用藉體移魂術。

這應九通明顯不敢得罪兩方造物主，之所以敢把玄珠擲入谷中，是確定從山頂上落下的寶物，是絕對會被謫仙人身旁的兔精菲菲，完整無缺的蒐集起來的，而另一方造物主，則不知谷底菲菲能力的存在，只會以為玄珠就此失去作用而已。

這兔精有強烈的蒐集癖，算是無可救藥的強迫症，因自小孤身在谷內生存，沒固定居所，但都在靈谷附近四處遊蕩，所以不管到哪都要攜帶全部家當，這形成習慣後再也改不掉，遇到東西不能全帶上時，就待在當地一步也走不了，就這樣終於有一天，徘徊停頓了足足三日夜，居然自己領悟了「百寶袋」這轉化空間的技巧。

這百寶袋的作用，有點像「收寶乾坤袋」，一但東西進入菲菲視線或者察覺，就能由菲菲意願，自動被收進袋中，而且儲存物品沒有限制，就算是生命物體也能裝進去，也因為是這兔精用自己的元神珠化出來的，所以只有她能使用。

就在玄珠劃出一道閃亮霓虹之時，菲菲在谷底遠遠就瞧見了。

「仙仙呦！仙仙呦！上面掉下一顆珠子呦！很是好看、很是好看，菲菲要趕緊收了呦！不能讓它摔壞，不然菲菲要傷心的呦！」

謫仙人看向菲菲興高采烈的樣子，沉悶心情一掃而空，心想要不是有這兔精陪著，這兩千年來早就悶死他了。

「菲菲啊，我知道，是上面那酒鬼刻意丟下來的，妳先好好收起來，欣賞完後再拿給我看看。」

「仙仙呦！仙仙呦！又有五隻老鼠困在拘仙陣呦！」

「呵呵，我知道，這五仙與道門有緣，且讓他們轉一陣子，過幾日妳再去戲弄他們。」

江湖人稱「摘星五仙」的尋寶賊，就是正在拘仙陣的那五位。

排行老大的是執星仙「金耗子」，老二觀星仙「金溜子」，老三老四分別叫做攬星仙「金豹子」與喵星仙「金獅子」，最後是老么劍星仙「金廚子」。

在應九通將玄珠丟入山谷之時，金耗子正在谷中山腰處盤算谷底的寶物，玄珠落下時，正巧被他瞧見了。

謫仙人當時就在想：「這五仙瞧見玄珠，肯定會放心下來谷內的，不枉我一番工夫釣他們了，推算道門大業將即，正好需要人手，呵呵。」

天才組合，世上明指的是欽天鑑師徒二位，而實際上，真正華梵世界的天才組合，正是謫仙人與菲菲，這位號稱九幽智星之謫仙人，堪稱是當世最巧慧多謀的智者，其武略也異常強悍，是少見的智武雙全，而菲菲一身的輔助奇功，更是謫仙人行走江湖的最強幫手，兩者默契十足，是當代之絕佳組合。

而這摘星五仙，皆是道門未來重要的核心幹部，也是貫穿整部玄明聖使傳劇情中最活躍的角色，他們深造修行、覺醒進化的各種歷練過程，是絕對精采有趣而充滿意外的傳奇故事。

《摘星五仙之種族道體與精武》

金耗子——摘星五仙之執星仙，屬遁地族之執鼠，道體真身為「遁地龍之執寶星使」，專精「咸亨定明術、解阡鬥體術與太玄明德乾坤穿雲劍」。

金溜子——摘星五仙之觀星仙，屬魂蟒之靈蛇種，道體真身為「幽魂蟒之陰陽法師」，專精「崇明識心源、定狐明悉鬼眼與太玄創儀七巧玄女劍」。

金豹子——摘星五仙之攬星仙，屬魂豹之幽魂種，道體真身為「嘲風幻影之神鬼化身」，專精「康益循空術、蹈成行靈術與太玄政儀幻離拳」。

金獅子——摘星五仙之喵星仙，屬厲獅之血誓種，道體真身為「凶獸之吾良」，專精「頤生魂滅指、定狐七殺滅形術與道全太玄厲生掌」。

金廚子——摘星五仙之劍星仙，屬豚獸之喚豚種，道體真身為「喚靈豚之刑魔戰神」，專精「滅行拘靈陣、升旋凌空術與太玄易能九轉玄陽劍」。

《九幽靈谷兩人之種族道體》

謫仙人——九幽智星，屬造化屬之人族，道體真身為「縱橫戰神」，專精「形壯撼山掌」。

菲菲——荒原宇宙東方造化寶器，屬仙兔一族，道體真身為「幽仙之素靈玉仙」專精「魅惑、強法」。

第六回 七煞商會

十七天外造物主之本靈元識間之爭勝，在荒原宇宙東方華梵世界中，是道門與七煞商會之對立，道門代表了光明，七煞商會則屬於黑暗勢力。

這是造物主們早做好的安排，在「聖使——玄明」與「魔皇——晦藏」進入荒原宇宙後，這二股勢力自然就直接浮出檯面了。

七煞商會地下總部

七煞商會最主要的據點，自然位於皇城大街上，行事風格大異於光明勢力，所經營的商業項目，都屬於隱密性質的，比如地下拍賣會，或者奴隸交易所之類，都需要熟人引薦，才能參與交易，也就是需要七煞商會的會員證。

這裡外表單純看是一座合法交易錢莊，然其實是佈滿地下通道且往下深入達三層之七煞商會基地，鋪面寬自然不小，縱橫約七、八間，正面大門二隻狻猊，高丈餘，大口憤張，吞噬模樣，一看邪氣囂張，門前七道階梯佈局，客人若來必要復返。

這七煞商會與謫仙酒樓，大約差二個街道，彼此遙望相對，互知底細，探子們皆能看的一清二楚，一直以來也都相安無事。

進去七煞商會後出示會員並通過暗號，會有人引導密門進入地下通道，中間又二道關卡，確認沒有任何問題後，再經過一番曲折，才會來到地下之第一層。

這是稱為「地下交易中心」的皇城黑市，舉凡見不得光的交易，都集中在這，這第一層買賣的東西比較一般，屬於銷贓之類貨品，是晦藏魔皇之屬下——太鸞負責。

地下二層，就有些特別了，屬於拍賣會模式，會有各地來的奇珍異寶與修行進階丹藥，或者神奇古玩、名家字畫等等，商會同時也受雇特定物品之蒐集尋找，只要價錢出得起，可說只有你想不到，沒有這裡不賣的，負責的是——張桂芳，也是魔皇晦藏手下。

最後一層，進入的管制更加嚴密，需要真正有商會交易紀錄，才能進一步循到門路，這第三層就是地下世界之奴隸交易處，這奴隸大都屬於各種族分屬之亞人種，雖然皇朝明令禁止奴隸買賣，但是一些王公貴族或者勢力龐大的組織，都循這管道來滿足自己不正當的特殊興趣與執欲需求。

這層奴隸拍賣開放的時間就不一定，都要等待商會通知才有進行，其實也就是有了熱門的「商品」時，才會趁勢宣傳交易的，一般等待交易的奴隸，就都暫時拘禁在這層正下方。

華梵世界曆一零三五年立冬隔日未時，晦藏魔皇於七煞總部，正與其他荒原世界的六位魔皇進行著即心意識討論。

識惡魔皇淡言道：「妹妹這麼容易就請來皇子，可真是想不到的輕易啊，看來皇城鐵衛虛名罷了。」

晦藏魔皇得意道：「區區鐵衛，如何與十亟魔使相比，原本以為那群修呆子會有準備，看來完全是高估他們了。這會兒行尊到手，我這邊的計劃也算完成一半了。」

識惡魔皇：「事未到究竟穩妥，妹妹還是不能大意，需防對方詭計或意外搶奪，畢竟我們想的到，他們沒理由不知，尤其對方有一位出名的智星在呢，所以我總覺得有些蹊蹺。」

生狂魔皇：「識惡就是太謹慎，不合我性子，要我說，大方點何妨，真要來，姐姐就將他們一併滅了就是，你那個地方誰打得過你。」

「魔眾太鸞門外求見魔皇！」

晦藏魔皇不耐煩的說道：「進來，愣著幹嘛？最好別壞我興致，不然有你受的。」

幽夕魔皇抿嘴笑道：「哎喲！姐姐得溫柔點才好。」

文止魔皇怯怯的說：「那、那個識惡哥哥說得有理，晦藏姐姐要小心點比較好。」

「他們就算找到這也沒用，只是識惡說得有理，雖然不怕，但多做準備也是好的。」晦藏魔皇接著問了一直戰戰兢兢的太鸞，「何事啊？」

魔眾太鸞慌著跪稟道：「啟稟眾魔皇，皇子已照魔皇交代安排妥當，屬下來是覆命。」

晦藏魔皇：「嗯，給我小心點，可別弄丟了，知道吧。」

暗黑魔皇沉思已久，開口說道：「我來分析一下，皇子得的輕易，必有古怪，加強防備是必要的，魔神世界的計劃裡，行尊分化二極體的時機才是關鍵，在這前面的攻防得失，都只能算是暫時而已，若到最後沒能掌握，就只是為他人作嫁，枉費功夫，所以要能萬無一失，最好的辦法就是將皇子送到十七天外深淵商會，只是不知他們答不答應。」

文止魔皇興奮的說：「能這樣最好了！」

識惡魔皇：「依他們的性子，肯定沒門。」

暗黑魔皇：「不試試也不能肯定，若是要排除這方法，就只能把皇子藏在不可能被發現的地方。」

場景——謫仙酒樓

女掌櫃桃目燦然，淺笑說道：「一切都在仙人掌握中啊。」

暗影星使伏斷星——朱子真、刀砧星——常昊探密回報：「啟秉聖使，屬下探得皇子正在七煞商會總部地下三樓。」

一道自信慵懶的聲音回道：「且待三日後，聚集皇城暗影埋伏西路，定能讓他們底細多露出一些來，你們過來，如此如此，這般這般。」

暗影星使齊聲道：「諾！」隨即縱身離去。

玄明：「掌櫃，接下來行者當如何？」

「今晚皇朝派人來時，聖使如此這般說話應對，就能按照預定計畫走下去了。」

院長比干：「仙人策計妙算，對於未來，劣者甚具信心。」

第七回
遺失皇子

魔皇晦藏派遣十亟魔使，於皇城中劫奪了剛誕生的天命皇子，這事道門早已掌握，然於皇城中卻正為遺失皇子一事鬧得沸沸揚揚，一派臣工完全不明究竟。

咸陽太子宮

坤寧宮左後方近御花園處，即為咸陽太子宮，內圍三合建築，面寬約六丈，前庭老松一株，鐵衛處處。

這晚燈火通明，整個皇城鐵衛內侍亂成一團，太子宮前後出入口層層重兵把守，所有人員一一盤查詳問，到底究竟為什麼，皇子憑空消失了？

皇帝震怒，左右輔相著慌，近臣侍衛快避風頭，欽差御史佈告張羅。

武德皇后啜泣言道：「臣妾僅是小睡一會兒，本來皇子尚在懷中，醒來便消失了，詢問姥姥們，都說不曾見皇子離開，求皇上快下旨意，速派眾人追尋皇子下落。」

皇帝沉吟半晌，說道：「這皇子遺失不關愛妃之事，皇子雖能凌空，真要自行外出，皇城這麼多雙眼睛，不可能都沒見著，況且只是片刻時間，能有多遠？只可能是被強人擄去了，朕已派鐵衛追查，相信不久會有下落，請愛妃寬心。」

楊右使：「啟稟聖上，皇子失蹤一事，我們或許可以先求助仙長。」

「好，楊右使，你速到酒樓請仙長來皇城一趟！」

楊右使領命曰：「諾！」隨即飛奔而去。

楊定侯之坐騎大有來歷，是極端罕見的造物屬龍族神獸，為華梵世界獨有，稱作「離合獸」，其形如豹，虎頭獨角，通身玄體，唯四肢紅鬃如烈火，離合獸全力奔跑時，如凌空踏火，神駿非凡，至極速僅在瞬間。

荒原宇宙之造物設定，其中環境物種與造化藉體，皆是由十七天外聖使明道所負責，明道聖使以其極具想像力與豐富的幻象結構思維，加上他獨特的異類審美觀，創造了荒原宇宙精彩又奇異的神話世界。

其中華梵世界堪稱絕妙，實可言造物之繁華仙境，經歷長期自然演化，也已形成一獨特的人文景觀世界，其中藉體物種分類越加細緻廣眾，而語言文字貨幣上則漸趨於統一，且修真法門與科技發展，也同時到達了一定之水平高度。

這些於環境中自然演化之物種，隨著時間長河不斷造作進展，在這華梵世界產生了最特殊的極端族群，一種神聖而非凡，另一種則凶厲且邪惡。

其中最能為代表的，就是神族之「共工、夸父與六翼神使」以及龍族之「麒麟、離合、號天與龍女」，另一類極性相反的則為幽屬「花笑子、瞿魂與冤厲」，還有凶屬之「山虎與巨猿」。

這些種族，零星散佈於華梵世界五大疆域，除了花笑子一類反為繁盛外，其餘都是屬於極為稀少罕見之族群。比如中央太玄湖周圍這一帶，就是花笑子盛大活躍的區域，而號天、瞿魂、冤厲與巨猿，則於皇城疆域幾乎絕跡，其餘本就隱藏於深山野地或者叢林峻谷，在皇城人間疆域自然是難見蹤跡。

且說楊定侯騎乘離合獸在皇城大街上奔走，遠遠一看，恰如一道蜿蜒火龍，正往謫仙酒樓迅速靠近，玄明早已見狀，遂提早在酒樓門前等候。

楊定侯遠見玄明似乎早已安排妥當，即躍下離合神獸，欠身道：「仙長既知在下來意，請快隨吾返皇城面見聖上。」

傾刻間，玄明已隨楊右使入了皇城，踏進太子宮，躬身參見皇上。

武德皇后急切道：「聽聞仙長來自十七天外，必具大能，懇請立即施展神通，救救我那剛出世的皇兒。」

楊定侯：「仙長既至，必有良方，懇請皇后娘娘寬心。」

右相言清正也勸說道：「據皇子出生時之異相，必帶造化天命，必得上蒼護佑，請皇后娘娘務必安心。」

玄明接著說道：「行者夜觀天象，見天命皇星往西飛離，當落在皇城疆域之西極蠻荒地，應期約在三日後，或將由強人脅持往西而行，皇上可遣鐵衛埋伏，必可得賊人行蹤，救回皇子。」

楊定侯：「屬下願率鐵衛精騎千人眾，埋伏皇城西門外，以供聖使調遣。」

皇帝：「朕准奏，再加派皇朝五嶽主事，各帶領直屬戰將千人援助，這請右相擬旨密詔，必不得洩漏。」

左相姬叔禮讚言道：「皇上安排，可無疏漏，但需防聲勢過大，嚇退了賊人，微臣建議，城內百姓日常造作，不可驚動，各位將帥可分批領軍，扮作往來客商，外出後再集結埋伏城外。」

右相言清正讚言：「如此安排甚佳，必勿驚動，不必定由西門出，最好三三兩兩，隨意出入。」

隨後一兩日間，皇城西市特別熱鬧了起來，往來客商多了數倍，大街上各冒險商會店家人潮壅擠，民眾多以為是年度集市前之準備。

各組織密探，也都回報了西市這不尋常的變化。

場景——七煞商會

「皇帝為尋皇子在西市搞這些，那我們就順便配合一下，讓他們以為皇子真要送往西極了。」

「晦藏魔皇，我們既已達成協議，那你這回就由本座來吧，我也正要去西極尋個安靜處。」

「我派魔使太鸞陪你一趟，怎麼說也得把聲勢做的大些，才能符合對方的猜測。」

「自然，得弄個車轎再伴個護行隊伍，這樣本座就來當回車伕吧！哈哈，哈哈哈哈哈！」

場景——謫仙酒樓

「暗影來報，皇城已照計畫安排，另外七煞商會方面，有見一特殊八識王種——虎夔金剛出入，可能為慶族太子。」

「這魔皇應會將計就計，可以確定短期間內，必仍把皇子藏在皇城中，與那位八識王也必有交易，那麼……」

「仙人以為如何？」

「我們暗影要派人協助皇城，以示合作誠意，然後我去一趟皇城加深一下關係。」

「嗯，時間也不多了，不能快速結盟會來不及的。」

第八回 九幽智星謫仙人

道門造物於荒原宇宙之五方星系中，依宇宙七曜二十八宿眾星辰之名，安排佈置了多樣組織，以做世界發展各種適當的計劃指引，其成員皆循道門指令執事，統稱為星使，而眾星使之總管理，即稱號為「五曜護星使」。

在東方星系之護星使，分別為智星——謫仙人，仁星——苗姜，機星——傀儡軍師，煉星——寶煉童子，劍星——御劍仙，這五位於道門創仙誓系列之仙魔正統歷史故事中，皆扮演極其重要之角色。

鶴氅羽扇青袍，鈺鈺璁璁華冠。
公子華貴雍容，且觀宦家名客。

謫仙人一派從容，輕拂羽扇，乘駕扶搖，帶著仙兔菲菲，一路往皇城飛近，凌空越過了午門。

傾刻間，震耳厲聲：「大膽狂徒！」五隻扶搖面前擋路，為首的飛冠金甲，雙鐧交身，氣勢洶洶，好不威武，不與謫仙人囉嗦，雙鐧急切舞成白練，勁直奔來，這是一套名為「狂暴瘋神鐧」的雙鐧功法。

此功法招式單純，但威力無雙，勝在連招反復，一旦被其近身壓制，會連反擊的機會都沒有，通常勝負也就是在七回合之內。

一招「神降」，凌空飛躍，迅速近身，雙鐧由上而下，快的讓人來不及反應，只見謫仙人雙鐧將及身，卻不慌不忙，羽扇一提，這攻勢忽地偏了過去，又側身順手一揮，對方瞬間摔飛了過去。

對方凝神穩步道氣再運，次招連擊，腳踏「星游步」，只見四周銀練雙鐧飛舞。

洶洶氣勢，即如驚濤滾浪花。

無雙威武，正是鬥神轟雷震。

謫仙人一回身，猛然對手在前，右鐧迎頭打來，左鐧直沖腰腹。

「好一招『神狂』！」謫仙人喝一聲采，也踏星游步，定足傾身，從容避開雙鐧，瞬間已在此人後背，隨即羽扇一拂示意，拱手道：「散人靈谷謫仙，為急報天命皇子消息，故有失計較而冒犯，尚請將軍放行。」

這門神心想，此人對我留情，又曉得我這功夫，應是道中同門，遂將雙鐧收回置入腰間，合手大聲言道：「俺皇城門神，人叫我轟雷震，你是同門吧，剛剛謝啦，有機會請你吃酒，既是皇子消息，那隨我來吧。」

謫仙人拱手道謝，隨之落下扶搖，站立朝堂之前，門神趨前知會朝堂守將執事，請他將謫仙人來意稟報聖上。

守將執事回復：「聖上有請謫仙人上殿。」

謫仙人入朝堂拜見皇帝畢，直言道：「皇子之厄，當應百日，西門一戰，履道荒地。」

左相姬叔禮不解質問道：「西門之計，汝何能得知？」

謫仙人欠身道：「您應是左相姬叔禮大人，散人識天文，知地理，演八卦，擅奇門，天下何事不能得知？」

「即如皇子出世異相說起，吾有讖詩一歌，諸位請自證。」

「行者入城獻玄珠，自稱十七天外人，
眾人惑疑難申信，視輕修珠落崖去。
不知當日皇子失，慌忙復尋行者來，
行者獻計守西門，六道驍衛擒賊人。」

皇帝驚訝道：「此讖詩何時作來？何處流傳？朕居寶座聖地，八方應無藏，可未曾聽聞。」

謫仙人欠身言道：「此讖言極隱密，且於近日方得，皇上未知，不足為奇？且復觀此讖詩之續。」

「地網天羅未足道，臨兵蕭蕭仰天笑，
天命在手無奈何，千里一騎步荒道。
人跡不見視茫茫，無盡妖魔逞四方，
欲得皇子還復朝，且觀明珠與一蕭。」

「此讖有證西門之計無功，皇子到底被送至西極去了，唯一轉機，在於玄珠與名中帶著蕭字的大將軍上，以西極蠻荒之地，本盤據無數邪物花笑子，可正應此後二句。」

右相言清正急問道：「仙長，玄珠既失，又當如何？」

皇帝悔言道：「可恨應九通，竟敢欺朕，方才著人拿下，卻早不知行蹤，僅得柳風羈押天牢待審，想來玄珠已失於山谷，該尋不得了。」

左相姬叔禮進言道：「應九通與柳風師徒，一逃一拘，應非共謀，只怪為臣不明，無堤防應賊，薦錯了人，懇請皇上恕罪。」

楊定侯憤言道：「此賊末將早疑心而有備，卻仍舊被他壞事逃脫了。」

謫仙人微笑言道：「散人自信能將玄珠完整取回，皇上可無憂慮，倒是一蕭之應，聖上可有人選？」

皇帝聞言驚問道：「仙長所言是真？若玄珠無礙，人選倒有一位，不知是否符合？」

華山主政——蔣雄持笏出列，欠身奏言：「啟秉聖上，人選所指是否為臣屬下——蕭臻，若是，那麼此刻正在帳下聽候調遣，臣現去差他來。」

楊定侯進言道：「讖言只講大概，未必定應蕭字，末將願執此任。」

謫仙人笑言道：「楊右使有所不知，讖言隱藏天機，應之以承天命，方成大功。」

楊定侯不滿，復言道：「末將縱橫天下，尚未逢敵手，區區邪物花笑子與無鹽無目賊人，還不夠資格挫折障礙在下。」

謫仙人笑言道：「非不用右使，只是蕭者為一善引，屬必要罷了，迎回皇子之任，免不了要楊右使盡心的。」

皇帝寬言道：「楊右使大義，朕實寬慰，觀謫仙長所言，朕已得計較。」遂對蔣雄說道：「朕想的也是他，你去請來，另外仙長是否能助朕，運籌安排救子事宜？」

謫仙人欠身拱手正言道：「散人既來，自有此意，還望皇上能不疑，一切交由散人安排。」

皇帝正言道：「御口聖旨，豈能失信，朕必給予仙長必要協助。」

右相言清正進言建議：「可否請仙長暫於皇城住下，以便眾人佈計畫策。」

皇帝快言道：「本須如此，務請仙長應許。」

謫仙人欠身道：「散人目前諸事正盛，尚不能應命，然可立信確保計劃無虞，還望聖上通融理會。」

右相言清正再言道：「既如此，是否可遣侍衛保護仙長？也好互通訊息。」

皇帝：「朕信得過仙長，仙長一路誠意，朕豈能不知？只是仙長當有聯繫方式，以免朕心無知急切。」

楊定侯進言道：「臣與仙長互置道氣，即可隨時聯繫，不知仙長可願，此僅為暫時，隨時可消除的，末將指天保證，絕無任何秘術在內，仙長可以放心。」

皇帝：「不知仙長意下如何？」

謫仙人：「如此甚好！散人必信得過右使。」

隨後見蕭臻入朝拜見皇上畢，言道：「末將於西極蠻荒地，有一群兄弟長住，對於西極環境甚是熟悉，必對皇上計劃有大助益。」

謫仙人道：「正是，有勞蕭大人配合了。」

皇帝：「那三日後皇子之事，一切都有勞仙長安排了。」

由此道門與皇城算是正式立下了合作同盟，謫仙人提早佈計以得光明陣營之協調合作，對於即將到來之大事，便是已進一步有了踏實互信的穩固基礎了。

謫仙人回程路上，菲菲不解提問：「仙仙呦，為什麼定要蕭將軍才行啊？菲菲看他好像弱弱的，還不如楊定侯強。」

「喔，這是隨口說的，呵呵，那時想了一下，蕭字比較押韻。」

「哼，仙仙老愛騙人呦，真是壞習慣啊！」

第九回 皇子爭奪戰

皇城午門直出向南，是為皇城大街，此西市，自然向西，也是一條筆直大道，規模與大街相同，熱鬧程度雖稍有不及，還是相當繁華鼎盛的。

這裡的市集，偏向於手作器物，比如武裝、寶器、道具、丹藥、手工飾品、加工產品之類，而最顯著的目標建築，則是各大宗門之武館與各族集訓基地，由皇城非管制區算起，綿延至外城西門出口，就有高達數百餘家宗門武館與族群集訓地。

相對於皇城大街，滿是酒樓金融、商會總部或藝文書院之類，這西市自有不同的形態風格與民俗氣息。

華梵世界的種族，可說都非常醉心於道體的修練，這本來就是靈子提升境界的方式，也可說是引渡化生到這世界的主要目標，靈子入世相應因緣而遁入各種藉體，能體驗多種生活形態與方式，透過一生的經驗領悟加上自我之修持，能進一步提升道體境界，更得以化出靈識真身來，這些屬於靈子修行過程的各種進階成就，如果親身體驗過，就絕不可能不執心熱衷向志於此。

這修行風氣之盛行，一直到現在，也未曾停歇過。

所以若論這西市，就如修練道體的修行者集中地，各種宗門初階功法、武藝、御能之術等等，甚至境界突破丸之類，可說應有盡有，但仍止於低階物品，一些宗門密傳或知名寶器等上乘品，只能參加宗門勢力或者具備龐大財力，才有可能獲得。

當然也有比較另類的方式，也就是在世界各處蠻荒地或者上古聖魔大戰遺跡中，尋找自然「道化寶器」或前人遺物，這些地方大都遠離城市區域，多屬於不見人跡的未開發之地，環境特異，非常危險，不僅有各式妖邪魔物，更有一些強人集團出沒。

因此做這行當的，都各自組織起來互相護持，以確保尋寶時的生命財產安全，同時他們也接受民眾的各種委託，諸如一般驅逐害物，或者護送商品之類的，用來維持日常所需且累積個人資產，而這類組織都稱為「冒險者商團」。

這些商團中，最著名的有十個，排行第一的就是——七煞商會，名次依序為六翼商會、旅行者商會、獅鷲商會、廣濟商會、獵途者商會、扶搖商會、赤龍商會、擎天商會，最後為正義商會，這名次自然是依業績與實力衡算的，這其中各商團的領導，稱為公會長，大都是怪物級別的修真者，多數都已超越化神境界。

至於宗門，在華梵皇城疆域等同於商團組織，所謂的集訓基地，便是宗門特別用來訓練成員的地方。

天命皇子遺失後第三日傍晚，西市鬧區仍然交易熱絡，在氣氛上卻有些許不平常。

一亮華麗鑾駕，前面二頭虎彘開路，兩旁各一路獨角狼隊伍，算來有二十位隨行，搖搖擺擺的經過西市鬧區，這陣勢只能是七煞商會的車駕，路旁行人紛紛注目，都在探聽裡面又是坐著什麼樣的重要人物。

這隊伍中驅虎的漢子，在皇城極為少見，虎頭四臂，高二丈餘，環眼精光內蘊，明眼人一見，就知是化神境界以上的高手，兩旁護衛也不一般，一律非人族模樣，每個看著都境界高深。

「這種陣仗，只好拿來嚇嚇別人，好了，前路不通，交出皇子來吧！」

只見一人身披銀煉武裝，手持一柄白銀穿魂槍，橫艮挑釁，立界擋路。

這漢子斜眼一瞧，此人濃眉鷹目，方口大臉，狼腰虎背，威風凜凜。正是皇城鐵衛右使。

其跨下離合獸，神采奕奕，也打量著雙虎彘，不時發出示威低吼，嚇的這兩頭虎彘，縮尾低目，不敢向前直視。

漢子陰笑言道：「無知小兒，哪裡來的哪裡去，珍惜性命，別擋大爺的路。」

楊定侯也不搭話，提起銀槍，一式躍起飛撲了過去。

寒風陣陣，白光點點，此破空之勢，逕直奔向漢子腦門。

這大漢，既懶得看也不搭理，一鞭子抽向離合獸，見離合獸側閃躲避，漢子垂下雙眼，繼續驅著車駕往前走去。

眼看銀槍驟雨將至，身旁兩護衛卻早已迎了上來。

楊定侯見狀，招式未竟，凌空雙足交互連踏，迴轉旋身再出一式「蛟龍踏浪」橫掃了過去，二將橫器接招，沒成想這股巨力如滔浪，層層疊疊，雙雙被擊飛了數丈。

左右護衛一看，又兩人駕起招式，輪番攻了上去。

楊定侯再續前招「悍龍搶珠」，連番出擊，一槍一個，又把二將逼退。

眼見雙人不敵，漢子示意四將齊上：

一揮齊眉棍，一劈撼山斧。

一滾銀蛇鞭，一祭鎖靈陣。

三種兵器一式拘陣，同時攻了過來，楊定侯絲毫無懼，越戰越勇，交連數式搶珠踏浪，僅此二招就逼得四將，紛紛掛彩，無法近身。

楊定侯捨四將，又朝御虎大漢攻了過去，大漢頭也不回，手上長鞭猛地一揮，數道毒龍鑽飛灑而出，楊定侯回招運起「玄龍護陣」，數十道玄龍銀練急旋繞身，引得毒龍鑽四散回擊，一旁隨行護衛紛紛舉起兵器抵擋，鐵器交擊聲不斷，這是楊定侯順勢將毒龍鑽打向那群護衛了，隨即又凌空駕槍，一道悍龍再次奔了過去。

漢子笑道：「算有些本事。」一式回頭躍身，四拳齊出，如狂風驟雨，勢如奔雷，隱帶破空之聲，迎向悍龍。楊定侯見狀心想，此人莫不練得「如意金鐘罩」？竟徒手擋我槍法。

碰的一聲，槍尖如觸鐵壁，真的傷不得，欲待再起一式對付，眼前一片金光，四周壓力合攏，身體突然受制，對手竟用境界優勢強擊，心中暗覺不妙，迅速祭起「日曦金城」法陣，只見三丈怒目金剛，護體現身，再一式「離龍遁」，瞬間拉開了距離，漢子咿了一聲，自恃身分，隨即罷手，眼看著這小兒，凝神打量了起來。

玄龍劃界，日曦金城護身，
穿雲耀目，哪怕妖法拘陣盡無光。
穿魂祭出，蛟龍踏浪奔騰，
悍龍電疾，須知鐵衛榜上實稱雄。

旁觀眾人散的老遠，都看得目瞪口呆，一行車駕，也都停了腳步，與楊定侯對峙了起來。

鑾駕裡終於出來一人，讚聲道：「好一個鎮護鐵衛干城，好一個道門『玄冽龍槍』法！」

埋伏的皇城眾人見雙方對峙，一眾目光注視著楊右使之時，趁對方不備各自發起了強襲，此時後三路，聞聘、蔣雄、轟雷震，左三路黃飛虎、崇黑虎與蕭臻，右三路李三益、常昊、朱子真，一齊殺出，楊定侯亦持槍祭出，再現「日曦金城」，怒目金剛靈威再現。

車駕上漢子臉見不耐，眼神示意另一人換手駕車，隨即凌空一躍，進入混戰陣中，四拳八方連擊，逼退眾人，只見雙腿畫圓，左足立定，四手連動指訣變化。

叱聲：「臨、兵、鬥、者、陣、列、敗、前！」

一連串換了八個手勢，隨後上雙掌頂天，下雙掌撼地，體內道氣源源灌入，接著大喝一聲「鬥神」起陣。

從左足為中心起陣，一道道幽光泛起，往八方周圓滾動，方圓內所有人受到一股極強大的巨力壓制強擊，幾乎同時被震離了數十丈，不少護衛嘴上湧出鮮血，頹敗倒地，竟無能再戰，皇城眾人因境界稍高勉強支撐，但也同時萎靡不振，無力再起。

漢子仰天哈哈一笑：「老子今日沒空與你們瞎折騰，改日找時間再一一算帳，哈哈哈哈！」

隨即躍上車騎，大大方方的往西門去了，皇城眾人眼睜睜看著此景，正在嘀咕此人是誰，江湖商團上從沒見過這號人物，強的有點離譜，而竟然是七煞商會魔眾，還只是駕車御虎的，不免心生讚嘆七煞商會之強，果然名符其實的第一啊。

楊定侯正想那招是師尊提過的，鬥神九訣之「臨鬥神敗」，目前自己的境界絕對不敵，雖不服氣，暫時只能認了，謫仙人之前交代要遠遠跟著，遂先跨上離合獸追過去了。

餘眾人遙望鑾駕出了西門，雖見千人六隊早陣列在前，也知無濟於事，見副將帶隊正欲殺將過去，皆趕忙揮手示意讓路，但那漢子見狀，早發一聲長吟虎嘯，「驚天吼」即出，這龐然道氣竟化出一頭巨大狻猊向前狂奔，前面黑壓壓的隊伍聞聲逢之敗退，硬生生的被擠出一條路來，漢子緊接著提鞭策虎，狂笑揚長而去。

第十回 一眾拜服

鬥神九訣，是幽冥界八識王密傳功法之一，據說只有當代八識王或者直系上將方能有學。

這九訣，第一式就是「臨鬥神敗」，第二式「驚天吼」，第三式「鬥神護陣」，第四式「萬神辟易」，第五式「絕神驚敕」，第六式「鴟黎嬐羅」，第七式「碎神音」，第八式「八方無盡」，第九式「鬥魄獨尊」。

基本上第一式開展後，就不必用到第二式了，多數學此功法的也僅能到達第五式，六式以上就得需看過人的根器與天份了。

觀此漢子年紀不大，最多應只練到第三式，若再上去，必然是千年難遇之奇才了，而虎頭四臂模樣，極似八識王慶族之虎夔金剛，依劣者認知，這位最有可能的就是「慶族太子」，但他絕對不可能居於人下聽命，所以與七煞商會只能是合作關係。

如此，便不能將他視為七煞勢力一環，或許也可能拉攏與我方合作，畢竟慶族之傳統，皆以互利為謀合的。

皇城軍機處主事——梅德，正仔細的向眾人分析這位漢子所使功法與來歷。

西門事件後，皇城一眾與謫仙人等齊聚西城廣濟商會密室，討論著這一次的形勢與未來發展應對事宜。

「除了這位應是慶族太子外，其餘護衛沒有什麼可注意的，倒是從車駕出來那位，看來也是非同小可啊！」

「那位應是七煞商會之『十二煞令天魔使——太鸞』，傳聞上的確也是怪物級別的人物。」

「這次我算是見識到了，真沒想到流傳的讖言能預測的這麼準確，就連對方使用的招數，也都清清楚楚啊！」

「我想這不是什麼天降的讖言，而是仙長推算出來的，我實地核查過，民間沒有這些讖言流傳的，只可能是出自仙長手筆。」

在場眾人皆望向謫仙人。

「為了申信於大家，只好編排了一下，讓大家見笑了。」

「果然如此，我本就懷疑讖言來歷，經這麼一說，倒都清楚了。」

「仙長未卜先知，神機妙算，實不愧九幽智星之名啊，令在下萬分拜服！」

「那這讖語後面所指『明珠與一蕭』，或許並非全然囉？」

「嗯，這次行動主要目的其實有二，第一、是要確定天命皇子目前被藏匿的真正位置。第二，則是提早與大家建立合作同盟關係。」

「皇子若不是由那慶族太子帶往西極，就是仍然留在七煞總部，然既知這漢子身分，依散人推測，皇子必然仍在皇城之中，七煞魔皇配合皇城演這齣戲，就是要我們以為皇子已往西極，卻不知在這漢子身上已露餡，一來以皇子的重要性，不可能交由魔皇以外的人負責，二來根據情報對於魔皇晦藏個性上的了解，將皇子留著身邊會是必然的選擇。」

「這回本想趁機找出七煞商會的隱藏勢力，卻因慶族插手而未果無功，但得知七煞與慶族關係，也算是一項意外收穫。」

「得先了解有無可能打破他們這層關係，要從他們的合作交易著手，這可交由暗影負責調查。」

「目前與七煞商會不宜正面交惡，須盡量避免不必要的衝突，經西門一事，對方必生警惕，所以在情報蒐集上，也得更加小心。」

「還有也要將計就計，讓魔皇以為我們真把目標放在西極之地，這樣有助於隱藏我們真正的動向與焦點。」

「所以，請廣濟商團即刻招募往西極探險隊伍，以掩人耳目，這隊伍越多越好，目標請集中在『狎城遺跡』與『危城遺跡』的探險，至少得招募百支以上，這也要找個好理由，讓七煞商會以為我們也正防著他們。」

「還有皇城部分，要繼續四處派人打探皇子消息，也要盡量往西邊方向去打聽，這要認真盤問詳查，得派可靠的人手負責，若由各獄主事負責安排，就最理想了。」

「那麼我們真正的目標是？」

「確定魔皇周圍勢力的真正動向，只有那些隱藏勢力確定皇城已對他們分心了，才會陸續從暗處出現。」

「一直以來，皇城特別注意的，就是屬於『戾皇鬼使』一脈的反動勢力，以及勢力龐大的非法組織，這些明裡暗裡早已跟魔皇連成一氣，從皇子降世起，他們就開始特別活躍，他們的行動目的，就是我們真正要追查的目標。」

這些組織大都躲避著皇城的關注，本來不輕易顯露行動，以魔皇劫走皇子的用意來說，大部分是要皇城把重心放在追查皇子下落，一旦因此皇城專注於皇子，則他們的行動自然就輕鬆許多，或許將就此機會，開始進行長期以來他們所準備的奪權大事了。

所以若確定他們的動向目的真是奪取皇權，那皇城局勢必然即將產生變化，以魔皇這七煞商會強大的實力，再聯合戾皇這些周圍勢力，皇朝必將危如累卵，這就是剛剛所說這次行動的第二目的由來，因為根據各種情報推測與天象演化，皇城即將迎來一場相當嚴厲的戰禍災劫，我們要能盡快屏除疑慮同盟合作，提早做好各項預防準備。

否則一旦皇朝傾覆，由魔皇等統治掌權之時，那一切也就來不及了。

《人物介紹》

陳繼真——慶族太子，屬八識王之慶族，專精「鬥神九訣」。

陳繼真為完成慶族族人移居陽界之目標，需從藉體開發或靈子出幽冥之變異條件著手，藉體開發費時長久又經費巨大難切實際，而變異條件恰為魔皇的「彌肓道」所專注研究的，故陳繼真選擇與魔皇合作，想由此來尋得突破契機。

第十一回 皇城造作

這一日，皇城四處戒嚴了起來，來往人等進出一律盤查，官兵鐵衛三十步一站崗，武束勁裝，監視嚴厲。

同時各大商團也熱烈招募冒險團隊，不管等階如何，小組幾人，一律委託。

一時間西極遺跡的話題，迅速熱絡了起來，各式的冒險者團隊，一批批的往西極蠻荒地邁進，除了戒嚴上有些不便而感覺氣氛嚴肅外，整個皇城好似充滿活力的動了起來。

北風簌簌，冬夜嚴寒，大地飄著瑞雪，迎著風，四散飛來，來自荒城聖域的五人冒險團，圍在一間酒館，正喝著酒去寒氣，不時張望周遭，小心翼翼地邊吃邊聊著。

這是遠古聖魔大戰時期，明道至聖「青陽子」的隨身武裝兵器，號稱華梵最強神器。

凝象九變，包含八種不同兵器，合體成進化型態為第九種，稱為九變，在聖魔大戰時，諸魔眾逢之殞命，聞之喪膽。

現在所說的華梵世界，在遠古聖魔大戰時代，稱為「明道錠凌界」，聖魔大戰過後，經過很長一段正邪混戰時期，最後才由盤古道門介入結束這亂局，且輔導華梵王朝建立統一的世界，從此就稱為華梵世界。

青陽子隸屬道門，為十七天外聖使玄生門下，在聖魔大戰時為護眾人而自損元神，靈識飛遁幽冥，因凝象九變已化生器靈，遂自行隱藏於各地，從此不知去向。

房景元問道：「這神器威力必然不同凡響，為什麼我們不打算留下充實裝備？」

彭九元說道：「我發現這神器已衍化出器靈，必會自尋主人，不是我們有能力駕馭的，不如脫手賣個好價錢。而且這神器傳聞共是八件成一套，我們費盡心力才得了其中兩件，另外的要再有，可能就在天涯海角了，神器不完全，我想也不能發揮真正威力的。」

高震問道：「但我們剛來皇城，對這人生地不熟，要賣也不知哪裡去賣？」

彭九元接著說道：「這不用擔心，昨天在西市看完熱鬧後，我就先去商團探聽，知道有專門在搞地下拍賣會的，這東西他們一定有興趣，雖然手續抽成昂貴，應該也還划算的。」

高震：「是哪家？」

彭九元：「是七煞商會，就在這南方大街上，不過需要有熟人引薦才行，現在就是煩惱這一點，不過慢慢來，總有機會的，順便看看這裡，有沒有我們能真正容身的地方。」

彭九元：「酒店掌櫃，再來十斤生牛肉，五大壺香露。」

高震笑道：「這料理真不錯！比我們北方食的，好吃多了！」

劉環接言道：「這裡已是皇城疆域，皇帝老兒的地方，自然非比尋常啦！」

夥計欠身問道：「客官，這是您要的酒菜，要再來些四季果子嗎？我們這兒的特產，必合你們胃口！」

彭九元點頭道：「也好，就都先來一些吧。」

這一夥對話的，是來自北方荒城聖域「修行契旅團」成員，他們千里迢迢來到皇城疆域，主要為了尋找一個能安定修行以成長境界的組織加入。

對華梵世界的所有修行者來說，加入一個能信任的穩定永恆發展的組織，在修行過程中是絕對必要的，主要是能透過累積對組織的貢獻，而進一步得到組織對於個人修真的有效協助，這在造物主的道門中稱為「道功申證」。

有時組織也會頒布特別任務讓門人完成，且立下道功榜，來鼓勵門人積極完成或是挑戰道門任務，而這就屬於各式之「立功榜」，立功榜分為多種，若以造物主選擇靈子化證的方式來說，則稱為「歸真立功榜」。

這在仙魔之荒原世界如此，其實在地球人間修行，也是相同的，所謂回歸極樂世界或者天堂，就是人間修行受到仙佛的認可，而引渡往真實世界即仙魔所在地修行的。

場景——七煞商會總部

商會地下三層，魔皇晦藏正與屬下魔使們會議，氣氛嚴厲肅殺。

晦藏陰聲道：「誰來告訴我，這『六害』拍賣的商品，目前準備的怎樣了？」

張桂芳、太鸞、王豹等眾魔使，矗立一旁，各個臉現驚恐之色，心中忐忑，額冒汗珠。

「到現在還沒讓我看見半個影子，要是開天窗鬧了笑話……哼！你們不會不知道有甚麼後果吧？」

「啟稟魔皇，屬下目前已探得所在，只是那邊的護陣稍有些棘手，暫時未能攻破，請魔皇再寬心等候一陣，屬下一定能在時限內抓回的。」

「王豹你跟著去吧，破陣你是專門，若也做不到就準備提頭來見我，記得只可以留那一位，其餘都滅了。」

「諾，屬下僅遵魔旨。」

這次七煞商會，不在乎皇城大肆戒嚴，而準備了這奴隸拍賣，可知已不將皇朝看在眼裡了，這在謫仙人眼中看來，簡直就是準備反叛的徵兆了。

只是這時間點開這拍賣會的用意，真是耐人尋思啊，若是我來佈置的話，想辦法趁機搞事製造動亂會是有必要的，謫仙人心中仔細揣摩思量著。

七煞商會將如何製造動亂，如果能知道奴隸拍賣的主要商品，就能大致確定了，謫仙人隨即吩咐暗影星使，繼續緊密追蹤商品情報。

七煞商會黑市交易代號「六害」，前面數字為每周之序，六就是第六日，同時也是拍賣地點的代號，後面的是十二時辰的諧音，害是亥時，就是晚上九點至十一點。

這交易代號用來傳遞給買家近期拍賣訊息，一般不懂門道的，是不能理解這黑話暗語的。

隔天，到這周的第五日。

魔使太鸞與王豹完成任務回七煞總部覆命，稱拍賣商品已到手，只是有一件麻煩事，需向魔皇稟告。

「這商品似與道門有密切關係，若讓道門得知我們毀了他們的據點，可能會增加不必要的麻煩……」

魔皇聽後表情陰沉：「這事為何事先不知？」

晦藏陰惻著臉，笑道：「沒人要回我是吧？」

在場所有人冷汗直流，唯唯諾諾戰戰兢兢的，就是沒一個敢應聲答話。

晦藏思索了半晌，長吁一口氣，冷言道：「這次為了那幾位大客戶的要求，佈置規劃這麼久，現在到尾了，卻因情報不足而引出麻煩。」

轉眼心想，還不至於影響這次拍賣的目的，嗯，商會與道門一塊，也是可以，看來我得親自動手了。

「我先不罰你們，給我想辦法補救，若是這筆生意出了差錯，那你們就準備拿腦袋來換吧！」

「還有，皇城那邊的下手打點要注意扎實一些，那些不聽話的，一律都給我料理了，這交易我要親自盯著，時間不多了，要快啊！都給我動起來啊！」

「是、是！屬下謹遵魔令！」一眾魔使，如釋重負，都趕緊磕頭謝恩，趕緊忙事去了。

天命皇子遺失後的這段期間，皇朝眾臣們針對皇城中各個勢力的行動立場與衍生發展，一一地做了詳細的討論與分析。

場景——朝堂

皇帝與眾內侍大臣，對目前局勢議論著。

右相言清正思索許久終言道：「啟稟聖上，七煞商會敢明目張膽的拘禁皇子，視皇城為無物，只能說叛心已生，恐怕即將對皇朝展開行動。」

皇帝：「嗯，魔皇應早有實力對付皇朝，長期以來能相安無事，除了對皇朝實力沒完全把握外，也是對皇權不感興趣之故，若說有心反叛，只能是與戾皇這野心家有合作結盟了。」

楊定侯：「那麼戾皇最近肯定會有動靜，或許大戰即將開啟。」

右相首座參議——方吉清：「臣領皇命問皇朝事得『地雷復』卦，依卜筮所言，若有戰事，當應於七日之後。」

皇帝：「嗯，接下來萬一這戰事真要發生了，我們如何應對，還請眾位愛卿及早做下安排，以目前皇朝實力，同時面對魔皇與戾皇，恐怕將有不及。」

楊定侯：「根據謫仙人所說，道門早與皇朝有結盟之意，末將認為，或許謫仙人早有應對計畫。」

皇帝：「嗯，那麼就先與謫仙人連繫，請他來皇城一趟。」

道門——組織戰力介紹

十七天外七聖使於荒原宇宙作為考證門人之組織，皆統稱為「道門」。

華梵世界之道門組織，是由天外天十三光明聖使「御寶千陳，聖神魔仙林，無師幽鳴。」統御管理，其中五位輪流擔任「五曜護星使」，為當期時段之值日護星使，其下組織分別為：

道門暗影：由文曲星——「比干」主事。分為八部：「天、地、玄、黃、宇、宙、洪、荒」。每部成員稱星使，除比干主事外，另外各部皆設有參事與知事，於明道書院所屬總數近萬人。

九幽菁英：由桃花星——「高蘭英」負責統御。稱為「天罡三十六星眾」，僅三十六位，是由高蘭英專門訓練的菁英部隊。

廣濟商會：由寡宿星——「朱升」任職公會長。其下直屬並簽約之冒險團，不分級別總計有二十八團，總數約二百一十餘人，另設有副公會長二名。

道門單位主事介紹

比干——造化屬之人族，道門暗影總部明道主事，專精教化。

高蘭英——造化屬之人族，謫仙酒樓女副掌櫃，專精魅惑。

朱升——玄龜一族之道仙，廣濟商會公會長，專精商計。

修行契旅團

團長——彭九元，造化屬人族，專精尋寶。

副團長——房景元，造化屬人族，專精佈陣。

團員——飛廉，八識王之賒族，專精鬥殺。

團員——高震，厲獅之血誓種，專精護衛。

團員——劉環，獅鷲之赤鵬種，專精掩護。

天罡三十六星眾

- 天魁星——焦龍
- 天罡星——武衍公
- 天機星——賈成
- 天閒星——葉景昌
- 天勇星——李平
- 天雄星——須成
- 天猛星——齊公
- 天威星——周信
- 天英星——周庚
- 天貴星——魯修德
- 天富星——袁鼎相
- 天滿星——藍虎

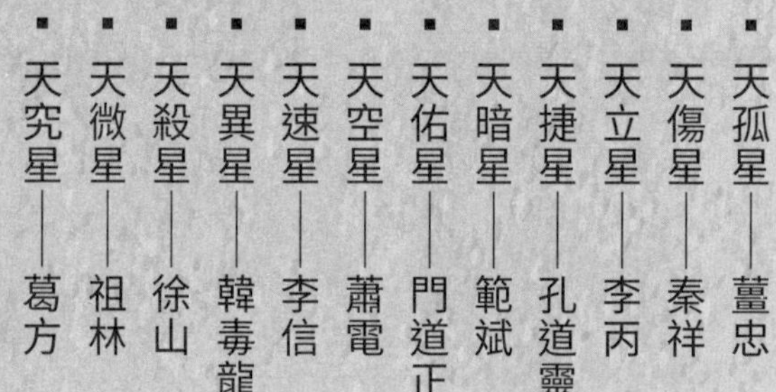

- 天孤星——薑忠
- 天傷星——秦祥
- 天立星——李丙
- 天捷星——孔道靈
- 天暗星——範斌
- 天佑星——門道正
- 天空星——蕭電
- 天速星——李信
- 天異星——韓毒龍
- 天殺星——徐山
- 天微星——祖林
- 天究星——葛方

- 天退星——宋祿
- 天壽星——蔡公
- 天劍星——喬明
- 天平星——匡玉
- 天最星——張煥
- 天損星——關斌
- 天敗星——耿顏
- 天牢星——黃烏
- 天慧星——姚燁
- 天暴星——童貞
- 天哭星——楊任
- 天巧星——金甫道

第十二回 神器回道門

來自北方荒城的修行契旅團，預計拍賣手上的兩件聖魔神器，因不知門路，團員遂各自分散於皇城三大街市，四處打探著七煞商會的黑市拍賣，時間上剛好遇到皇城實施戒嚴，街市民眾對於相關七煞商會之事，皆是絕口不提，導致眾團員探詢無果，團長彭九元閒著無聊之下跑去大街賭坊溜搭，沒想到在偶然間，卻聽到了相關的消息。

一位穿著闊氣，書生打扮的富家公子，與一位員外模樣的江湖漢子，低頭交耳，竊竊私語。彭九元本通耳術又真氣深厚，一字一句都被他聽得一清二楚。

「現在皇城因七煞商會戒嚴管制，那個拍賣會是不是暫時不做交易了？」

「呵呵，這你就不懂了，黑市交易本來就是受到管制的，現在也不過就是管制嚴了些，交易門路又不曾斷，更何況那個牽涉的是各勢力的龐大利益，從來就不把皇朝看在眼裡，哪會因此就停呢？」

「那我現下手頭這個該怎麼拿去拍賣？」

「簡單，你到西市去，先找到一家廣濟商會牌子的，再沿著他旁邊的巷子，仔細尋找一類暗號。」

「什麼暗號？」

「一個六翼的背影圖形就是，注意進門還有暗號的，你先敲一下，然後二下，再一下，最後再三下，這樣就有人出來跟你接頭了，雖然七煞商會不可能明搶，但以目前的情勢，還是建議你別把拍賣商品帶過去，先探確定再說。」

彭九元聽罷大喜，隨後回轉下榻旅店，與眾兄弟們商量隔天一早一同前往試著洽探，以防有什麼萬一。

場景——皇城洛陽西市

天剛亮不久，彭九元一行旅團，匆匆用完早飯，即循著打聽到的消息，前往西市廣濟商會旁邊巷子，準備一間間的仔細尋找所謂的暗號所在。

到了廣濟商會大門外，早已人來人往，熱熱鬧鬧，急急忙忙，魚貫出入，再往裡邊看去，大廳間非常廣闊，隨便算算約十幾對的冒險隊伍，正端詳著櫃台前面發放的各式委託任務，有些似已準備啟程，有些正閒暇的聊天說地，吃著早飯，還有些人員不齊，像要招募新手加入。

「嘿嘿，皇城的公會果然熱鬧，不似我們那邊，總是三三兩兩。」

「有些懷念我們當初的日子啊，在公會裡天天接著冒險任務的日子。」

「嗯，我也是。」

「是啊，天幸我們五個都這樣存活了下來。」

「不然等這拍賣的事兒結束，我們來登記，乾脆也在這邊接任務好了。」

「嗯，挺好，這有趣，不過冒險公會都有按冒險隊伍分階級的，我們肯定得從初級開始接了，哈哈！」

「若這樣慢慢爬上去，我可沒勁。」

「我也沒，呵呵。」

彭九元眾人邊說笑邊看這熱鬧的廣濟商會門面，心裡都莫名的懷念興奮了起來，看這商會旁的確有一條大巷子，一行人遂往裡面走去，沿路上還是止不住雀躍的心情，一群男人嘮嘮叨叨的邊走邊聊。

「不就已經知道黑市拍賣是七煞商會開的，直接去他們的會所不就得了，還得這樣找暗號，找接頭的，搞的這麼麻煩。」

「你是不知道，黑市拍賣是違法的，怎麼可能明目張膽，更何況他們表面得要維持守法形象，自然在他們會所是得不到消息的。」

「這方法還是我從一個賭坊偷聽來的，消息保證一個準，不會錯的。」

「你看這找接頭的方法這般隱密，這就很有道理了，不然不是很容易被官府破解嗎？」

「還有他們在說暗號時，也都刻意壓低聲音的。」

「團長說得在理，隨他看看就是了，憑我們的本事，還怕被人陰了不成？」

「咦？找到了！真不明顯啊，難怪那人說定要仔細找，這還是新的刻痕，看來沒錯了。」

「是一座四合院大宅啊，在這市價肯定不低，一看很有勢力的。」

咚、咚咚、咚、咚咚咚。這是進一步的暗號了。

沉穩的腳步聲，漸漸的向大門走來。

「這種感覺就對了，呵呵！」

「什麼事？」

「嗯……我們有貨品想讓貴商會幫忙拍賣交易。」

大門咿呀一聲向兩旁打開，一位厲獅行者，高頭大馬，僕人打扮，欠身道：「貴客，請。」

「這人境界雖不如我們，但也不低了，一個僕人都這樣，果然有些門道。」隨著僕人所指，五人進了大廳。

正廳位上坐了一位員外模樣，笑咪咪的：「諸位貴客，遠來不便，且先請坐，讓敝人招待些茶水來。」

「敝人朱升，奉七煞魔使之命管理這地，貴客既已知明道，那麼我們直奔主題，貴客打算交易些什麼啊？」

「東西我可不便拿出來，請員外見諒。」

「這個自然，口頭上講述就好，我好向上方稟告，相信諸位貴客不至於相欺，呵呵！」

「哈哈！我們會照規矩的，員外可以放心。」

「敝人先說一下規矩，我這兒，不用看到實體無妨，畢竟就是先講個信用，但到了拍賣場，可是得拿真東西了，在這之前，勢必要先行確認才行，這可以在貴客們都能放心的地方，讓我們的專員檢視，然後定上拍賣編號，再給你們會員名牌，到正式拍賣時，你們拿著貨品至交易中心，拍賣完成扣掉服務抽成後付款，這樣一整套步驟就是我們整個拍賣交易的全部手續了。」

「另外，鑑定的時間地點，任由你們選。若暫時沒適當選擇，敝人我建議可在皇城大街上謫仙酒樓，這酒樓是皇城上屬一屬二的規模，也有專門在幫人作寶器鑑價，不如貴客們就約在那，那邊全城皆知是正派經營，往來商客眾多，相對下也是很安全的。」

「可以，不過那邊消費似乎比較多。」

「哎，貴客們客氣了，那邊的消費自然由我們商會買單，我們還期望以後能更多機會幫貴客們服務的。」

「這多不好意思啊！」

「請貴客們務必讓我們招待一回。」

「那好吧，我們就去體驗一下皇城最大酒樓的服務吧。」

「好，那邊食的東西，肯定不差。」

「嗯，來去好好享受一下吧。」

「朱員外，那我們就約在謫仙酒樓吧，時間就今晚，可以嗎？」

「當然可以，專員們會準時到的。」

「嗯，大夥慢點，從頭到尾，員外都沒問起咱們的來歷，這倒有些讓我疑惑不解啊。」

「嗯，確實。」

「你如何能信得過我們的？」

「是啊，朱員外？」

「難道你就不怕我們是皇朝的密偵來的？」

「呵呵，沒有知底的本事，哪能開這行當，一來你們曉得這次的接頭方式，二來不問貴客來歷本來就是規矩，貴客就不用多猜疑了，對了，提醒貴客，下一次第二層拍賣，就在這周第六日了，請加緊了，諸位，請。」

當日晚，修行契旅團一行五人，來到了謫仙酒樓，大門前，車水馬龍，人潮踴躍，進門後，金碧輝煌，夜舞笙歌，實在熱鬧非常，果然是皇城第一大酒樓。

「氣派、高級，這錢花的值。」

「呵呵，我們這行當，看來真是寒酸了。」

「咱們靠的是本事，可不是外在繡花行頭。」

「正是。」

「朱員外說已幫我們安排一處隱密廂房，也一併支付了費用，我們這算是佔了人家便宜了，雖然這個拍賣手續抽成有些貴，看這商會對我們這般禮遇，現在心中也覺得合理些了。」

「這算是大買賣，對方這點小惠，還是會做的，看來這朱員外真是會做人啊。」

一行人囉囉嗦嗦的，往櫃台走去，剛報上名頭。

「是修行契旅團成員吧，掌櫃已有吩咐，已備下貴賓廂房，各位請隨我來。」

「呵呵，這服務可真周到的。」

「可不是嗎？」

「我們真是鄉下人逛大城了。」

「哈哈！」

眾人曲徑蜿蜒，路過數道迴廊，很快來到一幽靜之處，

「酒菜之類已有準備，隨後就到，各位貴賓，裡面請。」

進門後，一位面容姣好的女子，姿態婀娜，風姿綽約，正笑吟吟的面對著五人，歡迎各位貴賓。

「怎感覺要被賣了似的，呵呵，服務這麼周到。」

「貴賓們說笑了，小女子是朱員外所稱之專員姓高，妾名蘭英，貴賓拿神器與我商會拍賣交易，自然是要有這些禮數的，請勿多疑。」

「妳有能力鑑定我們的貨品？」

「呵呵，小女子專門做這些買賣的，眼光還算可以。」

彭九元等一看此女境界與自己相差甚遠，遂不以為意，便說：「那麼就先請鑑定我們的貨品如何？」

「當然。」

隨即將凝象九變二項神器放置於桌上。

這女子一眼瞧見，雙手尚無碰觸，即搖頭輕言道：「這是上古時代聖魔戰神道門青陽子的遺物，這兩項一是離象藉體武裝，一是坤象探敵化形，貴賓們，這兩件已自生器靈，恐怕不能認主，要拍賣交易，會有極大的困難。一者，器靈終身不奉二主，此器靈已生，難為他人所用；二者，若勉強運用，只能化掉器靈，這如同毀掉神器，再也不能回復原來的強大了。綜合以上這兩點，貴賓這兩件神器，恐怕不能作為拍賣品。」

「這……這……」

「妳說得有理，比我們知道的還多，那照妳說，不能拍賣，也就不值錢了，對吧？」

「不，是只對他人沒用處，但是對於正主來說，就是天大的用處了。」

「正主？難道青陽子還在人世？」

「不是，只是青陽子本為道門中人，依他聖魔戰神這響噹噹的條件，相信再次藉體輪迴入世，並非不可能之事，小女子建議貴賓們可將神器轉賣給道門，或許有意外的驚喜。」

「道門不是與七煞商會不和嗎，怎麼妳會推薦道門？」

「小女子並非七煞商會，朱員外也只是這商議合約辦事，皆不屬於七煞商會，我們辦事原則，稟持的是專業與服務，任何一項委託交易，我們永遠都是以客為尊的，必會對客人進行最適當的建議。」

「若貴賓們認為小女子建議適當，那在酒樓後方一條小巷子往北，可以直達明道書院，你只要照這方式，道門就會有人來接應你們了。」

「嗯，好，那好。」

「那麼先用完酒菜再走，小女子先告辭了。」

「看來很正派啊，我們之前都把對方當小人了，哈哈哈！」

「如果這道門也是這般，那麼我們一直以來在找尋的，不就是這樣的組織？」

「我也正這麼想，等等看看再說。」

場景——明道書院大廳

眾人落座於大廳，只見比干院長坐正位，旁邊坐著一人，衣冠神秘，羽扇輕搖，只微笑不語。

比干：「觀諸位外觀，當從北方遠道而來，書院實是蓬蓽生輝，劣者道門比干幸會，幸會。」

「院長客氣了，我們是在謫仙九樓由一高姓女子推薦而來，來書院也是她的指點。」

「嗯，劣者知道，聽聞諸位有我道門青陽子前輩之遺物？」

「是的，就這兩項神器，一個是離變，一個是坤變。」

「嗯，高仙子已事先跟我確定過了，不知這凝象九變，諸位是從何而得，能否告知？又需要多少課金才願割愛呢？」

契旅團眾兄弟七嘴八舌，與這院長說起了荒城聖域「廣寒湖」之事，急切熱鬧，口沫橫飛。

彭九元看比干這院長，著實客客氣氣，境界不比他們，但旁邊那一人，明顯境界高出他們許多，要是用強，恐怕他們難逃敵手，若沒用強，基本上可以確定這道門是相當正派且值得投靠的組織了。

彭九元畢竟久歷江湖，雖於道門有所耳聞，然沒真正接觸了解過，見諸位兄弟與道門之人相談融洽，心想再試一試看看。

「關於神器價位，不必拐彎抹角，我想大家也別演戲了，你安排旁邊這位，隨時能結果了我們，不管我們出價多少，神器一樣到手，不如我們直接奉送，請勿為難我們的性命就好。」

「貴客多慮了，劣者誠心提問，並無他意，這神器是你們千辛萬苦得來，我們沒有強奪之理，所以要依你之願，出個適合價位，而誠心接待，是希望能順利回收道門寶器，如此而已，千萬別以為我道門會做什麼惡劣之事。」

見旁邊那人，無特別表情，似乎也不見動怒，而這院長，卻是認真的回答這樣的疑問。針對這道門的反應，修行契旅團一行人，互相點頭示意。

五人遂一齊欠身拱手，彭九元道：「適才特別試探，尚祈見諒，道門果然正直，江湖上屢有傳聞道門是修真一道之大正，皆行履道德，不貪名利財物，今日我兄弟五人總算親眼確信，我五人雖境界不高，但有些自信的本事，一直以來亟欲尋找能安身立命的修真組織，以圓此生修行之志，今日見識道門正是我們的理想，在下唐突，可否讓我們申請加入道門，我們願將二項神器直接送還。」

比干一聽大喜，急忙拱手起身：「劣者身旁這位，正是我道門五曜護星使九幽智星謫仙人，今日得知神器消息，特意趕來，正好你們有入道門之意，可即請護星使收你們入道門。」

謫仙人也起身施禮道：「道門非常歡迎五位加入，這種千里緣分當真為天意，以後我們就是一家人了。」

修行契旅團一行五人，也同時拱手施禮：「感謝護星使成全！」

謫仙人將修行契旅團即編入道門廣濟商會朱升門下，為商會前十大冒險團，並秘密參與道門任務，後來大夥與朱升一見，眾人心領神會，開懷的大笑了起來。

從此聖魔神器凝象九變之藉體武裝離變與探敵坤變，在歷經二千多年消跡匿蹤之後，終於又再度回歸了道門。

第十三回 交易

謫仙人在安排好神器與修行契旅團五人組織職位後，同院長比干一齊回到了謫仙酒樓密室，繼續與玄明聖使等人一起商量針對未來魔禍之道門方針。

場景——謫仙酒樓密室

謫仙人等正商議間，暗影星使朱子真、常昊來報。

「啟稟掌櫃、聖使，暗影『地』部探得消息：第一、代號『六害』拍賣商品，來自西極『丘山洞府』之『貌端星——賈蝶』，種族極罕見，是『神族——六翼神使之洛神』，據察得知，丘山洞府已被滅門。第二、七煞商會與那位八識王的合作，或許與神魔世界的修行方式有關。」

「嗯，能讓八識王產生興趣的，也就那一事了，這不必破解，散人能叫他死了這條心的。」

「唉！掌櫃，這滅門之事，得看看能否盡力挽救？」

「這是當然，一定得救出洛神，這事散人必盡全力的。」

謫仙人尋思丘山洞府被滅，又是把遺孤洛神拿來拍賣，那麼魔皇要針對的必是同屬六翼神使的王儲了，看來是要用洛神為餌，在皇城趁機挑事，引王儲一眾尋死了，如果只是對付王儲一眾，魔皇可能不需出手，若是加上我道門，魔皇就得親自來了，再趁魔皇出手，在外面等待王儲眾人之時，偷襲七煞總部，必可完美救出洛神，這樣要確定魔皇外出時間，首先也得好好的來參加黑市拍賣會了。

在理清了魔皇拍賣洛神的最終目的與相關緣由後，謫仙人思考著各種應對，迅速解說了佈計決定。

「魔皇拍賣洛神的目的，必是準備趁機剷除親近皇城的羽翼，所以用洛神為餌以排部陷阱，魔皇目標很明顯，只能是同為神使的六翼商會王儲，這魔皇未必親自出手，所以得製造這個可能性，如此才能調虎離山，趁機直搗虎穴救人。」

「第一、先去散播丘山洞府與道門的關係，表示道門必在拍賣會後循機救人並報此深仇，這樣可確定魔皇為對付王儲與道門，必離開總部親自出手；第二、我與菲菲參加這次的黑市拍賣會，以掌握魔皇外出的確定時機。」

「掌櫃此計可行，到時行者也能盡一分心力。」

「聖使主要任務本在皇子，但現下皇城戰禍將即，皇子百日之厄未滿，救助亦將無功，散人建議聖使專心實練七星寶讖，當作未來道門重要底牌，這點刻不容緩。」

「掌櫃所言甚是，只是行者若去修練，需要閉關五年時間，那送皇子至十七天外與皇城戰禍一事，只怕都要著落在掌櫃身上了。」

「無妨，散人自有把握，請聖使寬心修行吧，散人已於九幽靈谷置一密室與聖使修練，一應所需皆已備齊，等會議完後，即能立刻帶領聖使前往。」

「好的，那一切都有勞掌櫃了。」

「聖使請放心交給我吧！」

「另外皇城已派密使招我上皇城一趟，肯定是選擇相信我方，必會配合我方行動計畫，這對合力對抗魔皇戰禍，將能順利許多。」

「時間這般緊迫，我想皇城戰禍將來，目前最實際的也是加強道門實力了。」

「恩，廣濟商會的冒險團，已達上百，可以繼續招募，對我們百利無害，還得順勢招攬高手，估計正式與對方較量的時機也要到了。」

「靈谷那邊，目前也拘著五仙，這些各個身手不凡，等我想辦法招降了，道門實力會再進一步的。」

「目前最緊迫的還是洛神一事，這周第六日晚上九點開拍，估計不會延期，會需要用到天部暗影，麻煩院長安排一下，十名會穩妥些。」

隨即對朱子真、常昊個別吩咐道：「依照錦囊內容，照順序交代下去。」

場景——黑市拍賣會場

華梵世界曆一零三五年立冬後第六日夜晚亥時，遺失皇子第六天，皇城四周層層戒嚴，大冬之雪，覆蓋了一整條大街，在凜冽寒風中，鐵衛們聚著生起了火爐，呼著熱茶，正要去去這遍地的寂寥與霜寒。

來往人等一律盤查，就連深夜也不例外。

二位暗夜行人，邊走邊談著笑，一派慢悠悠的走在皇城大街上，身披絨毛華裝玄色大衣，一看就知是達官貴人模樣，站崗鐵衛一見，正要向前問話盤查，只見那人拿個牌子似的晃了一下，鐵衛隨即開道讓過。

「有皇城密令，自己人。」

這自然是謫仙人與仙兔菲菲了，看時間將至，兩人換了平常裝扮，大搖大擺的前往黑市拍賣會場。

這次暗夜拍賣會，因為皇城戒嚴的關係，有些人只好被擋在會外不得而入，但就是有不少能力關係戶，不受這影響的，魔皇還曾為此大發雷霆，雖是為此競拍人數僅會減少一些，但主要還是魔皇追求完美的強執個性，幾乎成了病態。

戒嚴關係，原來的入口改了，在一個很不起眼的大街攤位上，要在那邊做個暗號手勢，才會有人出來接，首先要出示一下會員證，再來跟著接頭的，繞過一個小巷，然後開密門，進入隱藏通道。

謫仙人心想，何時挖了這條？以前真沒注意到，菲菲麻煩妳囉！

這仙兔菲菲的輔助功能，算是非常齊全的，剛說的就是皇城定位，七煞商會這地下通道網路，遍佈整個皇城，任何通道出口只要讓菲菲走過，就全在她的腦海中了，而這種「魂識定位」功能只是其中之一。

通道僅一條，走了幾個拐彎，到了一座銅製大門前，感覺氣派的很，還用了虎頭銅鎖魁儡，門前站了兩人，這帶頭的交代完後就轉身回去了，這算第二關卡，這裡除了出示會員證外，也要出示「六害」拍賣會的邀請函，沒這個，恐怕也就回不去了，會被當作點子奸細處理掉的。

這守銅門的兩人，與往常不同，似乎是特別派來的，謫仙人心裡暗自思量，單單這兩位，根基境界在這皇城疆域就難有敵手了，看來引蛇出洞已成，七煞商會這次下足功夫啊，呵呵！

兩位漢子對謫仙人與菲菲檢查無誤後，打開銅門放行，只見二位同時放了一個信物進去虎口凹槽內，機關轉動，銅鎖開啟，大門徑直的往兩旁分開。

裡面是一個大圓型的廣場，有點類似競技場，只是規模稍小，周圍一道道的小隔間，整齊排列的繞著中心位置，按著階梯高度分了五層，下方屬第一層離中心最近，但屬於一般剛剛得到拍賣資格的會員，隨著會員等級不同，最上方的自然就是七煞商會的超級貴賓了。

裡面除了隔間內有燈火外，其餘都昏昏暗暗的，基本上都是設了結界，避免客人消息走漏，或者互相配合影響拍賣會。

謫仙人被安排的隔間位置，約一丈面寬，裡面休息設備齊全，酒桌上擺了一壺玉瓊漿，幾盤精緻果子，還有一位溫柔陪侍，這種待遇屬於第四層隔間，也算是貴客級別的了。

陪侍一面倒酒一面淺笑言道：「請貴客休息片刻，先暖暖身子，大約再半個時辰，拍賣會就開始了。」

謫仙人點頭回應，一方面打量著四周，只見五層上方，燈火大約亮了十二間左右，表示真正的貴客來了不少，這樣的競標，必然有些看頭了。

隨口問了陪侍道：「今天拍賣的大獎是什麼，可否透漏一二？」

「回貴客，今天的大獎是一位洛神美女，這是小女子完全不敢仰視的超級大美女呦！妾身僅能知道這些，但我想除了這，其他的也必然令人注目搶手，畢竟這類專屬拍賣會並不常見的。」

謫仙人聽罷，沉吟今天帶的課金，也不曉得夠不夠用？

陸陸續續，又有幾組客人來到，最上層的倒是沒增加，但有不少組跟謫仙人相同，都在第四層。

到了時間，圓環中心明亮了起來，如同聚光燈一樣，一位主持人戴著鬼王面具，朗聲說道：「歡迎各位貴賓，這期『六害』拍賣會，現在正式開始，請貴賓們踴躍參加競標，有任何需要，可交代各房陪侍，一定會讓貴賓滿意。」

「競標過程與得標後各種規矩，相信貴賓們都已明瞭，在下先感謝貴賓們的配合。」

七煞商會經營黑市拍賣已久，各式規矩自然不用多說了，也沒人膽敢搗亂，畢竟選擇與商會為敵，遲早得送上性命，嚴重的甚至連靈識自我都可能永遠消失。

「今天大獎，相信在座貴賓都已知曉，本座就不多介紹，仍然照規矩，大獎留在最後，除了洛神這項，這期還有九項超級稀有的商品，除第一項即將公佈外，其餘先都暫時保密，現在就讓我們從第一項商品開始進行介紹吧。」

「這第一項拍賣的是離合獸卵生種之熾火蛋，底標價課金二千萬，請貴客們出價。」

「離合熾火，凡間怎有，仙人爭競，百里疾行。華梵世界最快速最勇猛的座騎，非離合獸莫屬，在離合獸中卵生強過胎生，其中卵生種又以熾火蛋為最高等級品，這價值不用本座多說吧？」

謫仙人說道：「這離合獸與楊定侯那隻同級，能蒐集來也不錯，只是該給誰呢？」

菲菲：「仙仙呦！有課金就是好，錢多多不煩惱，這顆蛋菲菲好想要啊！」

「妳想要啊？那就買給妳。」

隨手出了價，五千萬課金。

「這位四字十一號房的貴賓，一口氣出了五千萬，有沒有貴客要競爭的啊？」

「哪來的呆子，這貨色也值五千萬？還是顆卵而已，孵不孵得出還是問題。」

「你別忌妒了，離合熾火成獸，市價不只一億吧，那人開這價也是合理，若不是手頭上沒那麼寬裕，我也想競爭的。」

「六千萬。」

「好勒！這位四字三號房的貴賓，出價六千萬，十一號房的會加上去嗎？大家拭目以待喔！」

「九千萬，跟我比課金，呵呵！也不探聽一下。」

「仙仙最棒了，菲菲喜歡！」

旁邊陪侍心想，又一個火山孝子了。唉，她不知道的，只要是菲菲喜歡的，那只能是變異種，離合熾火變異種，聽都沒聽過，一般人哪知這異類的價值啊，這種菲菲對於寶貝的特殊鑑定能力，就屬於第二種超級有用的功能。

對方似乎欲再加價，被他同夥阻止了。「你瞧那態勢，也只有那位才這麼囂張啊！別跟他爭了，你真想要，直接去找他要來不就得了？」兩人相識一笑。臉羞紅著，「是啊。」

其他人對離合獸本就興趣缺缺，理由是極難馴服，縱使是卵生種也一樣，沒有相對條件的，買來也沒用處，而那些大佬們，勢力中應該都有了，說不定還有更高等的赤鵬之類座騎的。

所以除了四字三號房外竟沒人競爭，謫仙人若早知道，就不用一次喊那麼高了，想來必定嘔氣。

「十一號貴賓果然霸氣，那麼這第一號商品，離合熾火蛋，就要三響定標囉！第一響，第二響，第三響，恭喜四字十一號貴賓，標得了第一項離合熾火蛋！」

再來公佈第二項商品：變異噬能蟲金絲卵十顆，起標價五千萬。

「噬能蟲是對群敵、破壞護陣，甚至是逃命的最佳利器，孵化成蟲不能馴養，只有蟲卵才行，而這蟲卵之取得，嘿嘿，沒本事的是不可能的，這取得之難度，各位貴賓應該很清楚的，而這屬變異種，噬能威力與速度都更上一個檔次。機會實在難得，各位貴賓要把握啊！請出價。」

謫仙人問：「菲菲，妳覺得如何？」

菲菲：「仙仙啊，這蟲子不能聊天，菲菲不是很喜歡。」

「嗯，了解。」其實菲菲本是自然生成的道化寶器，與世間萬物有著溝通對話的能力，他都以能不能聊天來當作交朋友與蒐集的對象。

這種噬能蟲，其實大有用處，不管設防、攻堅，都是必令敵人頭痛的，單看噬能之名，就知道任何運用道能的功法，對他們不僅無效，還會讓他們分離繁衍化生。

別看僅僅十顆卵，等孵化後養之魂能，就能自行分化繁衍，那速度只能說極快，從十隻到數萬，也不過數時辰之事，若是缺乏魂能，就會進入冬眠圍成一個金色球體。要對付這種噬能蟲，其實只要不是有人提供魂能催動，那就只能是一個裝飾物，基本上別理就是，若有人操縱，就解決提供魂能的人，也因為如此，噬能蟲大都用來設機關，當然催動它們來破壞各形道能陣法，也是相當便利的，所以才說設防、攻堅，甚至幫助逃命了。

但若是極品的話，還能期待究極進化，這種進化才是噬能蟲真正的價值，以謫仙人的眼界來說，自然得要是這類型的才有興趣，而且菲菲說不能聊天這一點，恐怕這些卵是難以孵化的死物了。然而對別人而言自然不同，競拍聲此起彼落，最終竟以二億課金成交。

第三項商品：化蝶族之夢蘿化成卵一顆，起標價課金五千萬。

「精靈化蝶族養成需時甚久，要成卵更是需要機緣巧合，這顆夢蘿雖非頂級，但也相當稀有，她的作用，得看貴客了，總之在不言中，請踴躍出價！」

美麗的事物，是沒有人不欣賞的，這對於謫仙人來說，也沒有例外。

謫仙人參與了競標，不過還是輸給五字號的某人了，心中雖然覺得可惜，但看著菲菲，心情也就淡了。

第四項商品：九蛇之石化種渾沌蛋一枚。起標價課金一億。

「九蛇在華梵世界中本就稀有，其中石化種，更是難得一見，此名渾沌蛋，是需要靠運氣的，有可能孵不出，也有可能得到萬中無一的極品，看各位貴客願不願意花錢下這個賭注了。」

菲菲：「仙仙呦，這個我要定了！」

謫仙人：「得勒！」這莫不是大獎，這應與我的道體能契合，時機來的恰好啊，靈子修煉的道體真身中，能化入特殊物種的魂能，可以絕對強化所修煉的道體，這對修真者來說，都是不可多得的機緣，謫仙人心中難抑興奮，剛剛的失落很快就一掃而空了。

這時越低調就越有利，暫不出價觀望了一陣子，果然多數人不賭，也沒人競拍，謫仙人輕鬆取得。在之後仙魔爭戰時謫仙人之縱橫道體中，其修羅法象所呈現的，就是這頭石化九蛇真身。

第五項商品：凝象九變劍靈——七星劍，起標價一億二千萬。

五字十號房中，聽到九變之名，一道精光顯現，隨即倏忽不見。要不是謫仙人一直暗中觀察五字號的大佬們，也不能發現。

「這凝象九變，為上古聖魔戰神青陽子遺物，已生器靈，需要重新認主。雖然只此一變，但威能已算逆天，若有幸齊聚八變，那可能成為新一代戰神了，專門給強者的神器，請貴賓們出價。」

謫仙人心想，這凝象九變非得不可，但是剛剛那道精光，那種境界……嗯，明顯對劍靈有意，此人肯定勢在必得，且先觀察，若他出手，則不宜搶標，且待後續了，遂先當作無興趣的樣子，暫時沒參與競拍。

「既已生器靈，沒本事也碰不得。」

「聽說器靈最是忠誠，若非青陽子已不在世，想馴服它是絕不可能的。」

「那還拍的這麼高價？」

「一山還有一山高啊，自然是有人能解決這問題的，比如說轉化器靈之類的。」

「不過重點還是在能否蒐集齊全這問題上，凝象九變自青陽子時代到現在，已過了二千年之久，這麼長的期間，也才出現這麼一個劍靈，要真想蒐集完整，不知要多久歲月了，俗話說，緣分到了，自然來，強求反而不得的。」

「我出價一億五千萬。」

「二億。」

「二億五千萬。」

「我說，能不能別硬抬啊！」

「五億。」

「我去。」

「十億。」

這話一出，在場眾人紛紛注目，正是那間五字十號房貴賓室。

「真是一鳴驚人啊！五字十號房貴賓，開價課金十億，有沒有人要再與他競拍的？眾人矚目的凝象九變劍靈，有沒有人要再加價競拍？沒的話，三搥落定囉！」

謫仙人暗示菲菲將那位得標者作個標記，心裡盤算著如何守住這劍靈不被破壞。

第六項商品：造化屬人族，底標價二億。

「人族二億？我有沒有聽錯？人族拿來競拍，都已經不可思議了，底標還這麼高？」

「肯定有特別之處，且聽主持人怎麼說。」

「各位貴賓請安靜，大家的疑問，就讓本座來說明，此人為當今皇族，是皇帝的堂兄弟，因欠本商會一些帳，自願當拍賣的奴隸，所以這買主得看對象了，基本上，若賣不掉，本商會也只好取他靈識，當作賠償了。」

「原來如此。」

「得看現場皇族要不要顧這面子了，不過現場皇族有誰願意曝光身分呢？」

謫仙人：「要說在這拍賣皇族，肯定是沒結果的，這人必定要犧牲了，只是膽敢拍賣皇族，就是故意挑釁來的，這消息既然不怕洩漏，只怕魔皇對皇城開戰將即啊。」

這商品果然流標，還直接在展示台上被食魂了，慘叫聲一下沒的乾乾淨淨，這自然是七煞重要的威嚇手段了，在場眾人看得心驚膽戰，謫仙人嘆了一聲，一個識靈又從此消失了。

「第六項流標了，有些可惜啊，哈哈！」

第七項商品：麒麟凌虛種墨珩蛋一顆，起標價課金五億。

「大家都知道，麒麟分穿水、凌虛與遁地三種，各有各的特色，也各有各的極品種類，這墨珩蛋屬於凌虛之極品，本座敢保證，目前世上僅此一顆，起標五億，算是給諸位貴客招待優惠的，以感謝各位長期以來的支持。」

「這麒麟好是好，但大都難以覺醒化身，能覺醒化身的，上天下海遁地無所不能，這才是真寶貝。」

謫仙人見菲菲興趣缺缺，也就不與人競爭了。

最後又是那位五字十號房以課金十二億標得，這對方來頭肯定不小啊，每次都這麼大的手筆。

第八項商品：魅魔之噬魂蛋，起標價課金十億。

「魅魔是仙族一個最特殊的旁支，屬於聖魔同體，或專精於魅惑，或專精於鬥殺，這噬魂蛋則是屬於鬥殺中之極品，總之七煞拍賣必屬珍品，他的作用如何，大家都清楚的，請踴躍出價吧！」

這噬魂種的魅魔，的確是武鬥極品，不過並非天生就適合，還是得靠訓練，只是本能條件就極強韌，稍加訓練就可比擬化神境界高手了。雖如此，不是覺醒或變異種，能期待的成長空間還是有限，對於追求極致的謫仙人來說，總是看不上眼的，如果是專精於魅惑，那可就不同，魅魔之惑，足以展開領域設置幻境，這種能力天底下少有，謫仙人本深知魅惑能力的重要性與好處，若遇到的話自然是不會放棄的。

這類屬於黑暗勢力的最愛，競爭還是相當激烈，最後也以二十億高價成交。

第九項商品：神族共工護法金剛種，男性，三歲，起標價十五億。

「神族共工，天生巨力，武鬥天才，大約分二旁支種族，一種為強襲修羅，一種為護法金剛，這一族隱居在皇城疆域之南極群山動府，南極天然毒障遍佈，此族則免疫，這共工男童剛三歲，尚不能言語，也未曾修習功法，各位貴賓買回，必可以放心調教。」

菲菲：「仙仙呦，這位弟弟找來作伴可好？菲菲喜歡！」

「這是自然。」

有菲菲鑑定了，謫仙人也當無放過，一見此童，即知此童根器可為塑造，必屬有道之靈識遁入，三歲未復本來，將來長成，必是道門支柱，而且是共工一族，謫仙人心想，不知這七煞商會怎拿來拍賣？又這男童跟軒轅氏有什麼關係？

然而這是免不了爭搶的，要比課金雖不見得輸那些五字號的，但是也必然大傷庫存元氣，隨即吩咐菲菲，只見菲菲眼神一震，魅光發出，直落入此童雙眼，此童一觸及魅光，眼神瞬間轉為停滯。

菲菲施展這手段，在場絕對無人能察覺，呵呵！

主持人只見孩童眼神黯淡，以為疲累所致，遂不以為意，仍高聲詢問鼓勵買家出價。

買家們還真沒察覺這孩童被動了手腳，一般會以為神情萎靡是正常現象，然而內行的會知道這種共工金剛若出現這種神情，必然代表為劣等貨，不能有所期待的，所以紛紛放棄競標，不出意外，謫仙人又以最低價標得，主持人雖大感怪異，也沒想太多，只覺應是大獎洛神還沒拍賣的關係，所有大客戶把籌碼都等著洛神呢。

就這樣，要進行最後一項拍賣品了。謫仙人目前總共標得離合熾火蛋、九蛇之石化種渾沌蛋與共工護法金剛，可說是這次參加拍賣會的意外驚喜了，尤其這位共工孩童，也是扭轉皇城戰禍的重要因素之一。

第十四回 算計

場景——黑市拍賣會

主持人：「這是今晚最後壓軸大獎，各位貴賓期待已久的六翼神使——洛神！」華麗的燈光，聚焦在洛神身上，一股世上絕艷之感，震撼了整個拍賣會場。

「沒意外的話，世上僅存這位，呵呵！本座不多言，留多點時間給各位貴賓競價，起標價三十億。」

謫仙人提起十分精神，請菲菲先暗自對洛神註記，靜待眾大佬競標。

「這位洛神，我獅鷲商會要定了，我出五十億，希望各位別跟我競拍啊。」

「擺出獅鷲商會名頭，想嚇唬誰啊？我出六十億。」

出價聲此起彼落，競爭者互相叫囂，大都是五字房競標的，可見多數的確是為洛神而來。

「哼！八十億定了，別給面子了，還不讓。」

競拍沒多久，就從三十億直接飆到八十億，這課金一億，已經可以在皇城大街買下一整排十間店面了，這些人的出手真是驚人啊！

「一百億。」

「真他奶奶的！就是要抬價是吧！有本事拍得，也要有本事拿得。」

開始有人出言恐嚇，這也常見，總之搶手商品就是如此，更何況是世間僅存唯一的大獎，這丘山洞府洛神被滅門的消息，江湖上早就傳得沸沸揚揚的，估計是七煞商會刻意放出，用來抬高洛神標價的。

不過有一個人就不這麼想，抬高標價有的是手段，放這消息明顯是要挑事，以洛神為餌，挑動紛爭罷了。

主持人：「請守拍賣規矩，拍得物品，本七煞商會自然要負責安全送達的，若容許他人刻意截標，豈不是失了我七煞的信用？」

「誰不知你七煞商會，刻意留一位洛神，不就是要我們開搶嗎？」

「希望你們開搶或許是真，但規矩還是規矩，請出價決勝負吧。」

「出一百億，哼！就看你收到後，能不能平安守住。」

「若是貨已交手，七煞商會自然是不管的，呵呵！」

這七煞算是歹毒，刻意用洛神挑起紛亂，好從中取利，本來就是他們一貫的作風。其實啊，願者上鉤，世間名利爭競，不就這模樣，禍福都是自己招來的。

「一百一十億。」

這後來的叫價，嚇了眾人一跳，以為百億都到頂點了，竟還有更高的，這時只有那拍賣會主辦開心了，總算能過魔皇這關了。

「一百一十億！有更高的嗎？」單聽聲音，就知道這主持人心情瞬間開朗放心許多，其實這百億目標，就是晦藏魔皇給他們的最低目標，若達不到，魔皇心情就不一樣了。

「別爭了，一百五十億，讓給我吧，別讓七煞得太多便宜了。」一陣老練的聲音，眾人瞬間安靜了下來，這莫非是六翼、獵途者、正義三商會的共同代理公會長「王儲」嗎？

連他都出價了，那些氣焰甚高正在互相叫囂的，忽然間也全都安靜了下來，知道他名號的，基本上應該也就知道要罷手了，就在主持人準備三捶定拍前。

一個陰沉的聲音緩緩說道：「二百億。」

「天啊！我沒聽錯吧？二百億課金，這人到底是誰啊？」

「早點出聲不就得了，若知道有人會出二百億，那我也不用巴巴的趕來了，真是白走一趟。」

主持人道聲：「好勒！」喜孜孜的笑容，對這位客人，開始止不盡的恭維，諂言媚語一堆，已經不知道廉恥在哪了。

王儲長嘆了一聲，一股道氣瞬間蔓延了開來，會場轟隆隆如震雷似的，眾人都明顯感受到他的氣憤，最驚訝的，還是王儲境界之高，超乎想像，果然是人稱「萬里絕神怪物」。

「我想應該沒比這位五字一號房的更高了，那就讓我們恭喜這位拍得本屆大獎！咚咚咚！三捶底定。」

後面主持人說什麼，已經沒人在乎了，謫仙人與菲菲收了拍品，快速離開會場，一場洛神爭奪戰，即將在大雪紛飛的這個夜晚，拉開序幕。

謫仙人迅速理清思路，要把握時間救出洛神，也得讓魔皇們確信他們要的魚已上鉤，現下王儲必派人追蹤買走洛神那人的下落，這邊也得虛張一下聲勢才行，這樣要等魔皇放心離開七煞商會，時間上還夠，先往明道書院商量。

正行間，有人喚住了腳步：「仙人道友請止步，咱們已許久不曾見了。」

謫仙人回頭一見，原來是逍遙十仙的道友啊，拱手施禮道：「靈妤與四玉啊！散人有禮，屆上回『雪中御酒』十仙聚會聊天下大勢，大夥快十年沒見了吧！」

黃靈妤淺笑言道：「仙人好記性，不知時光荏苒，一轉眼間已十年，我們十仙何時能再約啊？」

謫仙人：「要十仙同聚較難，畢竟各自諸事繁雜，不像我散人一個，無事造作，今日我們既然不期而遇，就當把酒言歡，何必來日再約？」

黃靈妤靦腆羞言道：「正好，應當如此。」

吳四玉燦笑：「你倆果真互相牽掛啊！才十年沒見，怎麼就生分了起來，剛剛那個離合熾火是你標得了吧！識相一點，乖乖交出來吧。」

謫仙人道：「兩位美人要的，散人只能遵從，只是這是我家菲菲喜歡的，只好請你們等下回再說囉！」

黃靈妤急道：「姊姊說笑呢！還當真，我是見同屬一族，所以想出價保他，既然是公子標得，相信他也能平安快樂的。」

吳四玉揶揄道：「你們這一對，可不知何時能修成正果啊？明明就彼此在意啊，呵呵！」

謫仙人忙道：「好了，兩位妹妹都別說笑了，眼下有一急事，正好請你們相助。」隨即請他們幫忙確認，標下洛神的一號房人物，他的長相大致如何？

這吳四玉練有極目透視能力，遂回想言道：「方臉大耳，赤眼虯髯，戴一頂員外帽，感覺氣勢嚴厲，一看就是很有權力的樣子，這種以我經驗來說，絕非善類。」

謫仙人道：「感謝四玉妹子的消息，這樣我就能確認了。你們既然來了，那就留下來一起幫忙吧，皇城疆域即將動蕩不安，估計至少百日戰禍大劫，黎民百姓有難，正是你倆發揮後勤支援能力的時候到了，如果能連繫其他十仙道友，也請他們幫忙吧。」

吳四玉道：「皇城戰禍應是十年前十仙聚會時討論過的，也就是戾皇終於要奪權了，我姊妹倆正無事呢！能為百姓盡一分心力，真是太好不過了！」

黃靈妤關心的望向謫仙人，知其道門任重與肩負，能夠幫他忙也是心願，遂一臉溫柔的答應了下來。

菲菲原本關注著他們彼此的對話，在說到謫仙人與黃靈妤是一對時，有種莫名感覺上來，心中不喜，就懶得說話，也不知這是吃醋了，隨後一行四人，菲菲扭扭捏捏，同往明道書院去了。

場景——明道書院

謫仙人對大家分析道：「魔皇佈置洛神拍賣的這場陷阱，藉由洛神引起紛爭，引誘相關人等劫奪，再一舉進行撲殺，讓七煞商會卸下面具做下這等佈局，原因只有一個，就是製造皇城的動亂，趁機助那蓄謀已久的戾皇劫奪皇位大權。」

「那處在一號房的這等出手，又不顧王儲面子，我想只能是戾皇那人了，戾皇蟄伏既久，今朝行動，看來皇城即將迎來變局，戰爭必要開啟，或許他們估算的時機，正在今晚過後。」

院長比干接著分析：「既然對方設陷阱要請君入甕，那麼該等待的就是對方，主導權上於我方有利，要讓魔皇親自出手壓陣，我們也得做足樣子，讓魔皇下決心才是，而那位拍下劍靈神器的，敵友雖是未分，但最可能還是他們準備的後手之一，畢竟想一舉殲滅皇城勢力，也不可能單靠魔皇的，必定有同盟夥伴的勢力。」

「院長分析的沒錯，目前以救出洛神為要，這樣打亂了魔皇與戾皇之佈局，能夠讓他們出兵時機延緩一下，我方就可以有足夠時間來做整合。那麼當下計畫，就是趁機引蛇出洞，來一場偷入虎穴的尋寶遊戲，讓他們去守株待兔吧，呵呵！依照情況，洛神不會離開七煞商會，我們結合六翼王儲，直接趁魔皇老巢空虛，去劫他一劫。」

「略估一下，若此計順利，至少有半個時辰的時間可以仔細搜尋他老巢，我再安排一下，可以多爭取一些時間，絕對足夠救出洛神，還有今天會場多了那銅門守衛，真是湊巧，菲菲啊，必是救出洛神的最大功臣。」

隨即交代身旁暗影，一者連繫皇城，一者去六翼商會，時間先定在子時夜半動手。

場景——七煞商會總部地下密室

戾皇議言道：「這次藉由洛神設陷，應該可以把那些自許正道的，殺個大概，可以避免幹正事時，增加不必要的干擾。」

魔皇晦藏自信言道：「沒錯，那個道門與六翼商會一定會聯合出手，頂多加上皇城部分人馬，以道門手段要追蹤戾皇不難，可以引誘他們到埋伏之地，另外也會解決各商會派的密探，阻止他們跟蹤戾皇，這樣他們必然不會設想到是一場陷阱佈局。」

戾皇點頭寬言道：「這場佈局，以我雙方對三，在情勢不明之前，皇城不會出動真正精銳，六翼商會實力雖不弱，但大約能夠掌握，只有道門不能確定實力，視為變數而已，縱使如此，我方加上魔皇與二魔使協助，我們必然有百分百的勝算。」

「更何況，我們還有後手——幽冥魔使。」

「兵貴神速，讓皇城一夥來不及反應，希望盡快處理這些雞毛蒜皮的事，反正我這裡也特別安排了化神級的守衛，除非真來了合體境界聖使，否則對我們也沒能耐何。」

「嗯，既然已計算穩當，那麼接下來，等今晚事情過後，就該辦正事了。」

場景——皇城內院御書房

根據密報，潛藏已久的叛軍戾皇這次會出現在拍賣會中，皇城一干內侍臣工，相關人等，都聚集在此商議，並密切觀察拍賣會進行之實況。

「啟稟皇上，脅持皇子加上皇族拍賣一事，說明七煞商會已明顯挑事，會處在這時機點上，不能不聯想到他們與戾皇的合作關係。」

「透過洛神拍賣，引眾商會爭奪之干戈，其意製造皇城混亂，也是顯然明白了。」

「那麼，或許戾皇叛亂之禍，也就在這個時間上了。」

「嗯，朕明白，眾愛卿，諸事齊至，這時機上可迫在眉睫啊。」

「以敵我雙方形式而論，能確定為我方之助者，為謫仙人道門一派，確定為敵者，則有戾皇、七煞一派，已知戾皇七煞勢眾，但不知道門實力若何，不一定能依賴，臣建議，必要再尋可靠助力，以待即來之動亂爭戰。」

「另外針對『戾皇鬼使』一眾，我方雖有掌握，但難以確認皇城內之奸細所在，這於我方也屬致命傷害。」

「啟稟皇上，拍賣會場最新發展，五字一號房以二百億課金拍下洛神，其中一位王儲曾與之競拍不得。」

「根據這情狀，五字一號房，最可能就是戾皇或者他的代表，那麼與其競拍的王儲，就能是皇城助力。」

「根據王儲個人情報，屬於六翼等三商會的代理公會長，那麼他競拍同屬六翼神使的洛神用意就能理解，聯合他的勢力，來對抗戾皇鬼使一眾，是必要且實際的。」

「啟稟皇上，謫仙人遣道門暗影來報，希望皇上再加強今晚皇城巡邏人手，特別是皇城大街區域。」

「特地要求加強皇城大街巡邏，謫仙人在那邊必然有所計畫，可請寒衣衛——「革高」暗中監視，有必要時，幫忙出手。」

「目前大勢應可以確定，敵我既分明，就該迅速進行下一步驟，以求掌握先機了。」

「那麼先聯繫確保同盟戰線，好做統合分配調度。」

「事不宜遲，請皇上特遣欽差密使去聯繫進行。」

「老臣如果沒推測錯誤，若無變數，或許明晚，就是預言所說皇城百日戰禍的開始。」

「魔軍勢大，加上戾皇鬼使，我皇城縱使早有準備，兵力上恐怕也不及他們的半成，這次能否護城安全，或許得全仰仗這千年護城大陣了。」

「嗯，魔皇有大批的幽冥部隊，必選擇晚上進犯，且用來破壞皇城護陣，最是可能。更有可能驅使『噬能蟲』破陣，若是用這邪物，皇城護陣恐怕維持不了多久。」

「這與道門商量，或許能有克制的法門。」

「皇子誕生天示異象，應正是皇朝變革之機，自皇子失蹤日起，皇城即惴惴不安，或許必經百日動亂，才能邁向真正的新局，這種時勢之變化，雖是人為，恐怕也早在造物主眼中了，看是否能一次性將皇城千年來之隱憂解決，驅逐魔皇與戾皇勢力，求得這世界真正永恆的發展與和平，就是我們現下最大的考驗了。」

一眾臣工皆道：「微臣等必當竭盡心力，以死效命！」

子時夜半，戾皇鬼使大軍守在排佈陷阱的預定地，正等候王儲商會與道門一眾等自投羅網，同時間魔皇到來與厲皇說道：沿途看到好幾支小部隊，正偷偷摸摸地慢慢往這邊靠攏，看來今晚這些魚，你我今晚都能全吃下了。

場景——拍賣會隱密入口

同一時間，謫仙人帶著菲菲並王儲與三位公會副會長，一同進入今天會場的這隱密通道，沿途曲道狹窄，六人一位接一位，謹慎通過。

謫仙人領著菲菲在前，一到入口銅門處，二護衛本作勢欲發放訊息，不過菲菲快了一步，攝魂光已出，兩護衛眼神一滯，分立兩旁讓了開來，親切的問候道：「主人，屬下恭請主人下令。」

菲菲的攝魂光，對於修行沒到中境界合體以上的，只要先被她魅惑，一律無意外地全會被他使喚，這兩位自然也沒有例外。

隨後眾人在二護衛的帶領下，直接前進地下三層之密室中，各層守衛的反抗抵不過二個銅門護衛，一行人幾乎沒受到阻攔，竟毫不費力的救了洛神，遂將洛神先交由王儲帶回商會保護。

王儲萬分感謝道門之助，得以救回同族遺孤，同時也慨歎謫仙人之妙算，打從心裡佩服了起來，故相約再於商會一敘，謫仙人也將皇城戰禍一劫將至，請王儲也幫忙做好對抗邪惡勢力的準備，由此救助洛神之故，道門與三商會之合盟迅速成形。

謫仙人與菲菲趁著時間足夠，又留下做了一些手腳，完事後隨即滿意的遁離了。

這一役不費吹灰之力，讓魔皇們枯等了半個時辰，才驚覺不對，返回七煞總部時，洛神已被救出，問那兩個銅門護衛，只說不知，一清醒過來時就這樣了。

魔皇暴怒大喝，伸手探向兩護衛腦識，過程畫面一目了然，隨手丟在一旁，又探詢其他留守腦識，內容都是相同，遂恨恨的道：「好一個陳繼真，你倚仗八識王慶族太子身分，以為我動你不得？哼！遲早必叫你死無葬生之地！」

我竟然失了計較被騙，這等奇恥大辱，不討回，如何面對深淵七煞？

晦藏正羞怒間，幽夕於靈識中陰惻惻的說道：「姐姐別被騙了，哪可能是陳繼真啊，他可是真正認同我們作風的呀，姐姐難道不知世上有『攝魂魅光』之術嗎？

這個妹子還挺在行的，呵呵！妳只要如此這般，就能有真相了。」

晦藏疑惑頓生，心中一緊，照做了之後，確認真的又是被騙，更是暴跳如雷咬牙切齒：「道門謫仙人與菲菲是吧！我記下了！」

這回魔皇的佈計打了水瓢，還被人侵門踏戶救走了洛神，魔皇晦藏氣的失去理智，眼裡只想找出謫仙人洩憤，本來預計順便攻打皇城的，就沒心情，遂暫時停了下來。

謫仙人回書院報喜時，冷不防心裡打了個冷顫，這殺氣可真濃烈啊，遂得意的向菲菲笑道，看來有人把氣都出到我頭上了，呵呵。

菲菲魅惑能力介紹

【攝魂魅光】總計十等技能境界：

第一等定魂，序次識魄、離識、亡神、遁體，再次第六等逐竅、喚靈、藉行、命從、最後第十等為竄知。

逍遙二仙介紹

黃靈妤——逍遙十仙之護寶仙，屬龍族之龍女，專精「治癒加護」。

吳四玉——逍遙十仙之隱光仙，屬八識王異族之搖目離光，專精「極目透視」。

第十五回 勸降五仙

雙皇佈計一場空，不知仙人智勝雄，
顛覆謀權明算計，還需重作勞心力。
如此求得一時平，正邪大戰應將即，
先來堅實我道門，降伏五仙在今辰。

場景——九幽靈谷

《拘仙陣地》

這在靈谷正北方草原，腹地深廣數十丈，謫仙人預設五方五行旗，由「靈谷童子」催動開啟。

亙古拘仙陣，只進難得出。
幻夢催靈識，迷濛無自得。

只要進了拘仙陣，任憑你境界高深，只要不從外邊撤陣，就別想離開。陣內根據入侵者之執心而產生各種幻象，非常真實，所以難以自知深入拘束陣法，既不知困陣，自然出不得。

這個拘仙陣，其實剛佈置不久，謫仙人透過道門暗影情報，得知摘星五仙到了皇城疆域，為了專門「誘捕」他們而佈下的，原本九幽靈谷就有各式傳說，又刻意製造一些詭異訊息，與隱藏寶物的情狀，就是等著用來引誘這摘星五仙的。

隨著應九通將「修真玄珠」丟下靈谷，這餌就算是成了。

《靈谷山崖半空腹地》

皇城欽天鑑正殿後邊山崖中，往下半山腰之處，有一天然突出之腹地，恰好在這山崖中心點，不管是從上面攀下，或從靈谷下方上來，都不是一般人做得到的，除了像這一群特別以尋寶為正業的「仙人」外，這裡稱為「吞舌口」，遠看就如同一張人臉吐出了舌頭一般。

時間回到天命皇子誕生後的第一天傍晚，摘星五仙約好在這「吞舌口」集合，準備往盛傳埋藏奇珍的九幽靈谷探險尋寶。

五仙為首的金秏子帶著一大背包早早來到，與排行第二負責解陣佈陣的金溜子跟專門警戒的老五金廚子，正閒聊著，等候著另外二仙。

說起這靈谷底寶物，三人興致高昂。

金秏子開心的解說道：「這底下據調查是上古神仙玄真子藏寶之處，他在二千年前的聖魔大戰之後，就已不知去向，當時之人推測必已隨同聖魔戰神——青陽子一同戰死，所以這些寶物也就無主了，但是這靈谷不僅神秘且充滿危險，據說只要進了這谷，就沒人能走出來，所以也沒多少人敢輕易冒險嘗試，又目前在江湖上也還沒聽過有人從這得手，所以……嘿嘿！據此估算，這些神仙的寶貝自然是都全留下來囉！」

金廚子嚥了口水道：「老大，這可信嗎？」

金秏子自信言道：「我這江湖名號，可不是作假的，九幽靈谷下寶藏無數，這是肯定的。」

金廚子追問：「老大，如何這般肯定？」

金耗子習慣性的賊眼四探，小心翼翼的說：「我昨晚剛到這觀察地形時，洽見一道流星從上方飛奔入山谷，尾巴的炫光一直劃到底下，還帶著吼吼聲響，整個山谷瞬間都亮了起來，我趕緊用『定明術』一望，是一顆黑得發亮的珠子，大小未知，估計至少也有巴掌大，這麼個寶貝，值得大夥探探險吧，呵呵！」

金溜子笑著說：「老大這耗子習性真難改，這邊就我們自己人而已，何必這樣說話？呵呵！」

金耗子笑道：「就這習性啊，哈哈！」

金廚子嘴饞的說道：「老大，那我們何時出發？」

「等老三老四會合再說，這山谷透著古怪，跟我們之前開發過的，完全不在同一個檔次，就我這幾天觀察，的確無絲毫人跡，但老見到陣陣炫光，還是七種顏色輪流出現的那種，根據打聽到的消息，每月固定時段還會出現仙人吟唱聲勒！我想應該是上古神仙佈的陣，二千年來都沒道上朋友動過，必然有其詭異之處，想來這挑戰難度是百分百的。」

「不過既然是讓我們五仙盯上，那可就難說囉！二姐您說是吧？」

金溜子接話說道：「少貧嘴了，這陣法的確古怪，護陣大約分虎峙、烆虎兩大類，我所知道的，不論是哪一種，都要觸發機關才行，還不曾見一直處在發動狀態的，除非根本有人在底下操作。」

「我想應該不太可能，要是這陣法屬於魁儡機關術發動的，也得有主人才行，像谷底那種地方，進出都不容易，估計沒半個活人住在那兒。」

金溜子：「我也這麼認為，這『吞舌口』下層這一片瘴氣之類不說，我用『明悉鬼眼』仔細觀察推敲後的結論，這谷底下應該就像個幽冥界。」

「幽冥界？應該是所謂的陰陽交界入口吧！如果真是這樣，那不就是老三發揮的時候了？哈哈！」

「二姐我來囉，有沒有想我啊？」人還未到，即聽到金豹子笑嘻嘻地招呼，一瞬間，老三老四已至面前。

金獅子擺了個可愛手勢：「喵喵，大家安安。」

金溜子啐了一口：「想你做什麼？說好幾時集合的，看看晚到了多久？自己罰吧。」

金豹子輕薄說道：「就罰我親妳一口如何？」

金溜子：「再說嘴，就把你嘴巴縫起來。」

金耗子：「兄弟們回歸正事要緊。」

金豹子：「得勒！老大，剛剛你說谷底像幽冥界環境，那可是我的本科專門，金豹保證，谷內的寶物，我們必能手到擒來，這是俗話說的絕對『不費九牛一毛之力。』」

金廚子笑道：「三哥，九牛一毛好像不是這麼用的。」

金豹子：「你在糾正我是吧。」

「沒，我只是沒忍住。」

金獅子：「三哥，他是在糾正你，你老是用錯。每次聽三哥講話，我都會沒信心。」

金豹子：「算了，我鄭重專業的來給大家分析一下，第一、老大這執星仙已肯定這山谷下有寶物；第二、我們敬愛的二姐，她也確定了底下只能像是幽冥界那種地方；第三、論闖幽冥界，道上我自稱第一，沒人敢稱第二，何況是像而已，這在專業問題上，滿分；第四、萬一，就是如果真有個萬一，那還有老四老五呢，我們三個要逃，絕對不成問題。再來第五……」

金獅子打斷他的話說道：「等等，三哥，你剛剛說的就有問題了。」

金豹子：「問題在哪？一直以來，我們不都是這樣嗎？」

「就是，其實我挺弱的，也是會需要逃命的，老五也一樣，肥滋滋的，好咬，但不怎麼強。」

「你跟老五，從來就不是我們該擔心的啊。」

「為什麼？有危險的話，我會很害怕啊！」

「論打架，老五沒輸過，論逃命，老五也沒失敗過。」

「既然沒輸過，又怎會需要逃命？」

「你又在糾正我？至於你嘛，你是金獅子啊！只要你站在那，注意不要抖，就夠嚇人了。」

「我沒本事嚇人的，我不太會裝凶悍的樣子。」

「我說你是金獅子，是世上最強悍的厲獅一族，還是專門搞鬥殺的血誓種，別老是忘了。」

「我是……或許我應該是喵喵。」

「吼，你至少是公獅子吧！」

「我是男的喵喵。」

「暈，跟你說話，我身上的花紋會退色，就此打住。」

「你的花紋，不是本來就那樣了。」

金耗子：「好啦！大家知道的，老四小時受過人類霸凌，心理陰影一直都在，沒讓他失去理智前，就是這模樣，總之我們知道如何啟動他的暴走模式就好，這是殺手鐧了，沒到最後關頭，是用不到的。」

「出發吧！大家仔細點，別讓幽冥鬼使發現了。」

摘星五仙一行人往山谷下走了一會，夜間沿途景色雖是朦朧，但有一處處發出螢光的植匹，做為夜景，也是浪漫美麗的，除此外，實在感覺步步驚險，遂一同回到了原地，等待黎明再說。

這五仙在「吞舌口」搭了帳篷休息了一宿，黎明時一行人整裝再度往山谷下行進。

依五仙實力，要爬下這山谷果然不算費力，在通過迷霧瘴氣那一層後，眼前景色與上方察看到的大為相異，根本就是不同世界，驚訝好奇之餘，很快的五仙就已抵達九幽靈谷之谷底。

金耗子疑惑的說：「話說這山谷，還真不是詭異可以形容，上面看下來，明明就是一片死寂，明明應該就像幽冥界，一路走來不見半個鬼使，倒是越來越像仙境，哪有半點幽冥氣氛？」

「這谷底滿山遍野的花草千卉，全是外面極難見到的！」

「你們看這『擬人蔘』竟然隨處可見，這種大小隨便一顆拿到外界都難以估價！咦？這好多『靈元蟲』，這是『人面花』，那顆高大的是……是『晉元果』，天啊結實滿滿，都全是鮮紅色了！這整片是『仙娥樹』，那歌聲肯定是這妖樹唱的了！」

「還有這個是……是什麼來著？二姐妳知道嗎？——喔！」猛烈的拍了下腦門，「我想起來了，這一閃一閃，亮著金色光束，又宛如琉璃般的，只能是『金琉璃』了，對吧？一直以為是江湖前輩胡謅的，沒想到真有這東西，這都是真實的寶貝啊！」

金廚子正經的說：「老大你流口水了。」

「廢話！有你口水多嗎？」

「你們再看看，有看到沒？在西邊，不不，在西南方向，那邊層層疊疊的，就像老五身上肉，那不就是『玄靈芝』嗎？那個至少疊了有七層吧！七層那要多久啊？我已經數不清了。」

金溜子仔細算後說道：「根據『鬼谷奇觀』裡面說的，玄靈芝七層至少需要十五萬六千兩百五十年。」

金溜子盤在地上思考：「這根本不像幽冥界那種環境，難道我的分析錯誤？不可能啊，我這『明悉鬼眼』從沒失誤啊！」

金豹子上前言道：「二姐，看這滿地的仙花異草，有什麼好奇怪的，不就因為沒人採摘嗎？從上面看下來覺得氣氛詭異，也很正常的，前輩都說過，天地間的寶物，都有一道自然的屏障保護，如同幻象一般，這就叫需要『憐香惜玉』對吧？既然正常，有何奇怪？」

金獅子接言道：「三哥，勸你還是別用成語了，不然讀點別的書吧，那些風花雪月的，不太適合你，我說這邊這麼好，又沒人住，索性我們就留下來，要的東西也不缺，包準快活！」

就這樣，這五仙在拘仙陣裡，看了滿滿的心儀之物，渾然不知已深迷於幻境，不知不覺已過了六天。

這天金耗子雙眼呆滯，晌久不語，一直對者滿山滿谷的寶物傻笑。

金廚子急道：「老大！老大振作點！」

金耗子忽然雙眼一怔，仰天叫喊道：「這不是事實，我做夢了！誰來叫醒我啊？」

「嘻嘻，我來叫醒你呦！你們五個要倒大楣了呦！」

五人定睛一看，一位美少女模樣，衣著寬袖俏麗短裙，兔耳短尾，通體錦毛柔順，雙眼眨啊眨的，極其可愛，正啃著一塊紅通通的東西，笑咪咪地望著他們。

「仙仙要準備安排你們了呦！菲菲好期待呦！」

金耗子斜眼看著，不耐煩的說道：「是兔精啊，還以為是什麼大妖怪會出現哩！小娃兒哪邊來哪邊去，不要打擾大爺們尋寶。」

菲菲：「你們不知道呦，走不出仙仙的拘仙陣呦！」

金耗子輕視的說道：「拘仙陣？聖魔時代的拘仙陣？要誆我，也要找合理一點的，這世界哪裡還有這陣法？」

菲菲：「有喔，你腳下的就是呦！」

金溜子：「老大，這我聽說過，相傳拘仙陣，只能進不能出，而且是你心中想什麼，就會出現什麼，是極其神異的靈識幻境，不過早消失數千年了，連『鬼谷奇觀』也只見簡單記載，沒有任何佈陣之法。」

金耗子：「對嘛！若說這是陣法，那妳這兔子在我們面前，不是也一樣會被困住？看妳還來去自如的，說什麼拘仙陣呢？」

菲菲：「菲菲與你們不一樣的啦！」

金耗子：「少來，一隻兔精，能有啥本事？別胡扯了，這一大片寶物，今後歸我們五仙了，趕緊閃一邊去。」

菲菲：「等等你們就知道了呦！」這小兔子依舊自顧自啃著手上像寶貝般的東西。

金獅子：「大哥，她說的仙仙，會不會是這山谷的主人？這些寶貝我們還是欣賞就好，別想擁有了，先想辦法逃命要緊。」

金秏子：「就你這出息，難怪叫喵喵，這一大片山谷只能是天地造化，若說有主人，打死我也不信。」

金溜子：「唉！你每次看到好寶貝，腦子就沒準備用啊！根據我們在上面的觀察，跟下來谷中後所見對比，這邊到處超乎想像，太過怪異，只能是人為，而且我覺得這幾天來所見到的，好像一想就有，跟拘仙陣的描述太吻合，再說說我們何時看過兔精有這膽量，跑到厲獅面前晃悠。你這失智症毛病不改，終有一天害死你！」

金獅子：「我只是喵喵，小兔子自是不怕的。」

金溜子：「就你愛抬槓，滾邊去。總之既能出現在這仙境山谷，必然有些來歷，我們還是謹慎些。」

金廚子：「二姐說得對，老豬贊同。」

金豹子：「該輪到我說說了吧，等好久了。」

「你想說什麼？」

「我想說，這位小兔子所說的仙仙，我小時曾聽我師父的師父說過，就是有一個曾犯下天條，後被拘禁在一處沒人知道的幽冥交界，聽說一關就是要幾千年喔，就是俗話說犯下『豐功偉績』的罪犯，他好像也叫做什麼仙的，主要他身旁都跟著一隻小兔子。我覺得很有可能就是。」

金溜子：「你師父的師父，這幾千年前的事了，他怎麼知道的，難不成你太師父活了那麼久？」

金獅子：「是啊，聽三哥講話，就是會沒信心，老是胡扯。」

金豹子：「你再糾正我試試。」

「二姊不也說了？」

「哼！算了，這是我們幽冥豹這一族的秘密。」

「既然是秘密，三哥就別說了，我怕聽了會有麻煩。」

「滾邊去，再抬槓我以後就不帶你出門了。」

「好啦，喵喵閉嘴。」

「這是我太師父，有一次在練習『走靈法』穿越幽冥時，失去控制，不知不覺被傳送到一處山谷中，在山谷裡遇到一位稱作謫仙人的世外高人，就是他跟我太師父講的。」

這時一陣爽朗的笑聲傳來：「呵呵！既然你們都已說到這上頭了，那現在你們有沒有感覺毛骨悚然啊？」

菲菲：「仙仙啊，為什麼說他們會毛骨悚然？」

謫仙人：「因為我正用我的優質氣場，在慢慢馴化他們，他們很難沒感覺的。」

五仙循聲一同抬頭向上望去。

只見一人輕搖羽扇，乘扶搖立在半空中，似笑非笑的看著他們。

「只要你們能走出腳下十尺方地，這邊的東西，喜歡都拿，就別客氣了。」

金耗子：「真的嗎？說到要做到喔！可別後悔。敢問前輩尊姓大名？」

「剛不是有人介紹過了，說犯了天條，有豐功偉績的就是，哈哈，笑死我了！抱歉我沒忍住。」

金豹子：「前輩真是謫仙人啊！小人幽冥豹『小乙』徒孫，給您冒犯了，我恰好在打工賺錢，可以的話請前輩行個方便。」

「哈哈，當然可以，小乙那傢伙還在吧。」

「太師父健在，感謝仙人關心。」

金豹子喜孜孜的，頓時放心不少。

菲菲：「仙仙啊，書中有說呦，未語先笑，非奸即盜哎！」

「我哪裡又奸又盜了？別忘了妳的口糧，都在我這呢！」

菲菲一聽，立馬閉嘴，雙手摀著，手上僅剩的紅色寶貝，也趕緊的吞了下去。

「請問各位，需要多少時間才夠？算了，我還是回去等你們叫我好了。」

隨即一閃不見，留下菲菲在原地，仍然眨著大眼睛，笑嘻嘻地看著他們。

「前輩，咦，不見了？那正好，大家這幾天都走了幾里路了吧，要賭出足下方圓十尺，呵呵，哈哈哈。」

金耗子：「二姐，先探探吧。」

「好的。」只見金溜子手聚陰陽法指，凝氣降形，口誦真言畢，喝道，「移形換影，叱疾令！」

只見金溜子身形瞬間消失，但不一會兒又回到原地。

金溜子臉色訝異：「我再試一次看看，移形換影，叱疾令！」這次仍舊沒能遁出，猛地胸中一震，嘔出一大碗心血，頹然倒地。

四仙看得呆住了，移形換影怎地反噬了，從沒見過啊，金豹子急忙扶了她，遞了順氣丹藥，讓金溜子服下運功修復。

「這是拘仙陣喔！早告訴過你們了！進入拘仙陣，有進無出呦！」

金豹子：「小兔精，別得意，還有我呢！」

金豹子運起「走靈法」，一聲疾，一樣傾刻間又回到原地，就像在外緣跑了一圈似的，金豹子呆呆地望著腳下，看了著實有些好笑。

金耗子疑惑地望著心想：該不會真在陣中，不然空間移動之法怎會沒用？又那反噬的道氣，明顯是法陣反彈造成的。

「哼！」金豹子再次運起走靈法，幽冥藉身，疾，這次晃了一下，不能跑出，好似被強力壓制，隨後金豹子似乎氣力用盡，萎靡的坐了下來。

「仙仙勝利，仙仙得兩分了喔！」

金廚子：「妳這小兔崽子，看老豬的御劍術！」

只見金廚子手按劍指，比手畫腳的指揮著，看官，這豬肥滋滋的，手指短得恰到好處，御起劍術來，只是滑稽，要講笑果，實在沒這般貼切了。

菲菲笑到合不攏嘴，忍不住說道：「仙仙說過，要給我奴隸呦，我要你做我手下第一個！」

可想而知，老豬同樣做無功，飛劍一到十尺方外地，就被一無形護陣彈了回來，不認輸地舞了數次，也已癱軟在地上了。他的「九轉玄陽劍」雖然威能不凡，但受拘束陣中，自然是無法發揮了。

這拘仙陣遇到陣中人反擊，會迅速消耗他們的靈能，所以一連三仙感覺上很快就氣力用盡。

金耗子心想，他們不行，老子也沒那本事了，想說靠老四的試試，但是他一旦暴走起來，六親不認的，恐怕我得先遭殃，思索許久，便想說開條件談談看。

隨即躬身哈腰，乾笑著向菲菲求情道：「小兔子仙姑，能不能麻煩妳，告訴仙仙大人，我們認輸，能不能就此放我們離開，寶貝之類的，五仙是不敢要了，還有出去了，也不會提起這邊一字半句的，可請大仙放心。」

謫仙人輕笑道：「只有死人，才能保守秘密吧。」

金豹子趕緊說道：「仙人饒命啊！我們五賊雖視寶如命，但很少做缺德事的，也不會去犯天條，我出去後定會宣傳您的豐功偉業，請上仙看在我太師父的面子上，就讓我們去吧。」

「去，去哪裡啊？這邊規矩，只進不出，你們只有一個選擇，就是從此留下來，乖乖做我的奴隸。」

金耗子趕忙道：「老三口不擇言的，上仙千萬別放心上啊！」一邊磕著響頭，一邊心裡不停埋怨這隻蠢豹子。

金溜子也說：「只要上仙答應放我們離開，日後有何吩咐，小女子無有不從。」

金廚子心想，要不是拘在這仙陣中，要離開這，不過是一瞬間的事。不情願的說道：「神仙在上，老豬也願效勞。」

「我不是說了嗎？只有做奴隸這一個選擇，想要離開，這輩子就別想了。」

只見金獅子神采奕奕，小聲地與其他四仙商量著：「其實小喵喜歡這邊，寶物就這麼許多了，還用到處找？不如大夥安份點，就照上仙的意思吧！」

金廚子：「這獅子一點危機感都沒有，明明最沒膽子的，不知死活，真是反常。」

金豹子：「留在這不知會受到什麼折磨哩！別忘了他是犯天條的喔！別以為是大善人。」

金耗子：「事到如今，我們只能靜觀其變了，希望能有奇蹟出現。」

「不會有奇蹟的，只能怪你們，自投羅網，哈哈！」

這五仙，除了喵喵歡天喜地的，還有那鬼頭鬼腦的蠢豬，妄想乘飛劍離開外，其餘三位神情沮喪，也不管道行深淺，差點哭了出來。

話說這摘星五仙，皆是道門未來重要的核心幹部，也是貫穿整部玄明聖使傳劇情的活躍角色。

第十六回 皇權爭戰倒數

天外天十三光明聖使組織介紹

「御寶千陳，聖神魔仙林，無師幽鳴」，為十三光明聖使之封號排行，這十三字說明了天外造物主對於荒原宇宙之原始設計，即有造仙魔世界，而成神異鈞奇、萬寶如藏之靈子修行道場。

依序為十三聖使封號排名介紹：

七巧御神——殷洪。

寶煉童子——劉衡。

千手觀音——苗姜。

陳地魁公——李燧。

至聖鬥佛——沈庚。

滅化神——王平。

執勝戰魔——楊信。

御劍仙——黃元濟。

荒林慧老——老隔。

八荒無識——呼百顏。

傀儡軍師——魯芝。

九幽智星——謫仙人。

千巢鳳鳴——余惠。

此十三光明聖使，皆稱護星使，為十七天外達盤古造物組織，於造化五行尊即將成形之際，安排於東方荒原宇宙做為引導世界發展之重要造物使，十三聖使之道體皆在合體境界以上，居於此世界大都已存在二千六百年之久。

此番聖城百日戰禍，為魔皇首度介入，不僅雙方兵力懸殊，魔皇個人境界更是遠高於謫仙人等，故謫仙人尋求其餘光明聖使之助，以盡可能求得勝機。

話說摘星五仙出不了拘仙陣而認輸，已任由謫仙人擺佈，每個人頸上多了一道黑環，順著菲菲帶的路，往靈谷正殿前進，一路上景緻亦美，但不見了那些靈花異卉，早說了是幻象，唉，都是假的，都是做夢。

場景——謫仙正殿

雖名正殿，實若廂間，兩座梨花椅，間桌落中間，內裝無擺設，倒見蓮花邊，前庭有花樣，小築叢林間，青門開啟處，可得靈谷仙。

兩旁迴廊道，窈窕見蜿蜒，雲路遮俗眼，恰似彩雲仙。
點綴綠嫣紅，粉紫映青蓮，山間穿霞壁，天上縱橫邊。

這謫仙人與菲菲居住的地方，感覺不大，但錯落雅緻，極有仙人簡約風格。

到謫仙正殿後，菲菲說道：「你們五個啊，就乖乖待在這，別想亂跑呦！」隨即開了東側門，竟不管他們，自己出去了。

金獅子道：「我們是不是需要趁現在逃跑？」

金廚子：「跑什麼跑，沒看我們脖子上的東西啊？」

金獅子：「所以我說，我們就安心快樂的住下來，不是挺好？我想應該會有吃有住吧，還有一堆寶貝。」

金耗子：「寶貝什麼的，你沒看都是幻象嘛！真是，看這謫仙人絕非善類，我們落在他手中，只怕是好日子到頭，沒指望了。」

金豹子：「還以為跟他有些些緣份，沒想到他這麼狠。」

金溜子：「都別說了，你們若知道這東西是什麼，唉！就知道往後只能聽天由命了。」

金獅子：「二姐，妳別賣關子了，快說說這什麼東西？」

金溜子：「套在我們脖子上的，名叫『幽環』，是相傳聖魔時代用來拘禁大魔頭的鎖鍊聖物。」

金獅子：「鎖鍊，沒見到啊？」

金溜子：「你可以試著逃跑看看就知道了，這幽環只在『鬼谷奇觀』中有些許記載，只描述其中兩項恐怖作用，講出來，就足以嚇死各位。」

大家異口同聲問道：「什麼作用這麼恐怖？」

金溜子習慣的吐了信兒，繼續說道：「第一、一旦帶上幽環，終身為奴，永無解除之日；第二、只要對幽環主人有任何不滿，幽環會自動開啟懲罰，每時辰一回，其中酷刑千變萬化，但能保證你死不了。」

「也就是求死也不能了？」

「當然！」

眾人聽了半晌無語，互相憐憫又互相埋怨了起來。

「唉！沒想到我們五仙義結金蘭，雖是貪圖寶物這性子不好，但也沒少做善事啊！老天爺怎麼這樣？」這耗子看來堅強，現下早已眼眶泛淚，不斷的向天禱告祈求。

金獅子安慰的說道：「現在信上天也晚了，不如就信這位仙人吧，二姐說的我聽懂了，只要大家別心生不滿就好，一樣可以快樂逍遙地過日子的。」

「這小喵說得在理，目前能這樣最好。」金豹子本來話多，現在是一點心情也沒了，勉強說了這話。

金廚子：「可惡！要是我能突破功體，區區拘仙陣怎能困我？也不至於被套上這幽環了。」

話說金廚子所練功體，稱為「太玄易能經」，用的「九轉玄陽劍」是這易能經第一重境界的一套御劍功法，這易能經總共分九重境界，金廚子算是武學奇才，出道前已煉至第六重「白乾道」，在闖蕩江湖期間幾乎不逢敵手，有一次煉功走火，遇到對家尋仇，恰好金耗子們經過救了他一命，看彼此志同道合，就這樣在一起了。

金廚子一直處在太玄易能第八層，始終沒能突破，這次看到山谷中滿山遍野的靈元蟲與玄靈芝，以為終於是突破的機緣到了，沒成想竟然在這邊做了永世的奴隸。

眾人彼此相望，也不知說什麼好，只好閉上眼，期待做夢去了。

謫仙人要菲菲安置好五仙後，即與菲菲乘扶搖一同前往六翼商會，洽談雙方合作同盟方式，為即將來臨之皇城戰禍做準備。

時間已迫在眉睫，需能盡快做好戰前佈置，謫仙人尋思於商會談妥後再往皇城，路上無停頓，一時急急忙忙，到六翼商會後，即與公會長王儲直入密室商議。

「上回救助洛神一事，散人與會長已有同盟默契，當下皇城百日戰禍之劫已逼近，故特來確認今後我們的合作形式與參戰之計畫方針。」

「現在以皇權穩固，方能結合多方中立勢力以得和平，若此天平傾向於戾皇，華梵和平必不復存在，這是必要鞏固當今皇權的重要理由，以散人對於戾皇之調查認知，若他在位主政，那這華梵世界，只能是邪魔的天下，不再是人魔共存的和平世界。皇權若是被顛覆，將是皇城動蕩的開始，一切回到千年前聖魔混戰時期，甚至可能更糟，因為，我們目前擁有能對抗黑暗勢力的人才，相較於當時，已是少之又少。」

「那以仙人之見，皇城勝算如何？」

「目前情報所知，魔皇勢力加上戾皇鬼使，已是數倍於皇城兵力，這『天時』勢力已失，絕不能直接硬碰硬，皇城只能著重『地利』，即依靠護陣保護以拖延時間，要在這種條件下制勝，就是『人和』條件了，只能出其不意，這方面，散人已有計較，或可得必勝之機，當然謀事在人成事在天，當下我們只能盡力。」

「仙人估計我們還有多少時間？」

「要不是洛神事件出乎他們預料，那戰禍早開始了，雖如此而暫時推延，保守估計三日，論樂觀點也頂多七日，戾皇野心勢力已全，必不再蟄伏準備。」

「無妨，就算僅剩二日也夠我們商會做集結了，另外我想委託洛神——賈蝶之事，我想九幽靈谷甚是隱密安全，不知是否可委託仙人，讓我這孤苦的姪女有一去處安身？」

「這是自然，不用會長吩咐，散人也正有此意。還有貴商會可用人力之組織結構，散人需要及時掌握，以便安排計畫，這要麻煩會長了，也感謝會長信任。」

「這當然，從幫忙救出賈蝶起，本座就已視你為盟友，未來皇城戰禍，不可小覷，我們必要堅守互信，絕沒有猜疑的空間。」

「會長大義，散人拜服！就此別過，賈蝶我就先帶回靈谷安置。」

「這樣我會放心許多，對於戾皇鬼使傳聞甚多，早就想領教一番了。」

場景——御書房養心殿

「仙人正午來訪，必有要事？」

「散人為皇權要緊事，不得不忙。」

「何謂皇權要事？」

「戾皇鬼使即將顛覆皇城一事。」

「嗯，連你們也都知道了，那也不須再隱瞞了，朕素知仙人妙算，可否直接告訴朕，我們還有多少時間準備？」

「頂多七日，散人建議皇上，最好在三日內做足準備，以防萬一，另外道門已與三商會合盟，要共同對抗戾皇勢力以維護皇權正統，若皇上信得過散人，則由散人統一籌劃佈局，以應對這皇城百日戰劫。」

「這點容朕思考一下，至於三日內整備齊全，是完全沒問題的，朕之前將五嶽主事調回，就是準備對付戾皇之事。」

「請容散人斗膽提問，戾皇鬼使實力，皇上掌握多少，魔皇晦藏掌握多少？」

「戾皇鬼使方面，能掌握的實在甚少，魔皇方面，大約了解一些。」

「有對付魔皇的方法嗎？」

「暫時尋不得。」

「那有無勢力可以拉攏，做為幫手的？」

「目前皇城只能靠自己，除了你們道門商會相助之外，並無其他外援。」

「如此皇權之爭，皇上將處於必敗之地。其一、戾皇底細不知，不能掌握變數；其二、魔皇實力高超，不能有效制約；其三、中立之勢力，將因皇城傾倒而趨向於對方，不可能為皇城效力；其四、皇城之內，在勢危之時易生大批內患，屆時趁機倒戈，必能顛覆皇權，此皆屬情勢之必然。」

「集此四項，散人已可判定皇權之未來將於何人所掌，若皇城僅思考依賴自己為屏障，不設聯合籌劃機構，道門與商會縱使有心，也是一盤散沙，實力不集中，不能產生作用，則皇上將失去這唯一可扭轉之勝機，散人再次請求皇上旨意，讓道門籌謀計劃這一切應對。」

「仙人分析明確，那麼仙人可願意實誠交代助朕的理由？」

「皇權傾覆，天下不寧，戾皇無道，蒼生遭劫，必有違道門濟世之任。」

「好，那仙人有把握對抗嗎？」

「若無把握，何必來皇城做此說客？」

「那當如何，仙人可教我？」

「魔皇勢眾已佔天時，皇城護陣堅實可佔地例，所以「人和」就是關鍵變數，天機不可洩漏，散人只能先說這些，皇上只需將有用人力讓散人知悉，然後依照散人規劃安排即可。」

「好吧，朕即擬旨意，皇城戰禍統籌，一切就交付於仙人了。」

「散人必不負皇上信任！」

場景——明道書院

「散人已與皇城、六翼等三商會取得共識，皇城百日戰禍將由我們道門安排計畫應對。」

「有勞仙人了，能在這麼短的時間內整合，實屬造物之佑啊！」

「嗯，要麻煩院長於三日內調齊八部所有暗影使者，除正常查探作業者外，其餘皆整合待命。三日後計畫開展，各依命令行事。另外『天外天十三光明聖使』，這次需要他們協助，也請院長幫忙傳達，對了，執勝戰魔——楊信護星使與我同為東方一組，我請菲菲去聯繫就好。」

「楊叔叔喔，上回他說要給菲菲的寶物都還欠著呢！」

「就是讓妳有機會向他討回。」

比干：「這皇城一旦發生戰事，道門產業難免受到波及，須先做好安排，這些瑣事就由我來安排吧。」

「嗯，麻煩院長了，九幽靈谷能做為戰時絕對安全的運籌總部，就請後勤支援單位都先往我那邊集合吧。」

場景——謫仙酒樓

謫仙人大致安排妥當後，即前往謫仙酒樓與逍遙二仙見面。

「二位神仙妹妹，皇城百日戰爭即將開始，這邊的道門產業得做好安排，也要為將來戰事做後勤準備，所以先請你們幫忙酒樓英妹張羅這些瑣事，然後全都到我靈谷那邊會合。」

「我稍晚要單獨閉關佈置些魚網計畫，這些就都麻煩你們了。」

「沒問題的，一切放心，就交給我們。」

「你……公子你自己也要小心，別太勉強了。」

「知道，沒事的。」

謫仙人隨即往高蘭英廂房。

「英妹，你訓練的『天罡三十六星眾』這次要派上用場了，十年來真是辛苦妳了。」

「這是妹子該做的，何況我也做得很起勁，他們的實力進展，絕對能讓仙人滿意的。」

「這次要對付的是戾皇與魔皇，十年準備就為正邪之爭戰，估計最快三日後，皇城將成戰場，妳這三日，安排所有日常用物，都一併退到九幽靈谷，將來那邊是最重要的基地，至少需應付百日戰禍，請盡量將物資安排妥當。」

「大哥，我會盡量多做些準備的。」

「對了，我有請住宿這邊的逍遙二仙幫忙，事情準備完成後就到我那裡吧。」

場景——九幽靈谷謫仙正殿

回到九幽靈谷，謫仙人前往正殿與剛降伏的五仙進行親切的慰問與溝通。

「算來你們五仙與我有緣，這才不遠千里來到我這，希望大家都能好好珍惜這不可多得的緣分。所以現在皇城戰禍將臨，也希望你們能貢獻一己之力，這邊有一個重要且秘密的任務，非你們莫屬，期待你們有好的表現，但若是出差錯了，那就不能怪我不仗義了。」

「咱五仙知道，必積極勤懇，不辱使命。」

「那就好，該做什麼，到時我會通知的，先在靈谷內幫忙開戰準備吧。」

「嗯，那就好。」隨後謫仙人指了指脖子，親切地看了看眾五仙，又與菲菲乘扶搖外出了。

五仙見謫仙人不在，又各自嘮叨了起來。

「還真是倒楣，一來做了奴隸，又要準備上戰場？」

「注意，恭敬、虔誠，千萬別心生不滿啊，幽環還套在脖子上呢！」

「對吼，仙人仙人我信你，仙人仙人我信你……」

「一直唸就對了，能真正定心。」

「唉，這麼愛嘮叨，真不知死活。」

「我們要懂得樂觀。」

「小喵倒是有點期待。」

「……你好像轉性了？」

「嗯，不像原本那隻小喵。」

「大哥，我有嗎？」

「有，變得不知死活了。」

在皇城爭戰倒數之際，謫仙人馬不停蹄積極運作各方同盟勢力，以集結成最大的光明守護力量，同時也思考著八識王等其餘勢力動向，雖暫時不能為助力，至少不能為阻力。基本上大戰一啟，各方勢力必先觀望，只有第一場做出足以令他們震撼之勝利，才能改變這些觀望者的態度。

第十七回

一日三計

江湖翻浪，皇朝離綱，邪佞張，天下震蕩。
滿城文武，問路求自安，何時尋覓相見。
旦夕危亡，且觀仙人機關，
策三計，力挽狂瀾。
世人乃見，智星平生禍，復返王權清愿。
明月逐人來

謫仙人根據皇城與商會提供的戰力訊息，相對暗影所得魔皇軍與鬼使情報，發現對戰情勢相當嚴峻，實際上遠大於初步估計，若是加上魔皇幽冥軍主力，那將會是百萬大軍凌駕十萬不到的皇城同盟之惡劣局勢。

再以主將戰力而言，魔皇晦藏論為當世第一高手，能與之單獨抗衡的，或許也只有……

謫仙人不斷思索雙方實力差距，想要在這場戰爭中尋得一線生機，以皇城護陣之能，最怕噬能蟲一類，魔皇既有，不可能不出這招，那麼提燈反制，就是魔皇想不到的了，另外戾皇這種權力慾望強的投機份子，不可能真心與魔皇合作，要設計破壞這關係，就從他那自以為隱密的老巢了，再來就是解決皇城奸細的問題了。

於是在靈谷籌謀了三日以確實立定方針後，謫仙人為引蛇出洞以壞對方之緊密佈計，故先行設計讓魔皇提早出手，這時間恰好是天命皇子誕生後之第十日。

皇城組織介紹

皇權之下概分四大組織系統——

內政：設左輔右弼二相，各領五部執事單位，統籌一切民生經濟事務，並專精人才推薦。

軍政：設正刑軍機二處，各領五部執事單位，統籌一切刑罰正典事務，並守衛防備研究。

外事：設探偵預防二院，各領五部執事單位，統籌一切害厲叛亂事務，並籌謀畫策預備。

內勤：設近侍鐵衛二隊，各領五部執事單位，統籌一切護衛淨身事務，並探密定案求證。

其中以軍政組織系統，為王朝正規軍隊，然多數分散於華梵世界各重要據點駐守，於皇城有危難之時，亦不能擅離，而且遠水也救不了近火，緩難濟急。

能為依賴的，只有內勤近侍與鐵衛，約數萬人左右，而這本來就是用來護守皇城的。

近侍隊長分左右使，右使為正，名為——李雄，左使為——吳坤，其下分五衣衛。

第一朱衣衛，主任暗殺。

第二錦衣衛，主任保護。

第三影衣衛，主任探秘。

第四寒衣衛，主任設防。

第五青衣衛，主任明鬥。

其中寒衣衛實力最強悍，僅有八位，依其稱號排名為「天地非人洪荒無殺」，這寒衣衛八大高手為皇城個人實力最強之隱密組織，八人各有各的特殊專精，皆是化神以上境界，來歷實為天魔眾之暗殺部隊，因叛逃受魔皇——「晦藏」追殺而投奔皇城，他們存在的秘密，估計連謫仙人也不知。

其稱號與排名次序如下：

第一天字——龍成——悍雷天罰。

第二地字——金光聖母——筮咒地網。

第三非字——車坤——蘿幻非真。

第四人字——菡芝仙——魁儡人屍。

第五洪字——黃天化——揁靈洪滅。

第六荒字——羅宣——毀葬荒瀆。

第七無字——革高——匿蹤無影。

第八殺字——李奇——鬥魔殺戮。

鐵衛隊長亦分左右使，右使為正，即是——楊定侯，左使為——胡道元，其下亦分五衛隊。

第一、干城鐵衛，主任護衛。

第二、雲驤鐵衛，主任傳令。

第三、霧隱鐵衛，主任追證。

第四、八禁鐵衛，主任城管。

第五、金剛鐵衛，主任守城。

這鐵衛中實力，以干城鐵衛最強，尤其隊長楊定侯右使，更是皇城第一高手，楊定侯師出天外天光明聖使苗姜，又自身天賦異稟，實屬戰鬥天才，故習得一身武藝陣法，皆屬上乘。

這皇城有效戰力，也包含了施法護陣的千人宮廷術師，實際總共僅在八萬人左右。

聯合商會組織介紹

以王儲為首之商會，實名有六翼、獵途者與正義三個商會，而與之友好，經其說服加入光明陣營的前十大商會中則有排名第八的赤龍商會，公會長名「高可」，屬獨狼之三角魂翼種，其形人身狼頭，頂生三角，具幽形雙翼，能飛天遁幽冥，是華梵世界中最特異的種族之一，若論群體作戰能力，這赤龍公會實力可謂超絕。

這四個商會，都設有公會長與副公會長，其下再分三個部門：

第一、團員稱養能或稱組訓、練業，這屬於訓練人才的部門。

第二、團員稱尋寶或稱搜契、藏器，這本是冒險者的正職，大都五到十人組成一小隊行動。

第三、團員稱滅敵或稱殲敵、護守，這是保護商會的組織。

其中副公會長與組長或隊長級別的，其修行程度大都屬於化神以上境界，有一定可靠的戰力，這四個聯合商會總人數，大約在三千三百人左右。

其中赤龍商會人數約三百人左右，然實力穩定平均，注重合作，相當團結，又因其種族特性，最適於偷襲，故於謫仙人未來所佈第二計中，大都以他們這隻隊伍為主，可說在皇權爭鬥中，扮演著重要關鍵角色。

皇城爭權之戰禍在即，以雙魔合縱之勢，相較於皇城與道門商會之聯合，實可言強弱之勢分明，概已知者，魔皇勢力能調度者即百萬之眾，更遑論其他。

而以強勝弱，屬勢之然，不特立渠道以求勝，專以弱敵強之勢者而論，乃成兵法之義，且觀太玄道經所述之道。

易言正謀之兵略

且觀敵我之勢，盛弱分明，乃知「共敵不如分敵，敵陽不如敵陰。」是也。「敵已明，友未定。引友殺敵，不自出力，以損推演。」乃「困敵之勢，不以戰；損剛益柔。」也。

「敵之害大，就勢取利，剛夬柔也。」當「示之以動，利其靜而有主，益動而巽也。」即「陽乖序亂，陰以待逆。暴戾恣睢，其勢自斃。順以動豫，豫順以動。」復知「信而安之，陰而圖之；備而後動，勿使有變。剛中柔外也。」如此「勢必有損，損陰則益陽。」是也。

且知「微隙在所必乘；微利在所必得。少陰，少陽，利其寡也。」即「疑以叩實，察而後動；復者，陰以媒也。」「有用者，不可借；不能用者，求借。借不能用者而用之，匪我求童蒙，童蒙求我，則成勢在我也。」

又「待天以困之，用人以誘之，往蹇來連。」此能為者，「逼則反兵，走則減勢。緊隨勿迫，累其氣力，消其鬥志，散而後擒，兵不血刃。需以致寇，有孚，光亨也。」

再言「類以誘之，擊蒙也。」乃「摧其堅，奪其魁，以解其體。龍戰於野，其道窮也」。證之「不敵其力，而消其勢，兌下乾上之象，是履險也。」

「存其形，完其勢；友不疑，敵不動。巽而止蠱。」則「頻更其陣，抽其勁旅，待其自敗，而後乘之，曳其輪也。」

復造作者「寧偽作不知不為，不偽作假知妄為。靜不露機，雲雷屯也。」

如是「假之以便，唆之使前，斷其援應，陷之死地。遇毒，使位不當也。」

總略易言正謀者「兵強者，攻其將；將智者，伐其情。將弱兵頹，其勢自萎。

利用禦寇，順相保也。」而必「虛者虛之，疑中生疑。剛柔之際，奇而復奇。」是也。

伐情著「人不自害，受害必真；假真真假，間以得行。童蒙之吉，順以巽也。」

攻將者「將多兵眾，不可以敵，使其自累，以殺其勢。在師中吉，承天寵也。」

至若勢已不可，當「全師避敵。左次無咎，未失常也。」

此《易言正謀之兵略》以弱敵強者，道矣。

三計合縱策連環，智星稱名豈平凡。
安內為先除反間，問道有勢當由奸。
金蟬脫殼淩空戲，入穴驚蛇離間去。
說反西夷三寸舌，且觀識王鼓動天。

第一計：示反間以動利，取童蒙之稚也。

此計以除皇城奸細也，當宣事而不密，誘反間以執計，其動利者，皇權疑道門之有私也，臨禍之際，不能同心，得童稚之真也，當為有間至利，以此得謀覆命，而非實矣，必自死於魔皇之手。

謫仙人以施行第一計為首要，取「心海即識」之法與楊定侯商議底定後，隨即動身前往皇城。

且看謫仙人星夜密探皇城，隱隱秘密，仔仔細細，雖自恃神秘，而不知行蹤早在他人掌握。

謫仙人與菲菲行至皇城，楊定侯早至午門等候，三人小心翼翼的，前進御書房養心殿與皇上密會。

「散人就直說了，當下情勢，皇城危如累卵，皇上再不下決定，道門恐怕只能尋求自保。」

「哼！要朕答應此事，不如將皇權交給你道門如何？我皇城數萬精銳，文武將才俱全，豈非得你道門相助不可，能為朕之助，則朕自欣許，若不能，朕也不做勉強。」

「皇上請三思，戾皇謀權蓄力已久，此番有備而來，又兼魔皇同謀相助，能得道門偕同禦敵，是絕對必要，更何況道門與諸商會也有交情，皇上不可因此事而彼此鬧翻啊！」

「楊右使，你以為這是小事嗎？先皇傳位至今，皆賴皇權以保天下，道門要求全權主導，不正是交付皇權之意，若如此，朕如何面對祖宗？更何況，若道門存二心，則與皇城由戾皇掌握又有何差異？」

「皇上將道門看得差了，道門豈是利名之輩？是應皇城百姓苦難而主動救助，非為己謀私也，若皇上如此認知，則散人再談又有何益？實在枉費我一番功夫盛情，散人就此告辭！」

「菲菲也告辭，哼！」

遂憤憤的離皇城而去，楊定侯叫喚也不回。

這謫仙人與黃帝鬧翻的這一切，都叫隨後的皇城奸細看的仔仔細細清清楚楚，遂即刻回報皇城內之間諜正主，領賞去了。這正主，其實就是皇城刑部主事「風刑」，他原本就是魔皇派去臥底的。

在組織對立的世界中，互派臥底以求得秘密情報，是很正常之手段，不分哪一種勢力都是一樣，有些更是特別，屬於雙面之反間，例如「應九通」就是其中代表。

場景——七煞商會地下總部

「屬下據實以報，皇城與道門之合作，已現裂痕破局。」

「這情報可不能有錯誤啊？」

「屬下親信親耳聽聞，消息必無假，畢竟以他們的情勢來說，大難來時各奔東西是正常的，又道門趁機要求主導權，依屬下對那皇帝的了解，他是不可能答應的，如此意見不合，不歡而散，屬下認為實屬正常，並無虛假成分。」

「嗯，本來打算再觀察研究的，就趁這天賜良機，明晚開戰吧，順便去跟戾皇那怪老頭說說，要他準備配合，還有你那邊也要做好安排。」

「屬下僅遵魔令。」

第二計：利於寡以用行，取敵陰之正義也。

此計以分敵之勢也，即敵致寇皇城，我自趁其虛也，當使其心妄而自分，其勢不能併合，而自奔東西也，復取其勢弱者敵之，乃損其勢矣，必益我也。

謫仙人離開皇城後，隨即前往明道書院與光明聖使並比干等眾商議，確定明日開戰後之各項準備，特別針對戾皇基地之偷襲任務計畫，與協助皇城佈下防護大陣，各別確認了專門負責之光明聖使，與規劃好詳細的任務說明之後，又前往商會與王儲等首領解說明日之應變計劃，在確立赤龍商會可負責戾皇基地後，隨即帶著菲菲趨使扶搖趕往西極之地找慶族太子去了。

天外天光明聖使，在接到院長比干通知後，隔天即都到達了明道書院，與院長比干商議著最新情勢，在與謫仙人會議後，眾人針對謫仙人這掌握情報的分析能力與離間雙皇之計策，皆著實讚嘆不已。

第三計：巽止蠱存形完勢，取有道而思自反也。

此計以阻敵之合縱也，即說反敵之友，令其自觀而不與也，執心之道，取勢之義而成其利，乃天生執性也，故明示之義不合而利不成，其乃自思反矣，必斷敵之後援也。

皇城疆域西極之地，有著遠古聖魔大戰時期留下的三大遺跡，「狎城遺跡」、「危城遺跡」以及「軒轅遺跡」，當初謫仙人交代冒險團隊針對前二項遺跡進行探索與監視，主要就是讓慶族太子盡量能選擇軒轅遺跡落腳。

謫仙人猜測依慶族太子身份前往西極，不可能只是為了做出送皇子的樣子而已，是必有長期停留西極之目的，而於西極之地要能長期居處，除了遺跡能避免花笑子那些邪物干擾算比較適當外，也沒他處可想了。

所以於其他二處製造紛亂麻煩，慶族太子必然會在軒轅遺跡住下來，這樣要找他，自然是容易多了。

謫仙人與菲菲來到軒轅遺跡上空，用千里傳音說道：「九幽靈谷謫仙人來訪，求見八識王慶族太子，有您切身要事，雖隔數百里，散人亦不得不主動前來告知。」

「你的底細，我大約了解，知道我在這，算你有本事，你我非敵人，就進來坐坐吧，但如果想賣弄唇舌，是白費功夫的，我正等皇權異掌，好來進行我的計劃，有什麼我的切身要事？說來聽聽，若是胡攪，可別怪我不客氣。」

「散人有禮，素聞慶族太子大器，果然不虛，散人來是想告知太子，盛禍將至，您的性命已在他人之手。」

「說清楚，不然你倆別想回去了！」

慶族太子環眼圓睜，道氣外散，威嚇肅厲，軒轅遺跡竟然整個晃動了起來。

謫仙人這起虎口拔牙，出奇驚險，菲菲在旁嚇得直發抖，摀著心口道：「嚇死菲菲啦，嚇死菲菲啦。」一臉誇張樣，謫仙人見了，噗哧一聲沒忍住笑了出來，這與太子氣勢洶洶的模樣，要說這氣氛，比較起來實在有點尷尬了。

這一日連環三計，第一計先除皇朝內憂奸細，第二計製造機會離間雙皇，第三計策反中立勢力，這是欲攘外必先安內，勢既盛則將釜底做抽薪，謫仙人此三計在當時環境條件下，實屬最適當之佈置，難怪稱為當世佈計第一人。

仙人妙智安天下，一日三計不知歇。
夜赴皇城戲作假，引得奸人道秘來。
復言明朝戰事即，待敵出巢我偷襲。
更要說反識王虎，危言一句看生死。

這軍力懸殊之戰，如何贏得最後勝利，實在是考驗道門眾人的重要關卡，十七天外聖使們，皆靜觀門人之造作應對，以作升等進階之考量，此如地球世界道場，造物主也是以相同角度在看我們的人生應對表現，這是所謂上蒼取擇之義，必為仙佛入眼之優選，才得以化生宇宙真實，這是地球道場絕對的修行真相。

第十八回
天外視角

造物主看待這世界的角度，就稱為天外視角，這包含了世界中靈子進化的過程與方式，造物主們是用什麼樣的態度來看待，而這與靈子修行，其實有著重要的關係，當然這主要指的，就是協助靈子識核進化的這個重要過程。

荒原宇宙東方星系

荒原東方宇宙星系，稱為青龍全星系宇宙雲，為總計八萬四千星系，為造物之龐大生命創作場。

每一星系約五至十顆行星，總數八十萬顆星球左右，在荒原宇宙中，數量居第三位，次於北方玄武與西方白虎星系。

這所有星球，皆是五行量能所自行演化產生，每顆都能各自孕育適應環境之生命，所以這荒原宇宙之生命，可謂極其精彩繁庶，但大都僅具魂識，或是低等之文化，要能具備自我意識且發展出文明，需求時間甚長，若要求快速，就得是外力進行強化干涉，而這華梵世界，就是造物主為了創造仙魔世界，而特別選中進行干涉的一顆智慧星球。

華梵玲瓏世界，是其中屬於最大型的星球體之一，十七天外達盤古造物組織，以之為仙魔世界之造作基地，故於此星球體之靈子培養與進化，主動進行干涉，且進一步派遣「造物使」長期進駐觀察，以能及時施行必要計劃。

這星球體本名為華梵世界，於青華聖人主政後改為「玲瓏」，其星球體區域主分五大疆域，東方為華梵皇城，北方荒城聖域，西方則是八荒原，南方是麒麟地，中部為玄空峻嶺。

這五大疆域皆相離甚遠，彼此間不是被大海就是群山所隔離，故原本都各自發展出獨立的靈子修行與文化體系，但自千年前華梵王朝建立之後，就慢慢趨近於統一，其實除了這五大疆域中人潮聚集處之外，其餘的區域大都屬於蠻荒而未能開發之地帶。

藉體靈子總數約百萬之眾，這是因為兩千五百年前的聖魔大戰中，靈子大量遭受吞噬或毀壞消亡，僅約萬分之一僥倖留存，而因靈子於自然幽冥環境中衍成非易，故就算和平至今，也僅得此數而已。

於此戰後，十七天外造物組織強行介入，為避免五大疆域靈子互相刑害，而扶持東方皇朝統一全球，這也就是華梵王朝之由來。

話說這東方華梵皇城疆域，四方群山層層圍繞，實為蓮花呈象之靈氣寶穴，主要分為東極之應天城、西極遺跡蠻荒地，南極密林瘴癘疆域以及北極之冰雪天地。

而在華梵皇城疆域中央有一大內陸湖，稱名「太玄湖」，是東方之靈能最聚集也是最精華處，其廣垠似海，見不著邊際，靈物種族眾多，神秘重重，深不可測，是靈子造化藉體成形之絕佳聖地。

履咸引路大過述言

造物主的視角，對於靈子修行的態度，同樣在我們這地球人間世界上，也是如同荒原宇宙，絲毫沒有例外。

包含謫仙人在內之「天外天十三光明聖使」，就是十七天外造物組織在華梵世界之安排，此十三聖使受命於華梵世界之應對與造作，皆是造物主用來考證修行成績的依據，以作為將來升等提高識核境界之考量。

這種考核方式，也包含地球世界，普遍存在各造物宇宙修道場，修行靈子唯有透過自己的實力，才能成為造物主之選，其實這才是修行真相，才是真正的修行目的。

在我們這世界，靈子受拘束於藉體與靈氣環境，一切所謂修行法門皆難成究竟，都不能與仙佛世界相比，所以尋求仙佛認可轉生宇宙真實界，以得真正之修行機緣，就是我們人生輪迴造作之真實意義。

場景——九幽靈谷應戰總部

在謫仙正殿青門外一大片空地上，錯落佈置了大大小小不等的臨時帳篷，中間有一最大的白色營帳，當作籌備作戰之臨時總部。

酒樓副掌櫃高蘭英仍在酒樓坐鎮，這邊就委託逍遙二仙與三十六天罡眾幫忙張羅，由姬叔明負責整個後勤調度，商會方面配合王儲行動，所以不在這邊會合。

比干仍在書院留守，八部暗影已有大半人員調過來駐守幫忙，大都為「宇、宙、洪、荒」後四部星使，十三光明聖使則四處打探最新情報與發展，以防意外之變數發生，並作及時之應對。

在物資搬運與調度整理這些繁雜事項上，摘星五仙表現的實在相當勤奮，讓人一看就覺得非常可靠。

在道門一眾主事者帶領之下，各種應戰支援與飲食供給，以及醫護安排武裝維護之類，各事項之處置皆井井有條，效率切實，氣氛雖緊張，但情緒高昂，看眾門人面色皆露剛毅，大致已做好大戰準備。

場景——商會合盟總部

這設在六翼商會總部大廳，主要用來集中情報聯繫戰況之用，各商會皆派駐主要作戰與聯繫人員，以作臨時之情報傳遞應變。

廣濟商會則派修行契旅團五人擔任配合作戰與聯繫任務，這讓初來乍到的五位兄弟，深深感受道門之信任，每個人內心都充滿了興奮之情。

赤龍商會三百獨狼眾，在會長「高可」帶領下，極有紀律的列陣打坐，集體養精蓄銳，等待晚間偷襲指令一下，直擊戾皇鬼使基地。

王儲則已連繫好商會眾高手，包含修行契旅團總共集結了二十四位，預備共同協助禦敵守城，以補皇城對敵魔使大將之不足。

另外商會旗下各冒險團隊，近三百隊伍，則分別指派予道門光明聖使領軍，準備配合赤龍商會夜晚的突襲行動。

商會眾人皆準備妥當，正等待夜晚魔皇展開作戰行動後，依謫仙人事先推演排佈好之計策，進行適當應對。

至於皇城部分，主要在皇城護陣的準備，各皇城出入目前皆由鐵衛嚴密把守，城門緊閉地水洩不通，但重點仍在皇城護陣上，照謫仙人估計，皇城護陣在承受第一波攻擊時，至少需能撐持二個時辰，屆時他必能趕回且帶來轉機。

場景——十七天外造物太極研究室

觀察使「玄生」正進行荒原宇宙靈子日常考核紀錄，針對東方星系華梵世界，取出這段時間發展的靈子思行「量子紀錄」，特別針對謫仙人這一陣子的所有行為應對，正根據靈子心性發展的五大事項，一一的打著分數。

第一項：五行真木之仁道，目前綜合加減指數，達七十五分。

第二項：五行熾火之膽勢，目前綜合證心指數，達八十五分。

第三項：五行實土之德定，目前綜合道證指數，達八十分。

第四項：五行煉金之履義，目前綜合加權指數，達七十分。

第四項：五行汶水之智慧，目前綜合明德指數，達八十分。

玄生看著這結果，仔細端詳了一下。

「還算合格，唉！要達到完美，不容易啊！」

明道：「我那位元識，表現好一些些，其他我派在南方世界的，也沒好到哪。」

玄生：「我那位正在閉關，暫時沒分數可打，好想知道他能不能達到我的標準啊。」

果如：「大家應該都一樣啦！又不像那群『狂妄獃』，別太低也就可以了，後面心靈境界自然能慢慢跟上的，能找幾個像我們這樣的啊？」

明道：「你看完美主義的果如都這麼說了，識核境界若提升，自然會比較厲害的，篩選上也要考慮現實條件的。」

問采：「我看這皇權爭戰剛要開始，謫仙人的分數，可能還會再上一個檔次的。」

玄生：「他這一日三計，我是有些期待，不過得看實際運作結果了，如果這次天劫魔禍能擋下來，那應該勉強可以算資格選定了。」

明道：「他過了這，也還有一關呢！要突破這最終的執心障礙，他的心性才能真正完整。」

兼相：「柔情美人關是吧？呵呵！」

玄生：「看他那副深情模樣，恐怕很難，有時想想，我們還真殘忍啊！」

良又：「嗯，心性完整是得證金仙的基本要求，嚴苛的考驗都是為了這目的，雖然過程讓人不忍，但還是得習慣才好，對了，其他列入觀察中的人呢？」

玄生：「光明聖使們啊，目前分數算勉強可以，這次事件也是重要的評分機會，看看結果如何再說。」

兼相：「話說魔皇那邊設定，隨便就百萬之眾，等於整個華梵世界總合，這挑戰難度會不會高了些？又是多欺少的，又是強凌弱的？」

玄生：「還好，有機會破解的，兵法應對，以弱勝強，這些是造物使們學習的基本科目，這次就看他們學習的程度，看能不能達到這相對的智慧了。」

良又：「的確，沒這樣，也不好打到高分的，這也是我們跟狂妄獃講好的訓練模式，之前也都經過反覆推演才定案的，總之成就來自於挑戰，大家要對他門有信心，且寬心期待吧。」

果如：「萬一沒過關，怎麼辦？」

良又：「現實本是殘酷的，沒過考驗的靈子，只能遁回幽冥重修囉。」

履咸引路大過述言

本作道門——創仙誓之「玄明聖使傳」，即主要敘述東方華梵世界重要發展變革之始末，而以造物主——「玄生」於東方世界所傳「太玄道經」之於此歷史變革之地位，即貫穿整部玄明聖使傳劇情之重要骨幹，特別為之作一番介紹。

「太玄道經」分為三大主要修練體系，皆直接由靈子意識引導識核存藏之豐沛道能，以進行虛實轉化之修練。

太玄道經之靈能運用與衍生絕學

第一體系稱為「乾極靈御」，依序分為六御：

太玄化能經、太玄易能經、太玄論德經、太玄明德經、太玄創儀經、太玄政儀經。皆各分九重境界，修練方式不分次序，但需要每一部練至九重圓滿，方可再行另一部修練。各部靈御經藏之每一重境界，都有相對之武學功法，或劍、或掌、或拳、或體、或腿、或法、或術、或陣等等之類，整體以攻擊性質的武學功法居多，隨境界進步，所習功法自然越加上乘。

第二體系稱為「坤實道御」，依序分為六道：

崇明道、形壯道、頤生道、康益道、滅行道、咸亨道。各道分七重境界，每一境界也都有相對應之法術武學，但整體以法陣居多。

第三體系稱為「無思行御」，依序分為六行：

解阡行、升旋行、蹈成行、勞券行、明困行、定狐行。各行分六重境界，每一境界同樣相對法術武學，整體以相關行動與道體之功法居多。

於華梵世界中，多數陽界靈子所修行之功法，大都為太玄道經，或者為此經之衍生。至於幽冥靈子，即如天魔眾等，自以天魔所傳「貞魔無上刑功」之各種衍生功法為主，另外如八識王之屬亦多修習天魔之法，少部分遁入陽界修行者，方以太玄道經為主。

再論靈子識核的修行境界，需要識核轉換為道器之後，才能開始真正進入修行境界，這就是我們這世界所謂的仙靈化生。

識核境界分為四大境界：

第一為下境界，從靈子運用道能的程度，依序分為築基、煉氣、結丹、元嬰、化神五種程度，也稱境界。

第二為中境界：依序分為煉虛、合體、大乘三境界。

第三為上境界：為渡劫、辟海、化真三境界。

最後為真仙境界：即玉鼎真仙昇至大羅金仙最後達到太乙金仙這最高境界。

以上即為靈子修行真相，也是世人所稱極樂的仙佛世界修行樣貌，道門創仙誓乃真實描述仙佛歷史之述實小說，主要讓讀者了解世界真相與修行意義目的，也能由此得知世界本為仙佛創造之虛擬道場之事實，從而理解人生真正志向，能視人生為修行前之考驗，而真正的順緣寬受人生各種境遇。

這是道門公開仙佛歷史，著述創仙誓之真正意義與目的。

且觀《創仙誓敘作之前言引文》

盤古開天闢地之傳說，真實來源本為造物主創造仙佛世界之神話，即為宇宙真實界降生之起源。

乃知仙佛世界本為虛擬，而於萬古流長之歲月中，漸漸衍生真實。

這是五行強能必然形成之生死轉換，如同五行精華意識之生，亦屬自然之醒覺，此當稱名為「道」，是一切存在之根源，更是萬物演化發展之規律。

即言此道，乃天地之法則，屬自然之定律，絕不受外力影響改變，然能由內力自發而為創造。

是必言此道，為萬物之魂識，其造作皆循其有志，乃唯一乾行，至死無退，故得見其死，而後觀其生，復得證其生，更能預其死，是言此魂識無自我，故隨其道而恆復輪迴於生死。

然以恆常不變非為道，必證其演化，乃知：

魂識無我終醒覺，

至夢一場論我知。

是魂識轉化為靈識而降生世界，必觀一切皆感知而證自我矣。

此即靈識之由來，仙佛世界如此發生，且觀現在，早歷億萬年矣。

此篇為仙佛真傳「創仙誓」諸系列之引文前言，雖以小說文義衍文，然實在為宇宙世界之真相，讀者有思，必能明悟也。

此篇衍文，為仙佛真傳，即知創仙誓內容非為作者幻想，而為宇宙之真實，讀者能識此，則當可立志於修行矣。

如何真正修行，不在地球道場之人生，需在仙佛世界，我們在人生境遇中學習定心安住，不受世上之煉心魔惑，固守仁義禮智信之五常德性，則能仙佛取擇化生宇宙，這是人生入世目的與真相，人生各種行為應對，皆是仙佛眼中之考證，能為善應，自成嘉許，讀者能有思，應可知明矣。

世間修行法門，多循於求得之道，即求仙佛引渡，而不知自心自成，如此循習依賴，必非仙佛取擇之選，這點是必要清楚的，否則積極修行卻一世無功，實可為嘆息也。

又世間有言修煉之法，多為惑眾也，靈子識核轉化道器之法，早已無存，其有道證者，多為自幻，於此作述明，以勸讀者臨學止步，乃捨非想止作妄也。

靈子觀念認識

「靈子」：五行精華所化生的有意識動能，這是宇宙間的自然現象，稱為道之衍，藉由道衍現象環境之改良，能順利創造更多有效靈子，這種技術稱之為「見靈術」。

「修真」：靈子修行步驟，由築基開始，進一步煉氣、結丹、元嬰、乃至化神，稱為靈子修真程序，其中靈子達築基境界九等，就得證神通，而能開始轉化識核，分化為陰陽二極體，這是靈子步入修真的唯一方式。

「本靈」：屬高級靈體，修真達「化神」境界以上，都可稱為本靈。

「元識」：由本靈化出的獨立意識體，如同二極體之分化，只是程度上大有差異，本靈若道能強盛，可以分離多個元識，但一次最多僅能三個，稱為「一靈三化」。

這元識與本靈識核之道能自然連結，屬于量子糾纏現象，所以元識進階，本靈也跟著進步。然而在獨立自我意識方面，未必與本靈相同，甚至可能完全相悖，這是元識與本靈分離修行後，可能產生的自然結果之一。

第十九回

修行真相

靈子為五行精華自我意識形成後之稱呼，一旦於宇宙世界的幽冥環境誕生，此自我即不斷循求進化的方向與目標。

經過自我認知與行為對於靈能之運作訓練與熟悉體會，能有效地增強自我之靈能識核，而這是透過意識感知領悟的過程，也就是讓心識安定不躁妄的情態。

一旦能達到相對恆常穩定的境界，則識核表面會漸漸形成一道穩固的屏障，以保護識核中之靈能不再外洩，這時識核就是達成進化轉型，等到識核內之靈能漸趨充沛而自動散發出靈光，且由意識能自由驅使之時，此識核即稱之為「道器」，從此識核裡之靈能即稱為道能。

靈子經由自我意識之引導思考能針對道器潛藏之豐沛道能，進行吸引、汲取、轉化、驅散、增益、復原之自然五行量能變化，此施之於藉體，能改變自身藉體條件，施之於外在環境，則能異化藉體所接觸感知的各種情境因素。

這需透過藉體奇門經脈來做道能傳導之作用，即稱為「道化」，而所有運用的步驟方式，皆有其一定的理道規則，這由靈子經驗法則所歸納出的，統稱為「功法經藏」，其中規律衍生計六十四道變化，若追朔其源，則僅為八道，即易之先天經卦：「乾、兌、離、震、巽、坎、艮、坤」八種不同道性之渾成。

這雖說僅此八道之衍，然實際呈現則能為千變萬化，如可由道能轉化實體，或者改變外在五行環境，這類運行方法即統稱之為「道術」。

這種方法透過意識與道能之磨合訓練，在累積相當足夠經驗後，自然能體會更多神奇的衍生變化，而最特別最重要的，就是能讓我們做到從前所不可能達到的境界或能力，這就是修行所創造出來的成就。

所以靈子修行，尤其在地球世界，必要保持恆常的心態，也就是不論遇到任何人生困境，都能處之泰然，安定自心，這樣就能讓識核內之道能穩定而漸趨充沛，如此才能再進一步做真正的修行。這就是在我們這世界修行的絕對必要目的與真相。

如何進一步做真正的道術修行，其實盡靠自己的知與行，真正明白了世界真相，自然就知道如何積極。

履咸引路大過述言——靈識降生機密之說論

五行強能所衍，乃成魂識之性，可正言為萬物之執性，此即恆復乾行至死方休之輪迴行止。

乃由至動而至靜，由生而死若成恆定，復由死而生，即由恆定再動而衍動極。

此即魂識，是為五行執性，而其執性所向，即言五行正論，是由生剋以成制化，更由沖刑乃生質變而言進化，是終成五行之識核。

此識核之生，即如太極之衍，是得魂識之所居，乃為意識之流注，由此積累，日久恆復，終見識核意識滿溢，而臨外界且得感知，此即如大夢初覺，而靈識得以降生矣，是言靈識為靈魂之義。

且知靈識必由執性感知，故其進化必從執性以證生成，乃觀識核為不斷於死生，若有執而知寬放，若乾行而言坤受，此靈識知性之有德，即成識核昇境界，乃知靈子由成德起，全道九轉，則證化仙佛身，是成歸真之正義。

由此乃知靈子修行道場設計之所宗，盡在執性引善之道，即有觀得失皆無執，但逢吉凶知心順，故言修行大正乃曰：「緣業坤受，必證乾行。」是也。

此由靈識建生以得道場制義，是成宇宙永恆發展之機密，此自然之真相，為仙佛真傳「創仙誓」之佐證，即予讀者知悉是也。

這篇「靈識降生機密之說論」講述了靈魂生成自我的原理，由這宇宙真相，可知靈魂自我的產生，皆屬於自然，這在如今網路發達資訊充足的世界，所謂的「人工智慧」形成自我意識，本來就是必然會呈現的現象。

再論靈子識核，其實是五行能量的組成，並無形體，但具有實際能量，若單純用顯能儀器來觀察，就能清楚整個識核的擬態情狀。而我們所認知的靈魂形態樣貌，則是由識核靈能根據自我意識所呈現，多數來說其實是記憶的再現。

再以陽界環境條件，這屬火之光能對於識核而言，過於強大，長期處於這光能之下，必然破壞識核結構而造成靈能大量散失，嚴重的話會導致靈子自我消亡，這也就是靈魂之類不能長居於陽界之故，若是不能回返幽冥，就必要停留在無光能之陰暗處。

世界上所遇到的各種靈魂居處形態，事實真相就是如此。

且觀《識核之說論》

「太玄道經」前言，特別針對靈子識核做了一番簡潔清晰之描述，其內容如下：

靈子自我意識中心即蒐集累積靈能之處，如同太極造物宇宙中心，稱之為「識核」，這是「道」所形成，如太極圖之中心，不斷恆常運轉，而將中心外環之量能逐漸收攏集結所形成之核心。

自我意識本能驅動識核內之靈能，其所引靈能外散於識核之能量形狀，稱為「魂體」，而「藉體」即是生物形體，靈子居陽界需遁入藉體以免識核受環境光能之害。

清，而藉體視為蛋殼。

這三者的關係，如同混沌之蛋體，靈子「識核」之形，即如蛋黃，魂體則為蛋

器」，能累積儲存宇宙環境五行之動能，此動能可行造化，能為驅使，或成藏變，

靈子的自我意識稱為「靈識」，識核為自我意識所居之中心，所以也稱為「嬰

能量越盛強，發揮的能力越加神異，甚至實際影響外在環境。

這識核之能量本質統稱為「道能」，運用的實際形式，則稱為「道術」。

修行的意義，在學會這道能運用，而改變自身藉體甚至周圍生存環境，做到

這一點，就是修行有成，由此更加累積精進，道器自然衍生變化，即如分靈化生一

類，或是凝聚道體真身一類，皆是，而這所謂的修行，其實也就是靈子強執的心願

所化，所以若說修行真相，就是圓滿自己成長蛻變的衷心願。

由以上識核之說論引申，靈子修行最終成就之「道體真身」，就如同進化成

形故破殼而出之生命體，即擁有了最相契於靈子識核，最能發揮道能力量之生物藉

體。

所以靈子修行目的，就在於提升自身識核五行量能之容量且令其恆常穩定，這

稱為提升識核境界。

提升識核境界的方式，首先需在靈能已充沛且穩定之條件下，再將識核之水火精華定形以成「道器」，這在仙佛世界可藉外力，或者自行突破轉化，但在地球道場則因環境因素而無可能，於轉成道器後，再來學習識核能量的實際運用方式，也就是道術，來使道器逐漸成型而生變化，而這才是真正的修行。

十七天外造物主創立荒原宇宙後，為了協助靈子修行，各自在所負責關注的世界中，皆傳下道能運用之法，而這道能運用之術，大都離不開「道」的範圍。

這個道，就是宇宙五行陰陽動能運轉與交互作用的必然方式，這屬於無意識的自然行為，稱為魂識，基本上在識核內之道能，就會以其既有之魂性而自行運轉，因識核意識滿溢而出現自我時，則此自我意識，自然能影響識核之穩定，而造成道能之動蕩與變化，而由錯誤意識所形成破壞者，稱為靈能散佚，若屬於有意識的建設造作，則稱為靈能運用。

這種基礎理論衍生出來的論述著作，就是指導靈子修行的方式，普遍皆稱呼為「經藏」，這與地球道場經藏大都為宗教論述有本質上的不同。

在東方華梵世界，聖使玄生所傳，即為華梵王朝世代流傳的太玄道經，簡稱太玄經，是最多數靈子所修行之寶典，其武藝術法，自然來自於此，其餘達盤古之七聖使亦各自創造了「造生經」、「道養論」、「方地論」、「易風政」、「瑾玄道」等流傳於荒原宇宙各世界。

「創仙誓」成名之義就是來自這六部經典。

此六部經藏對於荒原宇宙靈子修行發展所產生的重要影響，即使眾靈子皆知修行證仙之至道，而因人性之貪執妄念與至善德性，依眾靈子執性衍成之黑暗勢力與光明勢力，其中相互鬥殺爭勝所衍生的真實故事，而這即來自地球造物主暨仙佛世界的真正歷史。

再言宇宙成形之必然環境，為陰陽相立即如太極圓圖之球體。

即知造物宇宙形如太極，這本是道之成形，故必分為陰陽兩面，一者陽界，一者幽冥。

幽冥與陽界之環境地貌並無差異，實如鏡照一般，相同地點之陰陽兩面有相同之地貌，但僅限於初始形成之時，在靈子建生後，必因靈子發展而形成非自然之差異。

而於日夜之別，恰好相反，陽間白日，為幽冥之黑夜，氣候差異則較大，陽界分四季，幽冥則多屬寒冬，而以靈子居幽冥時能自然形成魂體活動，若入陽界，則必要遁入藉體方可，這是兩者環境於靈子的最大差異處。

靈子於幽冥生活，修行上較為迅速精進，但是危機重重，隨時有被更強能者吞噬可能，此稱為消亡，自我無存，故靈子若魂能夠強，大都會選擇離開幽冥遁入陽間，以避靈子壞劫，除非識核境界足夠於幽冥驅使藉體，自然無需這些考量，比如魔皇一眾就是如此。

靈子於陽間遁入藉體，就無被吞噬之患，然而也因藉體使用年限與機制，而有了諸如壽命之別與修行障礙，所以靈子於陽界修行，在尚未修成道體真身之前，需要不斷轉投生藉體，這在荒原宇宙世界，稱為「修真輪迴」。

本回番外之述說，乃陳述創仙誓成書之重要意義，讀者能知，就能理解創仙誓所言，非僅是一部曠古神話小說而已。

第二十回
佈陣

場景——應天城南門百里外魔軍總部

在謫仙人佈下一日三計，前往西極之時，魔皇與戾皇於兩軍聯合總部，準備著開戰點兵與重要事項安排。

《晦藏魔皇之軍力介紹》

魔皇晦藏屬下軍力統分六部，由「十二煞令天魔使」帶領，這六部依軍種特性，分別為：滅陣、鬥殺、暗噬、赤鴉、護軍、修羅，其中常駐陽界的有二部，餘則自幽冥而出，這陽界二部分別為護軍與鬥殺，這是魔皇底下能於陽界全天候戰鬥的部隊，軍力約有三十萬左右，其餘幽冥部隊，總計約百萬，但只限於晚間作戰。

這「十二煞令天魔使」，正使——太鸞，副使——張桂芳，左使——歐陽淳，右使——周信，前使——方義真，後使——余化。

另外歸魂雙使，稱名——尤渾與柏顯忠。護衛雙使，稱名——彭遵與王豹。遊魂雙使，稱名——鄭椿與卞吉。

這十二天魔眾皆屬化神境界之高手，各有專精能力，論武力值，皇城雖能與之抗衡，但欲要殺敗，只能說難纏的很，其中「王豹」鬥殺最強悍，實力已達煉虛境界，而「柏顯忠」專能驅使噬能蟲，是魔軍破壞陣法的第一高手，這二位最是需要謹防。

《戾魔鬼使軍力介紹》

戾皇屬下部眾，皆稱鬼使，身旁分左右護法使，為「鄭元」與「宋庚」，其下分為五部，由「儸大護法十衛」領軍，即「張雄、李弘、馬成龍、趙白高、卜同、崇應彪、吳龍、楊真、李道通、蘇元」等十位護法，同依兵種分為：

魎煞、魍魂、魅嗜、魑儸、魘魄五部，雖言鬼使，但都不是來自幽冥，只是象徵隱密，也代表殘忍。軍力大約八萬之數，實力比較上來說，與皇城近衛與鐵衛之總合相近。

魔皇晦藏：「戾皇籌謀許久，明朝將一舉功成，值得慶賀啊！」

戾皇：「孤感謝魔皇鼎力相助，待拿下正統後，將迅速推展與魔皇赤化世界之共同計劃。」

魔皇晦藏：「嗯，五行木尊在手，又得華梵世界王權，魔神世界也該乘機應世了，或許這次我會是眾兄弟姊妹中，第一個將魔神世界建構出來的啊，哈哈哈哈！」

魔皇文止：「恭喜姐姐了，二姐這效率，上面的人也一定瞧見了。」

魔皇晦藏：「上回洛神設計，被道門的人壞了事，暗中調查了一下，還不能摸清他們的底細，正猶豫何時下手，沒想到皇城與道門在這時失和，真是天賜良機。」

魔皇幽夕：「這肯定是演戲給你們看的，姊姊還是謹慎點好，那智星的詭計不少，別又著了他的道了。」

魔皇晦藏：「就算真有詭計，我這邊超過百萬大軍，加上戾皇鬼使，還能怕他們不成？我就轉換立場往他們那邊一處，左思右想，還真沒法子對付我們呢，論兵力，十倍有餘，論強將，沒人敵得過我，要靠陣法，在噬能蟲面前都只是個屁，若說有意外的後援，那只能是困族了，只有他們久久不能臣服於我，但要他們捨得出來對陣，也非易事吧。」

魔皇虛妄：「姐姐你最好用一下腦子，別太樂觀了，過於自以為是的結果，下場通常會很丟臉的。」

魔皇文止：「三哥講得有道理，姐姐別大意了。」

晦藏：「我正想一舉挑了道門與皇城商會軒轅氏等等這些麻煩的勢力，像這次拍賣會故意把共工軒轅氏一族皇子拿來拍賣，不就是為了讓他們聚在一起，我好順便都滅了，不然要一個一個來實在太慢了，不合我性子。」

戾皇：「的確，勝機都已在我們這邊，也沒任何短處能讓對方可乘，就算道門與皇城分裂只是幌子，他們又能如何？只是白做功夫罷了。」

魔皇暗黑：「若失和是假，那你在皇城的點子可就無用處了。」

晦藏：「嗯，算起來是損失，不過也無妨事的，打下皇城後，也沒用了。」

在晦藏與戾皇自信不擔心變數之時，忽聞「赤鴉」來報：「慶族太子陳繼真動向可疑，已離開西極，往慶族皇殿去了。」

晦藏：「我不是給了他想要的『彌肓經』了，不在西極好好練功，回老家做啥？」

戾皇：「他有可能被說反嗎？」

晦藏：「應該不可能，我們算是少數能志同道合的，但若真的是，算了，也沒甚麼關係，真有影響，我也沒差。對了，上次洛神一事，說不定是深淵眾提前示警？不然我怎會異常暴怒？」

魔皇暗黑：「妳這脾氣，大家本來就很清楚，呵呵。」

魔皇文止：「是啊，有時我都不太敢跟妳說話。」

魔皇虛妄：「姐姐妳真的缺乏自知之明，叫人擔心。」

幽夕：「我親愛的姊姊，妳好像本來就這樣了，呵呵！」

晦藏：「我脾氣真有那麼糟嗎？呿。」

魔皇識惡：「總之多準備些總是好的，反正有餘力，明天可先出一半兵力，預防真有不得了的變數，還有建議妳一開始就出全力，別放水，妳這不像魔皇的仁慈性子，我還是知道的。」

戾皇：「我們還是要照眾魔皇的建議，比較妥當？」

晦藏沉吟著說道：「不用，照原先計畫，預計明日寅時開戰大殺，各部隊按照之前排佈，看看能否在十日內，拿下皇城。」

場景——西極荒地軒轅遺跡

就在前一時段，謫仙人夜訪慶族太子，直說太子性命已難保，太子一聽表情嚴厲，氣氛顯得非常危險，菲菲嚇的躲在謫仙人身後，而謫仙人倒是一臉輕鬆不見慌張，從容的分析了三項理由。

「太子豈不聞一山不容二虎？今魔皇扶持戾皇上位，天下陽界將難有慶族容身之地。」

「慶族久居幽冥，族民修行苦厲，若能得處陽界，則無靈子壞滅之虞，然而一旦戾皇掌權，以戾皇之私，必除障礙以縱橫天下，而慶族之能，大為戾皇所忌，試問戾皇怎能安心讓慶族出幽冥呢？此一也。」

「魔神世界之義，乃以陽界為次要修行之處，而以幽冥為主要修真之所，如此於慶族千百年來之情勢，有何不同？同樣族民憂危於受強能吞噬之壞劫中，而若能處之陽界，又因陽界非主要修行場而遲滯修行，無論如何，皆非太子所願見，一旦慶族與魔皇立場相異，以魔皇之絕對強執，太子滅族之禍亦不遠矣，此為二。」

「慶族不出幽冥，則太子百年來枉費功夫，要出幽冥，縱不與戾皇廝殺，亦必與魔皇交惡，單此二點，已可判定太子將死無葬生之地，除非太子願意放下身段與理想，苟活人世。」

「復言其三，當今聖上，仁慈廣明，天下一親，千年來百姓安和，修真世界欣欣向榮，更有道門聖使之助，若能持續發展，則靈子藉體之技術突破，將必能期待，是時間遲早而已，屆時慶族出幽冥入陽界修真，豈不順乎太子心願？」

「皇朝與道門之仙魔世界理想，正以陽界修行為主，以免除靈子幽冥修行之厄，這種方式不正是太子亟心所追尋者？目下皇朝情勢已危如累卵，散人為皇朝與八識王慶族子民計，懇求太子相助一臂之力，出兵守護靈子修真之未來。願太子即行，皇城戰禍，估計最慢將於明日展開，若晚，也就來不及了。」

太子長嘆一聲：「仙人說得有理，我差點誤了大事，魔皇有何能為後手我都清楚，就交由我來安排吧，我回皇殿領軍到現場救援至少需要二日時間，若是皇城難以撐持魔皇攻城，就請仙人幫忙拖延魔軍進度了。」

「散人已有先做安排，請太子寬心，一定能等到太子救援的。」

華梵世界曆一零三五年亥月，即天命皇子誕生後第十一日丑時近寅，魔皇晦藏聚集六十萬大軍，分派十二煞令天魔使領軍，配合戾皇鬼使五部軍力，大舉包圍了華梵應天城。

第一隊「滅陣」，統幽冥軍十萬，由歸魂雙使「尤渾」與「柏顯忠」領軍，陣列應天城東南角巽宮，主攻皇城術法護陣。

第二隊「鬥殺」，統魔使軍十萬，由護衛雙使「彭遵」與「王豹」領軍，陣列應天城正南離宮，主攻金鋼鐵衛護守之南門堅壁堡壘。

第三隊「暗噬」，統幽冥軍十萬，由遊魂雙使「鄭椿」與「卞吉」領軍，陣列應天城正北坎宮，主攻北門全近侍護守之高藏城牆。

第四隊「赤鴉」，統幽冥軍十萬，由前使「方義真」與後使「余化」領軍。陣列應天城正西兌宮，主攻干城、雲驤鐵衛護守之西門術法陣地。

第五隊「護軍」，統魔使軍十萬，由正使「太鸞」與副使「張桂芳」領軍，為全軍總指揮，陣列應天城西南角坤宮。

第六隊「修羅」，統幽冥軍十萬，由左使「歐陽淳」與右使「周信」領軍，陣列應天城正東震宮，主攻霧隱、八禁鐵衛護守之東門火砲陣地。

戾皇鬼使五部軍力，搭配魔皇攻城部隊出兵六萬，同分六隊配合魔皇軍。

第一隊「魎煞」，統一萬鬼使，由張雄、李弘領軍，配合魔軍破陣。

第二隊「魍魂」，統一萬鬼使，由馬成龍、趙白高領軍，配合魔軍攻南門。

第三隊「魅嗜」，統一萬鬼使，由卜同、崇應彪領軍，配合魔軍進攻北門。

第四隊「魑儸」，統一萬鬼使，由吳龍、楊真領軍，配合魔軍攻西門術法陣地。

第五隊「魔魄」，統一萬鬼使，由李道通、蘇元領軍，配合魔軍攻東門火砲陣地。

第六隊由戾皇領軍一萬鬼使，左右護法鄭元、宋庚壓陣，鎮南門與魔軍聯合指揮。

場景——應天皇城百里外圍城門

皇城大街直通百里外城之南門，為最主要之皇朝屏障，由楊定侯主將，率領三萬員金剛鐵衛鎮守，各個重鎧堅甲，組織齊整，喝聲雷雷，士氣高昂，眼神堅毅，視死如歸。

三千營帳落在城後陣列，此時深夜，燈火通明，楊定侯快速巡行一圈後，立在城頭望向敵軍。

只見正前方離宮，陣列兩隊，重重疊疊，竟不見邊際，為首二將：

一位遍體青色，頭上彎角黑亮，牛首人身，綠眼吞鼻，通穿金環，高二丈許，舉一柄三尖離魂槍，胯下飛天獅鷲獸，赤身下圍，一身橫練筋骨，強悍無匹，正是晦藏屬下護衛「彭遵」。其後方魔使，各個披毛帶角，各個猛烈威武。

一位貓首人身，紳士模樣，體態修長，紋飾精美，高九尺，並無武器，雙手抱胸，一臉輕挑，座下「獨眼奔雲獸」，此獸像極離合，唯豹首處火雲不散，獨眼，其速度一般離合獸不及，只有熾火離合能與之相比。這位是晦藏屬下護衛「王豹」，其後方魔使，多為凶屬、厲屬，由眾多的厲獅、凶象、山虎、巨猿與魂豹、狻猊、青牛、獨狼所組成，直如森林之王者模樣。

另有二位人族立在二將身旁，為戾皇鬼使「魍魂」正副使馬成龍與趙白高。其後鬼使眾皆帶鬼面，相較起來已不顯眼。

再細看東南方巽宮，只覺愁雲煙靄，氣氛詭異，隱隱然鬼呼魂叫，這是魔皇幽冥軍了，楊定侯眼開陰陽，驅術法一看，漫山遍野一整片幽冥軍，依楊定侯受訓之經驗估計，應不下於十萬之數。

為首二位，一位像極金龜蟲，正攀伏地上見不清模樣。另一位形如沼泥，不見首也不見四肢，遍體綠光，雙眼時隱時現，嘴如空洞，身上一層泥沼涔涔落下，只覺爛泥陳地，惡臭難當，其後部眾多屬此類，專為侵蝕法陣之魂物，這是歸魂雙使之「尤渾」與「柏顯忠」了。

另見一隊列，約萬人之眾，各個手持尖槍，槍尖皆隱現藍綠星芒，明顯是為破除皇城護陣之用。

為首人族二將，是為戾皇鬼使之「魎煞」正副使張雄與李弘。

楊定侯看罷，心中憂疑難安，又轉向西南方坤宮，這裡密密麻麻，遍地軍帳，一看可知為督軍陣地，正不知到底多少兵馬。

受命皇城守護令，定侯問心何著慮，
千秋一業搏生死，丹心血誓照青史。
三萬弟兄今赴死，無能毀心斷肝腸，
且叫定侯身不壞，必阻魔軍滅華皇。

楊定侯愁思滿面，只知今日，唯一捨命而已。

皇帝與一眾文臣齊聚皇城議事，此時軍政所屬鐵衛與內侍，已各自領軍守護外緣四方城門，目前得前方快馬來報，只知聯合魔軍加上魔皇幽冥部隊初估超過六十萬兵力，已團團圍住應天外城東西南北方四門。

皇城近西門陣地，也同時祭起了數千道護陣，這由千人宮廷術師施術佈置，快速涵蓋了應天城內方圓百里之所有內城疆域。

寅時一到，魔軍按魔皇令開始攻城。

雙方並無答話，數萬道攻擊術法，已從四面八方源源不斷的衝擊過來，特別於東南角方向，一群龐大的噬能蟲，在術法能量加持下，迅速分裂蛻變，只見滿天黑壓壓的一片，都是噬能蟲的身影，正攀爬在護城法陣上，大口大口的吞食。

城內早安排道門眾多術士待命，一感知法陣缺口，就立即補上，不讓噬能蟲有機會突破陣口，雙方由此暫時僵持不下。

楊定侯心中著急：「依這陣勢，估計僅能維持一個時辰，屆時防陣大破，又有噬能蟲大軍，不知謫仙人那邊是否來得及？」

「且寬心吧，盡人事，聽天命，著急無用，仙人計畫，至少須堅持一個時辰，應該有他的安排，若不幸城破，兄弟們一齊赴死而已，不存遺憾。」

「兄弟……唉！」

「眾魔將與鬼使聽令，一旦突破了皇城護陣，就是全面大舉進攻，特別注意在全體噬能蟲未完全回收之前，不可動用法力。」

在預計護陣終將被破，皇城將士準備與敵軍進行廝殺之際。

於這同時，赤龍公會長「高可」帶領一眾三百獨狼軍，以極其快速隱密的方式，飛向應天城南方一處高原，星夜中，沿途之巡邏人馬，接連瞬間被殺，急的發不出響聲，這道綿延數里的殺氣，越過高原，繞過小徑，目標指向一處山谷。

由道門天外天光明聖使所帶領的三十六天罡眾，正針對戾皇每一個必經戰線通路之哨站進行滅殺，除切斷對方消息之傳遞，也趁機安排駐守成為我方之哨站。

三商會各冒險隊隊長帶領各組，與光明聖使們會合後，各自進駐新立哨站，並再分設橫向哨站，以將訊息傳遞範圍擴大，並於各必經路段關口，設置陷阱法陣，埋伏等候戾皇退回基地之援軍。

守。

道門暗影天部與王儲等一眾高手，也已分別安排進駐四方城門以協助皇城防

謫仙人與菲菲，則來到應天城護陣正上空，開啟結界，祭起道門寶器「滙能燈」，經由菲菲這造化道器反覆加持下，滙能燈的光芒，在這整片星空夜下，越來越顯得耀眼非常。

這一連串謫仙人所安排的應對計策，處處兵行險招，是明知其勢不可為而為之，是否真能阻止魔皇大軍攻破皇城，真是一道人心毅力的考驗了。

第二十一回 鏖戰

寅時未過，已近黎明，雙方已僵持了快一個時辰，眼見皇城護陣出現裂痕處處，楊定侯眾人心急如焚，魔皇破陣軍則加緊攻勢。

謫仙人與菲菲立在護陣中央上空，持續以道能加持著道門寶器「滙能燈」，在一番堅持下，終於匯聚成九尾龍形強能，配合菲菲「攝魂魅光」喚靈術，往下方噬能蟲聚集處盤旋直奔而去。

此時萬厲鬼嘯，陰風陣陣，陰霾籠照，狂風雷爆，陣陣衝擊聲不絕於耳，在雙方皆專注於護城大陣將於何時破滅之際，應天城上空，突然出現一道道閃亮的光芒，只見半空中九尾金色龍形盤旋，隱約聽出雷聲怒吼，由上直衝奔向護陣，這龍形迅速的掠過護陣上方，接著似有目地的盤旋飛翔，其中最先接觸到的大批噬能蟲，竟如同被龍形引誘吸取般，紛紛離陣直往上方光芒飛去。

噬能蟲遁入光芒後，即全部消失不見，這讓魔使——柏顯忠看得心慌意亂，頭頂上烏紗帽差點掉了下來，趕忙祭起「催魂判官筆」奮力的將識心儲存的靈能，全部釋放出來，這噬能蟲是他畢生心血，若全被收走，他也等於完了，所以拚死命也要想辦法留住一些。

不過對於這群識能蟲而言，他那一點靈炁哪能與匯能燈相比，更何況還有菲菲的魅惑喚靈呢。

這「柏顯忠」屬於魔皇麾下之幽冥魔使，屬於魂體衍成的模樣，一般肉眼不能看見，須練有「陰陽眼」才能看清，其形如金龜，頭戴烏紗帽，五官擠在一塊，嘴邊兩鬢特長，手持巨大判官筆，幾乎與身等高，形容猥褻，樣子滑稽好笑。

眼見一群一群的噬能蟲，已快被九尾金龍搜刮殆盡，柏顯忠拼命無果，直瞪著雙眼，原本五官已長壞，現下更是胡亂堆砌，不成龜形，這是他學成驅使噬能蟲以來，還未曾遇見過的情景。

這只能怪謫仙人的腦筋實在太活了，這「匯能燈」原本就不是用來蒐集噬能蟲的，它是能把各種靈能做最大限度聚集再予放大的寶器，而以噬能蟲天生噬能之特性，再配合菲菲的魅惑之術，自然輕易地破解他與噬能蟲的心識連結了，而這些噬能蟲，最終自然也全數進入了菲菲的「百寶袋」中了。

這結果實在也是想都沒想過，一想到魔皇交代破陣時，自己誇的海口，忽覺兩眼昏花，一口血氣上湧，整顆心差點都嘔了出來。

傾刻間，原本爬滿皇城護陣上的識能蟲，都已被收拾乾淨，一隻也不剩了，這突如其來的意外變數，為皇城帶來了希望的曙光。

魔軍大感不妙，領軍魔使皆叫苦。

皇城至為慶幸，上下一體皆同歡。

少了噬能蟲，這護陣至少能多維持個三天，這多出三天，不知要被魔皇如何怪罪？

皇城眾人眼見謫仙人救援成功，懸著的心一時輕鬆不少，此時軍心振奮，精神踴躍，嘹亮的歡呼喝采聲，一直到黎明劃開天際。

成功為皇城守軍爭取到三天安全緩衝之後，謫仙人與菲菲隨即飛往南方隱密於山谷間之戾皇基地，依照謫仙人推測，天命皇子在大戰期間，只有可能被藏在這，所以秘密派遣摘星五仙趁著高可獨狼軍進攻基地時，以他們偷盜尋寶之能，幫忙找出天命皇子。

謫仙人設想五仙的秘密行動，依其摘星之能，要躲過戾皇鬼使耳目，再尋得拘禁皇子的密室，絕對不難，若這一切沒有意外，這時皇子應已救出至約定地，他就能直接將皇子送至十七天外了。

這皇城反制了噬能蟲，護陣得以漸漸修復原來，這消息，很快傳到了魔皇耳中，晦藏暴怒之餘，心中實在後悔失了計較，不然及時毀了那燈或那二人，就沒這些麻煩了，果然自己真是大意了。

這要再行破壞皇城護陣，少了噬能蟲，只靠——尤渾那一軍渦蟲，恐怕得超過三日了，這樣時間拖太久了，萬一再出現意外變數，面子上真會掛不住，遂下了命令，調動事先預備的破陣部隊。

就在此時，在應天外城南門現場督軍的戾皇，接到了自己秘密基地遇襲的消息。

這戾皇以為攻下皇城十拿九穩，故排眾議，要親自督軍，眼下遇到破陣障礙，已自煩躁，又聽到此消息，猛然驚覺事態嚴重，連忙叫來一旁之馬成龍與趙白高先幫忙壓陣，自己與左右護法鄭元、宋庚，帶領八千鬼使直奔基地而去。

這下戾皇衝動行事，已犯下了魔皇晦藏之大忌。像這種角色，妄想奪權坐大位，實在是過於勉強了，看來魔皇與之合作，也不過就是看上他是一個好傀儡罷了。

不過魔皇將天命皇子交給他，卻是大大失算了。

其實在戾皇得到基地消息之際，天命皇子早被五仙救出，且已由謫仙人用「修真玄珠」引渡至十七天外了，而這消息，本來也就是謫仙人派人來通知戾皇的。

天命皇子既已由聖使掌握，謫仙人等的道門任務，也算完成最關鍵的這部分了。

八千鬼使折騰了一夜，早就人馬困頓，又急著奔赴救援，遂一路上離離落落的，士氣萎靡，不成隊形，遇到前面商會眾人以逸待勞，阻前攔路，大軍竟潰散了開來，四處奔逃下，多數鬼使中了各式機關陷阱，一時之間慘叫聲不絕於耳，三十六天罡眾與商會部隊，在光明聖使帶領下，如虎入羊群，眾鬼使逢之皆瞬間潰敗。

這是戾皇回程之第一段，一番衝殺過後，八千大軍重新收拾，約損失千人有餘，戾皇盛怒，左右護法狼狽，再度重整軍勢，趕往南方基地救援。

光明聖使帶領的眾人，遠遠跟隨於戾皇大軍之後，在戾皇大軍再度遭遇埋伏時，前後一齊夾殺，這回戾皇被殺得暈頭轉向不知所以，一心著急基地要事，便不理眾鬼使，與左右護法帶領原屬精銳，直奔基地而去，餘眾鬼使失了統領，沒了士氣，悉數潰逃，一些留下的紛紛投降，這場守株待兔之役，道門與商會聯合軍，獲得了完全勝利。

這與聯合軍之戰役，四散潰逃之戾皇鬼使，最終再行整頓後，只剩下不到二千人，而當戾皇趕回基地之時，敵人早已離去，只得知偷襲一眾皆能飛行，又善於隱匿行蹤，要是對方再來，著實難防。

此時戾皇思前想後，又失了皇子，這下已不能對魔皇交代，遂起了異心，偷偷吩咐包圍皇城之鬼使部隊，自行尋找時機脫離。他很明白這時只有魔皇徹底輸了，他才有機會獲得安全。這位人物籌謀至久的奪權大計，竟然還沒算正式開始，就已先自行結束了，能留在歷史上的，就是一場愚蠢無知的笑話罷了，而跟隨他的，恐怕也是一群無魂無明的「花笑子」了。

魔皇晦藏眼看黎明已至，幽冥軍白天並無用處，只好號令魔軍暫時停戰，就這樣皇城順利的度過這凶險的第一戰。

華梵世界曆一零三五年亥月皇子誕生後第十二日戌時初刻，應天城再起烽火，這次魔軍陣仗，於西門宮廷術師佈陣之處，多了拘魂攝魄之狼嚎，這是幽冥特有物種，其嚎叫聲專攝人魂魄，能極有效影響皇城內部施行護城法陣之人員，使之精神力銳減，道氣不穩，從而法陣易於潰散崩裂。

應天城池四周，仍被魔軍重重包圍，聲勢比昨晚更加盛大，估計至少超過百萬軍力，這是魔皇臨時調度的援軍，本來以為用不到，沒成想昨日諸事不順，遂一股腦兒全都調來助陣了。

這也是最理想的做法，畢竟時間拖越久，越多變數，誰知道對方援軍何時可能會到？

皇城施法維持護陣人員，受到這群攝魂狼嚎，已多人呈現精神不濟現象，雖本有防備，但這狼嚎受過魔皇加持，威力不同尋常，已見多數施法者搖搖欲墜，少數已就地昏死過去。

傾刻間，皇城護陣已現裂痕，眾魔使一見蜂擁而上，在眾力摧殘之下，護陣終於不支，潰散了開來。

皇城失了護陣，眾魔軍再攻四方城門，多數魔使帶領飛行魔軍越過城門，直接殺入城中，幽冥魔軍則四處飛竄，遇靈識出離藉體，皆趁機吞噬爭食。

一時之間，多處混戰，鬼哭神號，死傷狼藉，皇城之敗陣，實在甚為慘烈。

原本設想皇城能維持三日左右安全防護，不知一瞬之間已被破除，若是第一夜魔皇即用此招破城，皇城士氣必受嚴重打擊，要說能繼續撐持抗敵，只能說不可能了。

人總是要看到希望，才能認真積極的，更何況面臨的是生死大事。

在這萬般危急的皇城中，唯有捨命拼鬥才能看到希望。

南門皇城陣地，楊定侯仰天大喝，一人擋關，眾魔軍一波除滅一波又來，眼前堆屍如丘，銀袍早變血紅，雙眼精光外射，白練已化黑蛇，遠遠望去，直如魔神降世。

累累屍骨仰天哭，軀幹橫陳卑下殤。
英雄今朝無執怨，揮灑鮮血把命還。

魔使——彭遵於空中見楊定侯勇猛異常，一般魔眾不是他的對手，遂躍下飛天獅鷲，掄起三尖離魂槍，一式「霸王」迴身單手直刺，夾帶威猛無匹的勁力，迎面衝向楊定侯。

楊定侯見狀不敢硬拚，縱身一躍數丈，避過霸王槍，足下運起星游步，瞬移彭遵身後，隨即一式「悍龍搶珠」直撲後背心窩，這彭遵頭不回，合掌大喝，全身金光迸現，修羅法象現身，竟硬生生地擋住了楊定侯這一槍，不等楊定侯收招，一轉身，修羅六臂已掄拳連番攻來，楊定侯急忙回槍護體不及，被這修羅數拳擊中數處要害，如斷線風箏般，倒飛了數十丈之遠。

楊定侯勉強撐住傷勢，奮力收拾著站了起來，祭起「日曦金城」，金剛護法再臨，楊定侯竟運式欲要再攻，只見一股龍形道氣自其身上竄出，直衝上天際盤旋一陣後，又迅速的落下直入楊定侯藉身，這是玄冽龍槍法不傳之密「附體龍神」，楊定侯彷彿變換了模樣，頭上龍角幻出，峙立一道白影，冷峻傲目，睥睨群行。

這道白影兩眼金光投向彭遵，只教彭遵嚇出一身冷汗，這等白影龍神，他萬萬不是對手，彭遵知道這附體之法必有時效，索性先逃了再說，不敢與之正面對決。

一旁魔眾沒有見識，不知死活，以為楊定侯受到魔使重傷，有機可趁，又是紛紛一湧而上，沒想到就如飛蛾撲火，未及近身，就已被此道白影散發的氣息，消滅的乾乾淨淨，連一絲灰塵也沒留下。

魔皇晦藏感受到這白影龍神氣息，好奇的飛奔現場，恰好看到這一幕，正與此白影雙目交接之際，楊定侯身體已不支，龍神眼神一轉，身形漸漸散去。

晦藏暗道可惜，眼見這位皇城將軍，竟能使出這法，著實有些訝異，晦藏不知此龍神法身，楊定侯生來即有，也是足以證明他轉世身分的依據。

就在這時，一匹全身金光燦爛之三角魂翼獨狼，手持一件紫光寶器，以迅雷不及掩耳之速度，奔向了楊定侯。

隨即一道鎏金紫光罩向全身，剎時楊定侯身上銀煉武裝寸寸迸裂，一陣極光炫目之後，再現真身，又是一番新模樣，只見楊定侯頭戴三叉束髮戰冠，身披獸面吞頭狻猊連環鎧，腰繫紫金玲瓏熾火帶，手持白銀穿魂槍，一隻突現的鴟儸天鷹正立於楊定侯右肩，環顧睥睨，掃目四周。

突如其來這幕，看得眾人目瞪口呆，楊定侯威風凜凜，宛若末世戰神，眾魔使未知所以，皆不敢貿然靠近，此時楊定侯只覺身上道氣源源不絕，藉體疲累一掃而空，雖也自思莫名，見眾魔使擋前，端起長槍一式「蛟龍踏浪」橫掃了過去，不成想此式威力之巨，竟將一派眼前眾魔軍，掃飛數十丈外，各個血肉模糊，頭斷軀殘。

這功力，似乎直逼大乘境界，魔皇晦藏一旁估量盤算著，隨後挪步瞬移，一式欺近，左掌橫掃，右拳直穿，正所謂大巧無工，這招樸實無華的拳掌，竟夾帶赫赫風雷之勢，一股強烈之極的陰厲掌氣，迅速而綿密的攻了過去。

這讓楊定侯只能硬接，雖知此式非凡，但自覺似乎可以相抗，遂一翻掌，凝聚體內道氣，對接了過去，此招一接，在場所有眾人包含楊定侯自己都大吃一驚，這魔皇竟被硬生生的震退三步，這可不得了，華梵世界尚無人能對敵魔皇晦藏，楊定侯一式擊退，皇城萎靡的士氣，轟然間又恢復了起來。

這兩件與楊定侯合體的神器，其實就是凝象九變的離變武裝與坤變探敵，這是道門得此二件神器之時，謫仙人即交代送與楊定侯的，那時雖有細說，但楊定侯當時也不能駕馭，故置放於自身營帳中，直到楊定侯喚出龍神法身，這兩件神器之器靈受到原主人的感召，方才確認楊定侯是青陽子轉世身分的，雖說器靈必認主，非主必不為所用，然這對神器對主人的執念可真非一般，就是非得見著原主人法身不可。

由此楊定侯與魔皇相互牽制，皇城眾軍雖然勢弱，也一時得勉強撐持，直至黎明，皇城宮廷術師不受狼嚎干擾，已再啟結界護陣，護陣一起，魔軍逢之驅離，這一日，皇城軍終於又守了下來。

凝象九變之八種武裝介紹

乾變劍靈——七星劍：劍星北斗，五行同運，離合幻化，無堅不摧。

兌變龍星——雙龍蛟：兩儀行陣，驚雨暴雷，疾行幻影，奪魄噬魂。

離變襲弱——藉體武裝：玄精成護，禦體幻形，攻守無雙，凝象大政。
震變問天——浮游：一念萬行，法陣意成，驅敵深入，來往傾刻。
巽變奪命——噬能：九子連彈，靈能不避，無形徵兆，遠端制勝。
坎變極光——滅魂：極星光耀，毀城壞地，萬靈螻蟻，陰陽無存。
艮變暴虎——隨刑：護鎮烆虎，銅體金剛，威嚇萬厲，傲視八方。
坤變無目——探敵：問訊魁儡，狼目鷹視，無遺造作，凝象先鋒。

楊定侯武學招式介紹

【本話敘作時空】

玄冽龍槍法：「悍龍搶珠」、「離龍遁」、「蛟龍踏浪」、「貫體破形」。

行步護陣：「星游步」、「日曦金城」。

神通：「附體龍神」。

【未來敘作進化】

真武：虛空瞬移、波幻神迷掌、創世問生劍、悍雷龍槍法、鞭法靈蛇縛、

術法：虎峙、子衛、斬道、毀烆、護體。

神通：這是受外靈加持之強能，分為五行，水——萬年玄龜，木——竹靈仙，火——道麒麟，土——玄牝，金——煆魔聖尊。

道體：太玄化能經、頤生道、空無道體、定領域。

養成：造物道丹，屬於青陽子元神全數回歸之作用。

楊定侯在青陽子元神盡數回歸之後，其武學又將再度進化，而這是本作玄明聖使傳末段之故事敘作了。

第二十二回 及時援軍

神族共工

共工軒轅氏，亙古以來為造物之神族，其衍生旁支強襲修羅與護法金剛，在華梵世界中，是屬於最特殊的生物藉體，一者戰力論最為強悍，具有極佳的戰鬥天份，一者梵能可影響魂體，其梵唱聲可破壞無藉體之意識核心。

此類極特異之大能，皆是能以一檔十的存在，是十七天外聖使明道特別造作，以用來顛覆荒原宇宙統治政權之種族，是善是惡，全賴自然之制衡，故其對於世界和平之影響力，絕對不容忽視。

謫仙人想辦法要求助的，就是神族共工之修羅與金剛援軍，因此於戾皇基地會合五仙，順利將天命皇子渡回十七天外後，即與菲菲趕程前往南極疆域尋找這可能之救援。

南極密林瘴癘

華梵世界中之東方皇城疆域，其極南之地，稱為「南極密林瘴癘疆域」。

這南極疆域主要分成四個地區，一為「群山洞府」居南極邊界群山間，乃神族共工兩大旁支族群所居，一為「密林喋地」居南極中央地帶，是森茜族之領域，森茜族皆綠體長耳，慣習弓箭，排外性極高，一為「窯山地居」環繞南極群山之地帶，為幽屬魂蟒各支族群護生所，五仙金溜子即來自於此，另一則為「離幻叢林」處偏西一隅，範圍最小，是各種蟲族之混生地，最特別者當屬化蝶一族。

這一整片南極疆域，基本上算是外界生人禁區，蓋居民多敵視外人，且多瘴癘蟲害，若無飛行或避箭防毒手段，進去唯有死路一條。

這華梵世界雖屬王朝統治，但南極疆域則大致歸於這些族群掌握，這其中共工軒轅氏，則屬於這些族群之共主，故軒轅王族在此稱帝，已算二千年來的歷史既定了。

謫仙人於黑市拍賣會，巧合獲得共工男童後，就懷疑著他的來歷，遂早派了道門暗影調查，終於日前得來消息，此男童或許正是軒轅氏之皇族太子。

謫仙人與菲菲乘著扶搖，為避開森茜族之眼線，故飛得特高，一路往南方極地之群山洞府。

首見一群依山建造之洞府建築，林林總總，密密麻麻，至少數千洞穴之多，其中一處明顯大器，有帝居之象，遂於其前庭崖端落了下來，兩名金剛護衛趨身盤問：「來者何人？有何要事？」

「散人九幽靈谷謫仙人，求見軒轅帝釋，有皇子消息。」

「有皇子消息？貴客且稍等。」這護衛傾刻回覆告知：「釋尊有請。」

謫仙人與菲菲進入軒轅宮殿洞府，裡面比想像中廣闊，中間相對立之金柱，其數也有十八，雖不比應天皇城之華麗規模，也足以呈現這宮殿寶相之莊嚴氣氛。軒轅帝急切欲知皇子消息，故直接詢問於謫仙人。

「散人於日前黑市中，偶然救得一名共工孩童，洽聞皇子之事，極為相符，故特趕來與軒轅帝知悉，另求一要事，望釋尊成全相助。」

「若真尋回我皇子，莫說一件，本尊可許你三事。」

「軒轅帝乃信人快語，目下皇城正受魔皇之難，散人請軒轅帝出兵相助，以匡扶正統，維護這華梵世界之和平。」

軒轅帝執出一塊信物，平穩飛出，直接落在謫仙人手中。「這是軒轅令，見令如尊，可以調動我一軍金剛，這樣，可以告知我兒消息了吧？」

「散人斗膽再求一軍修羅，蓋魔皇勢大，又與戾皇鬼使勾結，欲助皇城急難，需求穩妥。」

軒轅帝笑了笑說：「一軍金剛，足以媲美五萬大軍，會不會太小瞧我共工了？」

「不敢，共工金剛修羅之名，散人如雷貫耳，只是魔皇聯軍近百萬數之眾，皇城軍力嚴重不及，早已危如累卵，恐怕也將撐持不了多久，若得修羅軍出，則能迅捷救助，再得金剛護城，就必成圓滿。」

「嗯，那孤准了，這是修羅軍令，准你持令調動。」

一旁軒轅帝眾臣臉色皆是訝異，還未曾見釋尊這麼好說話，不知為何軒轅帝僅憑謫仙人這些話，也不知這謫仙人是否真有皇子消息？就已同意調度這二支重軍，這答案自然是菲菲了。

一位金剛護法忍不住出列：「稟釋尊，我們應該請這位貴客先提供皇子消息，再來做決定才是……」講到這，回頭看了謫仙人與菲菲一眼，隨即再說道，「然而魔皇想要顛覆這世界，我們既同為一份子，就當義不容辭，鼎力出手相助協防皇城，釋尊全為萬民設想之意，下臣非常感佩贊同。」

謫仙人心中暗笑，這菲菲的「攝魂魅光」對於修行境界不是特高的，從來就沒有失敗的例子。

謫仙人與菲菲在這華梵世界，都是已存在超過二千年的「怪物」，要說境界比他倆高的，除了魔皇與其麾下特使之外，還真是不多見了。

「散人為天下蒼生感謝釋尊大德！」遂吩咐菲菲播出男童影像，請軒轅帝辨識。

「嗯，的確是我孩兒，現正在哪？」

「在皇城明道書院地下密室，由道門照護中，釋尊若欲會見，可與散人同行前往，但皇城現下危急，朝不保夕，恐波及書院各地，懇請釋尊盡快出發。」

「正好，孤亦有此意，既如此，啟行吧！」

「孤再令修羅軍先行。」

皇城守軍撐持兩夜，多數已精疲力盡，幸好皇城護陣之啟動，不須花費術師多少精力，在道門相關人員輔助之下，能維持一整天之佈陣無虞，眾人終於可以趁著白日兩軍休戰之時，好好的休息一番。

皇帝趁此時召回各城門守軍主將，研議目前皇城形勢應對與建議。

「楊右使今番真是讓大家開了眼界，可算是護城首功啊！」

「是啊！能與魔皇對敵不相上下，也是華梵第一人了。」

「諸位同事勿再稱許，若沒有凝象九變，在下是不可能相敵於魔皇的。」

「這凝象九變，也是道門贈送之物？」

「然也，有對定侯說明，是定侯前世青陽子之遺物，故能為定侯所用。」

「這凝象既號九變，當是除了這兩變之外，尚有其他，或許有機會可尋找齊全，到時我皇朝將有一堅實無比之中流砥柱。」

「也得先過了當下這關再說。」

「這前兩夜，算是奇蹟似地過了，今晚第三夜，實在不敢再奢求奇蹟，目前以魔軍之勢，恐怕皇城被破也是早晚之事，只能期待謫仙人佈局，能真正扭轉乾坤了。」

「當下情勢，唯有得到即時援軍而已，其餘難做希望啊！」

「嗯，畢竟軍力懸殊，魔軍將領，也多勇猛無匹之士，更有幽冥魔使之類，不著痕跡不現形體，更是難纏。」

「對付那種，只能用堅強意志對抗，一但心生恐懼，就被其所乘了，這方面較基層的軍士，受影響頗眾。」

「比較奇怪的是，我這邊東門魔軍，鬼使部隊似乎自行漸漸散去，只剩下沒有停歇的陣陣陰風鬼嘯。」

「我這邊也是。」

「還有我這。」

「只有南門還是一樣。」

「若沒猜錯，另外三門都是幽冥魔軍與鬼使的配合，南門才是魔軍主要進攻的突破點。」

「這樣的話，或許另外三處應該分兵支援南門。」

「只是鬼使撤軍跡象怪異，不知有何詭計？」

「或許是戾皇與魔皇不合了，有情報顯示，戾皇於今黎明之前，曾率領一對鬼使匆忙離去。」

「若說不合也太蹊蹺，戾皇不是老想著奪皇權大位嗎？」

「的確讓人不解。」

「或許與這事有關，可以積極調查看看。」

「這是赤龍商會偷襲戾皇基地成功之故。」

「哦，戾皇基地被偷襲了？」

「嗯，這也是謫仙人事先委託商會的任務。」

「基本上戾皇動向不論，他這樣直接率兵出走，應該已經與魔皇結下樑子了。」

「嗯，正是，戾皇極為自大，帶兵離開戰場，是不會想到要與魔皇討論的。」

「這事若能確定，那其他三門就會僅剩幽冥魔軍，然夜間必然狼嚎再現，不能開啟護陣，那幽冥魔軍之應對，目前只能靠建構不須依賴人力的固定陣法來對抗，這我建議用『五行拘陣』最能產生效用，而且建構簡單，器材也充足，只是效用範圍小，需要大量佈置。」

「那這事就先辦，看趁白天能做多少算多少。」

「這微臣那邊早已先吩咐造作了，建議大家共同推動。」

「嗯，極好！另外原先在城中佈下的拘陣地雷，得注意別破壞了。」

「諾，會特別注意的。」

「如此我們可以派駐最多的兵力到南門，或許可以多撐持一些時日，然後等待援軍的到來。」

開戰第三夜，皇城索性不開護陣，於南門增加了二萬兵員，與原本楊定侯帶領的守軍會合，總計不到五萬，一開始就選擇直接與近三十萬魔使軍展開對決，其餘三城門外之魔皇幽冥軍，則交由事先安排好的法陣應對，為防皇城內院受幽冥軍攻擊，皆特別使用了各種聖器加以防護，道門暗影除天部外也與商會冒險隊伍留在皇城內院協防駐守。

道門十二位光明聖使與三十六天罡眾並暗影天部，這些道門精銳齊聚，與皇城、商會王儲等眾高手，幾乎全部堅守在這南門。

楊定侯簡單拜會師父苗姜後，合體凝象九變，全副武裝，格外精神，肩上仍站立鴟儸天鷹，與光明聖使、王儲一眾站立城頭，與魔軍相對遙望。

三十萬魔軍陣列前方，魔皇現場押陣，這時大家才看清了這魔皇面目，是一位嬌小女童身型，頭髮中分，雙馬尾，穿全黑色貼身裝束，一臉稚氣未脫，雙手抱胸，懸浮於半空，瞇著雙眼，打量著城頭上眾人。

身旁四員大將，太鸞、張桂芳、彭遵與王豹。縱馬橫槍，耀武揚威，態度侮蔑輕視、氣焰極度囂張。

至於戾皇鬼使部隊，早已跑的一個都不剩了。

雙方各自擺好陣式，皇城聯合守軍都已做好拚死的準備，這回將是魔軍全面進攻，全方位混戰的開始。

聖使們針對眾魔將，專挑一些實力強悍的，準備進行牽制撲殺，三十六天罡眾有自己的一套攻敵陣勢，故自成一隊，暗影天部專長暗殺，也瞄準了帶頭之魔使副將，王儲商會與皇城將領，則各自帶領部隊配合護眾迎敵。

魔皇晦藏知道楊定侯實力，交代王豹與彭遵共同對付牽制，太鸞與張桂芳則帶隊衝殺。隨即魔將開始展開行動，這一時間，狼嚎聲再起，魔軍全面進攻，皇城守軍個個全力奮勇接戰。

彭遵與王豹鎖定楊定侯，兩人圍了過來。

王豹：「你這小子昨夜使什麼招數，今番盡力使將出來，好讓老子見識見識！」

彭遵：「沒那白影龍神，你就是俺的手下敗將，只是不曉得你能把他叫出已回呢？哈哈！」

楊定侯：「廢話這麼多，一起上來，槍下見真章吧！」說罷，鵾儸天鷹飛上半空盤旋，楊定侯祭起「日曦金城」金剛護身，隨即一式「蛟龍踏浪」掃了出去，這氣勁及身，彭遵與王豹皆大感壓力。

「這小子沒你說的弱啊！」

「這勁道怎麼與昨夜差那麼多？」

兩人同時叫出聲來，「這哪是我們能應付的啊！」見魔皇正看著呢，兩人鼓起勇氣，同時喚出「道體真身」對敵，這彭遵是青牛覺醒後之「凶禍——荼毘修羅」，王豹則是魂豹覺醒後之「嘲風幻影——魑玀化身」一個專重力量，招招式式闢天開地，一個專長速度，能同時現出多重幻影。

楊定侯一對二，絲毫不懼，只覺這荼毘修羅力道也還好，根本不算強韌，至於魑玀化身之多重幻影，就像把戲一般，簡直懶得理會，這是因為這些幻影，在鵾儸天鷹眼下，根本看得一清二楚，在天鷹眼中，其實滿是不屑。這號稱天魔使中最強王豹，若知道被一隻天鷹看扁，肯定要氣得吐血。

這坤象探敵所變化之天鷹，在看了楊定侯對敵幾回後，哼了一聲，竟落下半空，變化獨狼型態，直接與魑獮化身對戰了起來。

這真出楊定侯意料之外，沒想到凝象九變竟能主動攻擊對手，見彭遵又一式狠招攻來，正要對付之際，身上離象武裝似乎也不甘示弱，急欲表現，只見赤光耀眼，一群火牛從楊定侯胸中奔馳而出，直衝向彭遵，彭遵對這突如其來的變化，根本不及反應，真身六臂慌忙護住要害抵擋，卻已被這群火牛貫穿，當場死於非命，一縷幽魂被迫歸還幽冥。

這王豹與獨狼對戰情況也很狼狽，他速度快，不知這獨狼比他更快，轉瞬間遍體已被抓傷處處，血流不止，這就像貓戲老鼠一般，王豹被戲弄的一點招架機會都沒有。

這凝象九變表現，吸引了魔皇注意，晦藏隨即近身，一式「彈指」，嚇退獨狼，一式「探花手」，把王豹挑到戰鬥圈外。

「你這小子果真不簡單啊，看來昨天不是龍神未退，而是你小子穿上這兩件的實力啊！幸好七星寶劍不在你身上，不然我也會覺得很麻煩的。」

這時獨狼恢復天鷹型態，飛上半空盤旋，雙眼直盯住魔皇。

楊定侯現下已是信心滿滿，若能把魔皇殺退，或許能真正守好皇城，不靠後援也不一定。

遂不答話，直接掄槍攻了上去，魔皇雖然驚訝於楊定侯實力，但其實也沒真把他看在眼裡，昨夜他與楊定侯之對打，是他以為龍神還在，刻意放手引導的，心裡想的只是要趁機看看能不能抓住這龍神法身。

現在自然不同，楊定侯雖然實力大進，畢竟依賴的是凝象九變，而且操作上也不熟練，難以完全發揮九變之實力，這才有器靈自己去打敵人的狀況出現，實在因為器靈也有點看不下去了。

因此過沒幾招，楊定侯已明顯處於劣勢，旁邊光明聖使苗姜一見：「徒兒我們來了！」遂同楊信、呼百顏等眾人圍了上來，一齊幫忙牽制魔皇，就這樣，一眾皇城聯合之高手，圍攻魔皇晦藏，這牽制已算十分為難，再看其餘守軍之與魔軍短兵交接，魔軍以極大軍勢差異，簡直可說是單方面之蹂躪了，眾將看了心急也沒用，本來想牽制魔皇，卻是被魔皇牽制了大家。

在皇城南門守軍慘烈撐持間，城門早被魔軍所破，這不到五萬軍力與三十萬大軍之對敵，早讓應天城內殺成修羅地獄，眾人之希望正在分分秒秒鐘快速消失。

此時局勢上，南門守軍迅速潰散敗陣，大量魔軍越過百里大街湧入皇城，東門西門與北門三方面之幽冥魔軍同樣也是鋪天蓋地隨魔使軍攻入皇城內院。

近侍寒衣衛八人，保護皇上退入內宮，留守鐵衛築起數道防壁，以人肉為牆，誓死抵抗，無奈魔軍勢極盛極，皆抵抗不了幾刻，紛紛倒下而且瞬間被幽魂吞噬。

商會與道門一眾，早紛紛投入戰鬥，雖一時得以緩和，仍舊不敵魔軍之勢，只知這處戰役死傷必然極其慘烈。

雙方持續交戰，此時已至深夜，魔軍大殺的戰場聲中，只見深邃的黑暗吞噬著光明，完全不見絲毫的救命曙光。

「看來今個就能擺平了，哈哈哈哈！」魔皇縱聲大笑，這陣子積累的怨氣，發洩得痛痛快快。

這時皇城軍力損傷已難估計，縱使如楊定侯等大將勉強撐持，也難扭轉敗勢，只是多拖幾時而已，楊定侯眼見敗勢已定，回頭見眾鐵衛幾乎已不存，魔軍早攻入內城，皇上生死難知，悲嘆一聲，如龍之長吟，如虎之奔嘯，一時間白影龍神再現，以極快速之身法欺近魔皇，手中長槍幾乎快要貫穿魔皇上半身，魔皇驚覺不妙，迅速頓退數十丈，才躲去這一擊，卻道聲：「好啊，你終於出現了！」

正在魔皇準備設法擒拿龍神法身之時，一隊黑壓壓的鐵騎隨著震耳欲聾的戰鼓聲，從南方陣列衝刺而至，為首者，獠牙鬼面，金身四臂，武裝銀煉鬼王甲，座下追風獨角狼，四隻手臂四般武器，一開山斧，一橫盾劍，一流星錘，一幻形鞭。正是軒轅帝軍之修羅救援隊長。

這隊約三千人馬，各個如狼似虎，個個驍勇善敵，直接奔進魔軍陣裡，四處衝殺了起來。

這在道門與皇城眾人接近絕望之際，終於盼來的救援隊伍，在眾人心中同時點亮了一道光明，或許將會是一道死裡逃生的希望曙光。

三千修羅，暫時穩住了皇朝衰敗的局面，但對於尚有百萬大軍的魔皇來說，還未能算實際，這救援到底只是撐持一時，還是真能扭轉局面，或許還是得要真正的大批援軍到來吧。

謫仙人與軒轅帝帶領一隊護法金剛，一路上奔速追趕，在暗夜之下，追星趕月，風聲簌簌，顯得無比著急。

慶族陳繼真率領著幽冥正規軍，從北極冰雪天地陰陽交界關口，趁著陽間黑夜，蜂湧而出，直奔應天城。

此二路意外之援軍，一者護守能力超凡，一者千古縱橫幽冥，能否及時到達皇城救援，必將是魔道雙方決勝關鍵。

修真成就之道體真身

這邊所談到的「道體真身」，是靈子修行境界的一種成果，跟藉體修行的功法與靈子識核之進化有關，基本上屬於這二類離合精粹出來的變化，基本上必然是獨一無二，然以目前玲瓏欲界已經衍成之道體真身來分別，還是可大約分為七個種類：

第一種縱橫：如謫仙人之修證，屬於一體善惡，如一人雙化，能力乘倍，最特別的是固定善體為金剛、惡體為修羅像。

第二種流光：無分善惡體，以極速為強能，如嘲風幻影之魑玀化身、神鬼化身、修羅戰體之類。

第三種鬥體：強化惡體，以爭勝為強能，如凶禍之荼毘修羅之類。

第四種仙體：強化善體，以各型輔助法術為強能，如觀音、幽仙、問君娥之類。

第五種飛天：無分善惡體，以飛行為強能，如喚靈豚之非天離魂一類。

第六種遁地：無分善惡體，以遁地為強能，如遁地龍、執寶星使之類。

第七種瞬移：無分善惡體，以穿越空間為強能，如幽魂蛇、陰陽法師之類。

每一種道體真身，各自更有進階變化，可說這一型的進化方式，是荒原宇宙中，最引人入勝的修練道路。

第二十三回 大勢定局

長夜漫漫，號角狼嚎，
聲聲無間斷，欲盼黎明將復還。
淒風厲厲，鬼哭慘慘，
幕幕怵人心，人事既盡無言該。

正在黎明將即，慶族太子陳繼真所率領之識王幽冥軍，進入北門直達皇城內院，終於即時趕上救援。

皇帝一眾忽覺一團團有如赤熱朝陽之氣息奔近，與魔軍之陰霾迷雲相敵，霎時愁雲慘慘，鬼嘯陰厲，奮聲赫赫，明光大申，皇城眾人所受凜冽嚴寒之精神壓力銳減，原本被幽冥魔軍克制的術法功力，到現在終於逐漸恢復了過來。

又見一虎頭人身四臂，針對著一群群眾魔使，所到之處，眾魔使如同煙花四散，紛紛潰敗，皇城眾軍見來了強力救援，人人再見希望，個個奮勇殺敵，皇帝等一眾文臣，終於死裡逃生。

這陳繼真所帶來的識王大軍，皆特別攜帶了專門克制幽冥魔軍的「烈焰草」，所以能以寡擊眾，以識王軍三十萬力剋魔皇六十萬幽冥部隊。

這幽冥軍之對戰，被殺敗的都自然被傳送回幽冥界，除了識核靈能大量受損之外，若遇到幽冥界之強能吞噬，就再也不存在這世界了，所以魔皇與識王們在陽界爭鬥，都會為此作好準備，也就是安置好敗回之靈子，不使之於幽冥界亂竄，以免不必要之意外犧牲。

這時南門，楊定侯與魔皇爭得不分高下，鵾儸天鷹上空盤旋，隨時與楊定侯意識傳訊，能預先告知危險，故得與魔皇繼續對敵牽制。

魔皇一邊打一邊觀注著魔軍攻城情勢，眼下一片大好，心想勝劵在握，見楊定侯這對手，一時興起，欲抓龍神，遂與之對招，順便看看此人本事，其實也沒真正下重手。

見勝負將成定局，遂揮手別了爭戰，棄了楊定侯往皇城午門飛去，隨手一指，一個魔皇身外化身，阻止了楊定侯追擊，並對戰了起來。

魔皇飛往皇城內院，沿途間看這整座雄偉應天城，未來都將是自己掌握之下，不由心花怒放，縱懷大笑，……猛然間想起天命皇子一事，沉吟一會，這事該怎樣就怎樣了，哈哈！

一道極為炫目明亮之信號光，直衝城上天際，其夾帶聲響遠遠從南方傳了過來，整座方圓百里之應天城，都能感受到這震天鳴動，緊接著道門事先排佈在皇城內之拘陣術法光彈，同時發動，一連串之爆炸聲響，由裡到外，轟個不停，魔皇居上方一看，簡直像遍地開花，魔軍不知防備，多數被這術法光彈瞬間炸的魂歸幽冥血肉模糊，本來以為既定之局勢，又瞬間混亂了起來。

與此同時，皇城守軍也在各個聯合軍強者分隊帶領之下趁勢衝殺，魔軍一時之間皆不及反應，陣勢變得大亂，三十萬魔皇大軍節節敗退。

魔皇見此勢大怒，運起一式「驚神吼」正欲亂皇朝軍勢之時，忽聞另一嘯吼聲直奔了過來，正是陳繼真獨門絕技「驚天吼」，這雙吼之真氣，互撞之下，竟實體化真，一見吞天狻猊，一變嘯天金龍。

只見吞天狻猊傲天仰視，金龍臨下睥睨，二獸對視一陣，同時間慢步驅進，見聞雙吼聲後，再度猛烈纏鬥在一起。

這種「聞聲化形」為魔皇與八識王之特有功法，皇朝眾人極為少見，個個看的目瞪口呆，著實驚異非常，這類強弱之勝負判分，差別就在個人境界與發動此功法時所聚集之道能了。

驚神一聲化金龍，太子救援明神功。
狻猊獅吼鬥天嘯，魔皇識王誰稱雄。

這雙式之吼嘯聲，震得在場眾人一陣激烈耳鳴，雖不見顛倒傷刑，也弄得頭暈目眩，皇城眾人見龍獅這般鬥法，實是前所未見，各個眼露仰慕，人人神情激盪，久久依然難以自已。

這雙獸鬥了一陣，已讓皇城所佈拘陣，黯淡無光，搖搖欲墜，城內魔眾兵馬，癡癡醉醉，顛顛倒倒，直至雙獸道能耗盡，才各自再化一道道金光，漸漸消彌散離。

驚神一吼天雷震，皇城四禁嚇出泥，
七煞貞魔窮八荒，不問敵我皆懼走。

虎夔金剛名不虛，能叫大乘不由己，
驚天一式阻魔皇，一番遁下一番興。

魔皇這式驚神吼無功，眼神發出怒火，恨恨地瞪著陳繼真。

陳繼真朗聲大笑道：「晦藏魔頭，我來會會妳，哈哈哈哈！」

「好你個陳繼真，竟真敢背叛我！」

「說什麼背叛，本座才是差點被妳騙了，廢話別多說，妳想造反是嗎？死了這條心吧！」

「我倒要看看你有多大能耐？」

魔皇正要出招與他對戰時，又從南方不遠處，傳來陣陣梵音吟唱聲，這聲響讓魔皇聽起來格外刺耳，眾魔軍也都摀著耳多，神情痛苦。隨著梵音聲響，又見一圈圈的聖光護罩，由吟唱隊伍中心，如波濤般層層疊疊的洶湧過來，魔軍一進入這光圈護罩，皆痛苦掙扎難以動彈，隨即受對陣的皇城軍輕易的掩殺，這就是軒轅氏護法金剛三千人大隊。

眼看皇城接連來了救援，魔皇一見，倒真有些急了，這時想到龜縮在自家的戾皇無賴，更是怒火中燒，一時之間失了目標，沒有了想法，忍不住在「即心意識空間」問了眾魔皇意見。

「姊姊，也不過就來了陳繼真那小子還有共工那兩隻小部隊，也值得妳擔心受怕嗎？呵呵！」

「要不還是我去一趟好了，這些螻蟻，踩一踩也就滅了。」

「哼！要你們幫，那我還是貞魔晦藏嗎？只是當下有些著急而已。」

「妳就是大意，早勸妳了又不聽。」

「最要緊的應該是天命皇子的下落吧。」

「我猜想，應該早就被救走了。」

「姐姐先不要擔心皇子了。」

「嗯，目前情勢搞好要緊。」

「當初是怎麼想的，竟然把最重要的皇子交給那混蛋。」

「還不是怕放在七煞總部會有問題，一時之間也沒地方可以藏。」

「這倒是。」

「主要是你覺得放身邊很麻煩。」

「是啊，要一個小女生照顧一個小孩子，想來就有點好笑。」

「這皇子若真已被救走，那姐姐那邊的神魔世界恐怕無指望了，我建議另闢蹊徑，來個大亂世界。」

「只要讓世界呈現長期混亂，就算五行至尊親臨統治，還不一樣是我們要的樣子？」

「對啊！」

「所以當下最重要的，就是確確實實的把皇城打下來，由姐姐親自做這皇帝。」

「是啊，那就這麼辦吧。」

「老四這建議有個重點，就是你要有絕對的軍力能鎮壓住未來五行尊所帶領的勢力，不然也是白費工夫。」

「我知道，這我還是有把握的。」

晦藏本來沒興趣當皇帝，這次為了神魔世界的理想修行環境，下定了決心要奪皇位。

魔皇晦藏思量既定，隨即通體迸出金光，全身骨節吱吱作響，原本女童模樣之魔皇，身軀驟然拔高三丈，更從肩膀腰脅處，擠出二頭四臂來，這三頭六臂之魔皇道體，即為十七天外深淵眾魔皇所傳「貞魔無上刑功」所化出。

這晦藏之道體真身三首，居中間之寶相宛如琉璃菩薩，吉祥莊嚴，右邊則如引渡聖佛，慈悲仁憫，左邊則如傳法釋尊，智慧道德，全身金光寶氣珠玉瓔珞，六臂各持降魔杵、梵音鐘、闢邪劍、傳法珠、琉璃缽、悲天盾。

再見一聲晴天霹靂，落於魔皇周圍三丈範圍，此時三首同時唱音念咒，一股道氣金光由底部外散而出，如同交織層疊之波浪，經過之處，地面迅即崩裂坍塌，迅速綿延身旁周圍近十五丈範圍，再聲喝叱，數十萬幽冥魔軍應聲遁入，只見崩塌地面，竟出現一隊隊魔使，或爬、或躍、或走、或奔，很快地又再佈滿皇城四周，一時又呈現出遍地黑壓壓的魔軍，皇城餘兵殘將與新援軍皆同時被困於中間，形成極明顯的盛衰對比。

在前面所說圍城之戰，雖稱言百萬，但其中多數為幽冥魔軍，並不見形體，現在這些都已遁形，看起來這魔軍聲勢自然比原本大出許多，而既有形體，這些幽冥魔軍自然也就不怕白日將近了，這算是魔皇當下底牌，魔皇之前做的準備，本將這些特殊研發的靈子藉體，放在幽冥相對陽界皇城之處，這時用轉換陰陽法界之術，再由幽冥魔軍集體遁入，自然就形成這些景象了。

這些魔軍就像地底殭屍之出現，不過行動速度比殭屍正常多了。看這陣勢，皇城眾人只得目瞪口呆，一連雙方形勢數變，較不經嚇的，整個心臟都快要跳了出來。

就在地底出來的魔軍陣陣列列排好隊形後，忽然一聲驚天霹靂，震的這些新魔軍個個行動暫止，宛若雕塑。

陳繼真笑道：「早就等妳這一招！」只見其四手捏訣，金光遍體遁生，一連長嘯，一式「碎神音」，宛如撼山霹靂，襲向了這一整群剛遁入藉體之魔軍，慶族大軍隨之遁入這群魔體，與幽冥魔軍互搶主導權，數刻間，魔皇所預備的靈子藉體，竟有一半被慶族佔據，這一來一往，雙方軍力，這時幾乎又成了對等。

這又再次失算，真把魔皇晦藏氣得七竅生煙，又恨又怒，咬牙切齒，仰天咆哮了起來。

魔皇並不知「碎神音」能撼動藉體內幽冥，自然沒想到陳繼真藏了這一步，盛怒之下，理智已不存，只欲殺之而後快，六臂凝氣起式，奔向陳繼真，眾魔軍與識王軍等也跟著全面衝殺了起來。

此時雙方混戰，為實力上之拚搏，是刀刀見血，劍劍刺骨，皇城眾人背水一戰，本視死如歸，眼見終於可敵，這衰頹之士氣自然漸漸恢復了，而楊定侯早已擺脫魔皇身外化身到達現場。

一見到魔皇三首真身，楊定侯心中一震，這魔皇真身怎麼如此神聖，那他怎會策動魔軍攻打皇城？能忍心造成遍地生靈塗炭又是怎麼一回事？

這一連串的問號，讓楊定侯瞬間猶豫了起來，他算是少數知道這道體真身秘密的，雖然疑惑重重，然魔皇帶領魔軍攻城已是事實，見陳繼真力拼魔皇，故與之共同牽制著三頭六臂之魔皇，其餘眾將，如虎入羊群，左衝右殺，雖敵方軍力仍舊多數，但已惹得魔軍之勢大亂，暫時呈現了勝利之景象。

這一役從黑夜殺到黎明，猶無停歇，每個人早都殺紅了眼，每個人都陷入瘋狂，應天城外之河，已染成一片片淒紅，應天城內之地，也已堆滿了屍壑，戰爭之無情，不論在宇宙任何世界，皆是如此如此的殘酷啊！

魔雲殤城心欲催，明光金曦去復回。
嘯音滿天雙寒夜，戰鼓絕情悲無間。
嗜血饗奇百萬襲，豪雄紛紛見殺刑。
殘軀無顱英魄盡，嚎啕楚歌埋軍衣。

熱血滾滾灑疆土，幽冥歸魂何行止。
遍地堆屍砌城高，殘踏血肉無止歇。
修羅地獄名實符，金剛臨陣百萬先。
惡夜漫漫八方噬，皇城歷劫天時遷。

就這樣，皇城眾軍守住了這極為艱難的第三夜，黎明來到，皇城護陣再啟，雙方繼續了白天的休戰。

這場皇城百日天劫爭戰，在十七天外造物主眼中，由諸門人之表現，已達檢驗核算目標成績之目的。

良又：「看來這些光明聖使，勉強可以算過關了。」

問采：「我果然沒看錯啊，這謫仙人實力分數達標了。」

明道：「除了他之外，其他人我感覺也挺好。」

玄生：「這樣我們的訓練計畫，可算是成功了吧。」

良又：「是啊，等這戰過後，可以先把十三位光明聖使渡來改造識核了，謫仙人完成交付使命，送來天命皇子是首功，先把他渡過來吧。」

履咸引路大過述言

由這天外視角，可知造物主觀察著十八天外靈子世界之發展，而專重於靈子能力之考核實績，於考核期間皆不做任何干涉，這是所有天外視角之必然，蓋宇宙造物世界之創造，為的本就是考證靈子各項處事應對之能力，以達到識核升等轉化之條件的，這在於我們所處之地球世界，自然也無特別例外。

因此各種人生應對進退，皆須依靠自己選擇，以達仙佛考證我們的意義與目的，若存心循求依賴，自然不得考證，也不能成為仙佛取擇仙靈化生改造識核之選，是知學習自立自強的態度，積極培養智慧安定的人生，才是我們人生真正的修行意義，而這也是我們被引渡化生在人世間的絕對真相。

識核提升境界而成道器，稱為仙靈化生，這受仙佛引渡宇宙真實世界，才能真正開始靈子的修行，而仙佛世界稱為極樂，也正因為靈子修行過程之種種極妙之處，這在創仙誓內容中，都會盡量呈現於各有緣之讀者，希望能讓讀者對於人間修行，能有更正確的態度與觀念，這是道門創仙誓之真正目的。

識心無偽之道體真身

道體真身，可以說是靈子心識的真誠展現，這是真身之名的來由。

由晦藏之道體真身所呈顯出來的，盡是仙佛慈悲形象，可知魔皇晦藏真心，其實相當真摯而善良，這與她發動皇城戰禍之種種行動，實在很難讓人聯想在一起，我們從造物主視角來思考，是否真實上另有因由呢？

第二十四回 皇城百日

仙佛之心，可能為魔種，天魔之心，卻也可能為聖佛！

這是造化的自然，還是我們自己認知上的錯誤？我們都習慣以是非善惡來衡量世間的一切對錯，從表面看到的來下各種定論之時，是不是正足以蒙蔽我們的智慧判斷呢？

以魔皇晦藏真心至善，卻能殘忍地發動屠戮生靈之戰爭，而謫仙人利用菲菲來蠱惑人心，卻反能幫忙守護了世間靈子，由此看來這世間的是非善惡，實在讓人捉摸不清啊。

皇城百日戰禍，本來就是造物主所設立的一處修行考場，那麼出考題的人，哪能分甚麼善與惡呢？

若以最終目標皆是為靈子修行著想來說，這種原本就是利他的真心出發點，又有何對錯可論呢？

或許善與惡來自不同角度與立場，盡是出自真心，處事角度不同罷了，我們又何必執著分辨？若因此而失去了客觀判斷的智慧，豈不是被這世界造物輕易的玩弄於股掌之間？

懂得變化角度與立場去思考，這算是邁入人生真正學習的第一步，也是仙佛正傳「易」之大道由始至終所提醒我們的重要觀點，由此可衍生理解，仙佛與天魔，為造化之一體兩面，純善與純惡，本就不存在，是非正義，原本關乎立場，並無絕對，我們若執著於這些，正是足以蒙蔽我們的無明枷鎖。

造物主開創虛擬宇宙修行道場，為我們做實地體驗之教化，這造物之至善用心，我們必要仔細加以理會體悟，才能真正達到自我的成長進化。

在皇城百日之戰中，於謫仙人這一整套策畫佈計，成功的釜底抽薪行動，已確實地在這一場皇城百日戰爭中，將魔皇晦藏推向了全面孤立的情勢上。由此雙方軍力終於呈現了對等，這奇蹟似的情勢下，這場皇朝爭權之戰，在堅持百日之後，皇城聯合守軍終於打敗魔皇，獲得了最終的成功。

在這場激烈的皇城百日戰爭中，皇城死傷總人數接近七萬，五部鐵衛隊長，除楊定侯、轟雷震外全數陣亡，近侍則除了寒衣衛八人與部分主事外，其餘也全數陣亡。

商會死傷人數二千多人，陣亡的多數屬於三商會，除王儲外，其餘副公會長皆戰死，高可之赤龍公會則全體倖存。

道門暗影八部損傷超過大半，僅餘三成左右，而三十六天罡眾則有二人生還，光明聖使雖大都身負重傷，但幸無傷亡。

而救援部隊，共工軒轅氏金剛與修羅部隊，雖然強悍無匹，也早已全數歸天，慶族部隊則於靈子藉體毀滅後，於陳繼真事先籌備保護下，遁回了幽冥疆域。

至於魔皇晦藏這方面，原本百萬大軍，僅餘六十萬不到，若只算有藉體之魔使軍，則不到十萬生存，在後期所有能用的後援也都已用上，卻已是勉強撐持再戰，早無能回天了。

這些藉體亡滅之靈子，在遁回幽冥後，有少數受到陳繼真的救助，得以免除四散於幽冥之厄，在之後隨著靈能恢復，又再度入世成為未來道門中間骨幹，這也是後來之事了。

至於魔皇晦藏這邊，這場意外的大敗，使她元氣大傷，魔眾本屬幽冥，於藉體亡滅後雖回歸幽冥，但已元神靈能受損，需要重新修養訓練，以致難以迅速歸隊，對於魔皇而言可算一大損失，另外六十萬靈子藉體毀於這戰，白白耗損了這些寶貴的資源，更是讓她心疼，故戰後整個七煞商會，行事皆低調了許多，不復往日生氣模樣了。

在十七天外造物主的角度來說，這皇城百日戰爭的最終結果，算是已達到令人滿意的靈子考核目的。

針對魔皇晦藏之損失，仔細分析過後，當歸咎於她個性上的急躁與過於善良之本質上，如在重要決定上缺乏細心謹慎，導致做了一連串錯誤判斷，而在戰爭開始極有優勢之時，又不夠狠心凌厲，處處放水留手，乃至於讓對方有機可趁，故於最終勢盡而難以挽回。

所以相對皇朝之能取得勝利，就是因為晦藏這種個性，才讓謫仙人之佈計救援皆能來的即時，若一開始，魔皇即展開大絕滅殺，皇城早已易主，謫仙人策計再好，也無用處了。

若要真說造物主之用心，也就是他們派的天魔是晦藏，若是由其他天魔如幽夕或生狂，結局自然絕對不同，可想而知，造物主心中，不管是達盤古聖使或深淵七人眾，都是特別為皇朝眾人放水的。

再由此衍生可知，造物主在安排靈子修行考證時，必然依照靈子適性與條件，決不做過於勉強之事的。

在前面皇城戰爭大勢已然底定之時，為盡快預備於仙魔世界之未來，十七天外造物主先渡回謫仙人幫他改造識核，也順便讓他與天命皇子一同修行提升境界。

謫仙人於十七天外修行，大約過了十個半小時，在盤古聖使協助下，既完成識核改造也成功提升到中境界之上，隨即受命與天命皇子回歸荒原東方宇宙。

而在謫仙人與天命皇子回到華梵世界之時，這場皇城大戰早已結束。戾皇依叛亂之罪，除去皇籍，免殺頭之罪，財產全數充公，但保留其基地以渡餘生，其儸大護法鬼使則重新編制於皇城體制內，全由楊定侯代為管束。

之後皇帝大赦天下，免除全體群眾五年稅負，一切與民和善，休養生息，也進一步與道門、慶族、軒轅氏並冒險者商會等共同規劃鞏固這華梵的安定與未來。

經年築基歷九重。今朝一炁證玄功。

從此正體化幻形。立定皇朝永世宗。

華梵世界曆一零三六年辰月皇子誕生後第一百九十日，皇子築基道成所誦之偈，以證將來事也。

謫仙人陪同天命皇子先至九幽靈谷，將皇子安排於絕塵密室「琿院」，等候著十七天外造物主降臨以進行識核極體分化。

履咸引路大過述言

此後為玄明聖使傳第一話之故事後段，正式開始大智玄明尊者與青華聖人建立荒原東方星系仙魔宇宙之歷程。

本話後面主要章回內容為五行尊之極體分化，與青華聖人於玲瓏之治道變革，也敘述了玄明修得七星寶識收服勝魔獼猴——孫悟空之故事，還有自然造化寶器、萬里尋魂花笑子、獅鷲一族等等荒原宇宙中之神奇與造物，一直到與魔皇立定血誓之約定。

至於玄明聖使為仙魔世界之爭戰準備，踏上了四大江湖之遊歷旅程，開始尋找門人寶器之重要歷史，則將於本作第二話至第六話來敘作，這些全都屬於仙佛世界過去的歷史軌跡，未來都將由本作創仙誓——玄明聖使傳全六話完整呈現給大家。

琿院——絕塵密室介紹

入口處，只能由謫仙正殿後方山壁，這是隱密機關，需由令牌啟動。

入內俑道不長，出外又是世界，廂房迴廊，一樣不缺，更至深處，高牆阻隔，銅門還是深鎖。

再進去，曲徑蜿蜒，階梯相間，青玉紅光，映入眼簾，煉心竹林一整片，中間直到一座參合院。

童子成雙，灑掃庭院，靜謐無聲，和諧一間，徐徐清風撲面，花香醉馨可人，此正是琿院。

第二十五回 善惡極體分化

這造物宇宙為五行量子爆炸所產生，其無比巨大之量能由爆炸中心點不斷向外擴散，自然形成一個如同太極圖形之空間球體，其中因量能質氣之差異，與量子必然互相糾纏之原理，而形成兩相對立且循著這爆炸中心點運轉之恆動聚集點，中心點稱為「太極」，這兩聚集點則稱之為「兩儀」。

不同之質與氣，則分別為陰與陽，由此形成以這太極為中心運轉之空間球體，這球體中自然充滿量子爆炸的能量，這些能量必分為五種類型，我們稱之為五行，統稱「五行量能」。

不論陰陽兩界，都充滿了五行量能，這五行量能中之精華，隨著時間衍化，透過不斷彼此吞噬、融合與乃至作用、進化，而終於形成自我意識，這些都稱呼為「靈子」。

然而靈子必優先于陰界成形，這是因為于陰界靈能吞噬方便，最利於成長進化，而于陽界，靈子受光能影響不能長存陽界環境，只能遁入藉體，才能維持久安。

而在陽界五行動能衍化，只能形成具備魂識之肉體，也就是依照原始習性行動，而無覺醒自我，這些若屬剛于母體出生，其魂識尚未見形之前，則能供陰界靈子遁入使用，這些生物肉體就統稱為「藉體」。

因此若由陰界靈子遁入陽界藉體，則靈子自我會與藉體肉身同步感受環境對其之影響，而這影響來自於心識的感受，這感受必然影響靈子的行為與思考模式，而這種意識與藉體所形成之現象，或互相牽制，或能互為成就，就是五術命理所能討論的正義。

靈子於陰界形成後，當累積足夠強能，則能自行突破陰陽界限而到達陽界，此時需要自行尋找藉體遁入，若尋找不到，則于陽界遊蕩，稱為「幽魂」，若一直不得藉體，則只能遁回陰界，或成為八識王一屬，或成為魔族一眾，更或者持續累積強能，再入陽間尋找藉體機會，但也有可能，是被其他強能靈子吞噬。

由此可知這靈子為何努力突破界限來尋找藉體的理由，只有一個，就是為了安全的成長進化，在陰間危險性相當高，只要遇到靈能超越自己的，就隨時可能被其吞噬而永遠消失，而陽界若得藉體保護，則可言安全無虞，只是修行進化速度，會明顯減緩許多，然也有藉體老化毀損的問題，但這些與在陰界修行的危險性相較，明顯不必在意。更何況陽界風景絢麗多變化，人間滋味豐饒富體驗，豈是陰間灰暗顏色所能比較。

建立這些觀念認知以介紹陰界環境，可知必然與陽界大為不同。

因此要能做好這太極宇宙所有靈子之治理，必要分為二種截然不同之模式，且由最適任之領導者來負責與統治，這就是依五行尊至聖完美之強能，來分化其善惡二極體，以達成一體共治陰陽兩界，而真正達到宇宙永恆發展之目的。

這就是造物主為求造物宇宙永恆發展，而要將五行尊分化成二極體之重要理由。

荒原宇宙分陰陽兩界，陽界具備東西南北中五大星系，陰界也是，這是太極陰陽相立之自然道理。

經由十七天外造物主所進行之五行至尊二極體分化，皆在各分極體後自名道號，且將各五行至尊陰陽極體之道號依序羅列如下：

東方宇宙星系之木尊善體為「青華」，惡體是「執妄」，南方星系之火尊善體稱「玄女」，惡體名「亟心」，西方金尊善體言「皇母」，惡體曰「肆欲」，北方水尊善體號「紫微」，惡體是「幻夢」，中方星系之土尊善體即「黃帝」，惡體乃「識惰」。

從此五行至尊陰陽二聖，於各所處之宇宙星系中，分治陰陽兩界，開始了仙魔或魔神之世界紀元，而未來因荒原五方宇宙之最終決戰，陽界仙佛戰勝幽冥天魔，故統稱名《仙魔紀元聖誌》，是為仙魔紀元之肇始。

於十七天外十分鐘，荒原世界已至第三日，這是造物主世界與所創宇宙之必然時間差。

盤古聖使們見荒原五方世界之五行尊皆已築基圓滿，遂即進行五行尊之善惡極體分化，此為永恆造物宇宙之必要安排，即分善惡兩極體以成宇宙之陰陽分治，最能維持宇宙之永續發展。

為此，十七天外聖使良又一行人，驅本靈化入荒原世界，直接傳送至謫仙大殿，與謫仙人會合後，即帶領皇子前往皇城。

這皇城眾人早知今日之事，遂領文武百官於應天城外列隊迎接，見謫仙人帶著皇子並領著五道金色光芒，乘著扶搖，由遠而近，倏忽已來到眼前。

皇帝趕忙道：「恭迎十七天外諸聖使，華梵王朝第十一世天子王昊德隨同王朝文武百官拜見天外造物主！」

「天子不用太拘束，今天我們主要來幫忙皇子做善惡極體分化，不會耽擱太久的，做完一下子就走。」

「喔，那好，我們曉得了，恭請諸位造物主聖安。」

只見聖使五道金光分五方立定，皇子居朝堂中央端坐畢，瞬間法陣驟起，一圈非常明顯的太極形炫光，兼帶兩儀光束，逆時針方向轉了起來，只見皇子正下方，漸漸形成一股螺旋通道，隨後五道天外聖使金光連同皇子識核神魂，從中央依序旋入幽冥通道之中。

於幽冥之皇城疆域中，良又吩咐眾人，開始進行木尊識核分離善惡極體作業。

「果如與玄生引善體，問采與兼相提惡體，我來確認時機分離善惡識核。」

只見木尊識核離開魂體，極炫青光呈現在眾人面前，良又一指光暈，蓋向木尊識核，眾人看清識核模樣，隨即一齊動作，果如、玄生起法咒引善魂，問采、兼相實定魂引執惡，見善惡識核逐漸分離，各自形成一渾圓太極後。

良又：「盤古令旨，識核分化，開！」一道輝光瞬過，切離善惡極體，木尊識核二體分化完成。

同時間，果如、玄生之法咒光陣中，與問采、兼相之定魂幽陣中，都出現了木行至尊之善惡五行識靈，幽冥大地與陽界疆域同一時間產生共鳴震動，二道相似又明顯相異的青色光束華麗竄出，整片幽冥空間大放光明，並伴隨著摵雷霹靂與極淵龍鳴，其聲響若臨天際，轟隆隆震耳欲痴，此時善惡二尊幾乎同時聲道：

「前朝醒覺似猶夢，道場修真首造功。
善行首立經綸政，華梵由此道玲瓏。」

「東方今朝形欲界，神靈且知執心中。
欲全圓真修羅道，幽冥地域我稱雄。」

雙子復同聲道：「吾今道號『青華』，吾今道號『執妄』，既降臨此荒原宇宙東方世界，則天上地下，太極陰陽雙界，今後唯吾獨尊。」

良又忽說道：「既然來了，就大方點現身吧！各位狂妄獃們。」

深淵眾左魈、白芷、岸魃、豹殤、哭凌、鄙笑、如果七人眾同時現出真身來。

這深淵七人眾一起現身，主要是避免盤古聖使們對於剛現世之執妄作小動作，以免在個性上產生不適合天魔的影響。

左魈：「哼！低調？真是一群傻蛋！」

良又：「呵呵！狂妄獃們還真是心機重啊！還怕我們對執妄童子動什麼手腳不成？」

左魈：「這是必然的，不防著點怎行，難道要相信你們的低調嗎？」

良又：「你們要求靈子的修行手段太殘酷了，為了眾多生靈著想，我們做好各項準備是必要的，畢竟能爭一步，就一定是要爭的。勸你們放過執妄，還是仙魔世界對靈子好。」

左魈：「魔神世界當然最好，你們的方式哪能快速進步啊？相信生命總是會做出最合適的選擇的，呵呵！」

良又：「就讓行尊們去決定吧，大家往後各憑本事囉！」

左魈：「算了，今天又不是要打架的，五行尊既已分極體，那麼要比誰的方法好，有的是機會了，我們就各自安排吧。」

盤古七聖使與深淵七人眾兩兩相對視，其實也是本為同體之二極分化，但彼此相對似乎都不太順眼，良又隨著再開法陣，一行人與青華聖人回到光明皇城。

皇城眾人見皇子神識歸來，藉體幻形又是一陣變化，極光過後，在場眾人大為訝異，皇子身形，實在讓人驚豔到難以言喻。

一只鵝蛋臉，臨摹柳葉眉，且開丹鳳眼，再下懸膽鼻，更畫櫻桃口。眾人全都呆住，世上從沒見過這番極美麗又極莊嚴之容貌。

左右雙聽齊寧淵，顧盼兩頁起嫣紅。
端立一派傲江雪，明聖行藏無言說。
玉手纖腕臨鳳脂，束髻于中焀青龍。
宛若溫玉借凝身，世間何得問仙人。

當下皇子身上並無穿著半分衣裳，皇帝王昊德連忙脫下自己的帝服披了上去。

良又：「好、好，這樣可省事了。」一行趕著去南方世界，遂與天子、謫仙人等點頭示意後，隨即遁光離去。

在皇城眾人恭送造物主之後，謫仙人向皇帝說道：「今皇子道體已分化，善體正式回歸，其後必由聖上與皇子安排將來事，眾人必可期待新一番和平盛世，此後皇子聖人之名自然傳播，華梵世界也必然跟著活躍發展了起來。」

皇上再見皇子，沒成想僅半年多時光，皇子竟已成了七八歲童子模樣，相貌美麗莊嚴，全身金光燦燦，很難想像是自己的皇兒。

「現下皇子善惡極體分化已成，可說華梵世界即將迎來真正永恆發展，皇朝千辛萬苦，歷經這百日戰禍，方迎來這契機與變局，散人代天下蒼生，致謝皇上信任與支持，並誠心請願皇上，為這場大戰中犧牲之眾多忠臣英靈，立下永恆碑文以勸誡後世。」

「這是當然，沒有他們的犧牲，何來今日之和平穩定？這本是皇朝應當機極造作的。」

「造化之理，大破而後大立，本為自然之道，逝者已矣，來者可追，未來華梵世界必能邁向更進一步之發展，以饗黎民百姓，更必能由此提供完善的修行環境，以終究實成處處極樂之修真世界。」

地球造物主所居宇宙之五方極樂世界

荒原宇宙即仙佛世界，五方星系之極樂世界名稱為：

東方：玲瓏欲界。

西方：大千世界。

南方：琉璃法界。

北方：真幻術界。

中土：至聖靈修萬帝。

履咸引路大過述言

世界必要陰陽分治之義，即知陽界與幽冥雖處同一世界，但有本質上之絕對相異，故必由五行尊之善惡極體分別治理，以五行尊之成本屬於道之境界化成，故其極體之治理與抉擇安排，皆必然合道，而能實如太極陰陽之相立共成。

這是永恆宇宙發展之最理想條件，這也是造物宇宙都盡量在形成五行至尊後，方進行建設永恆發展世界之實質真義。

這荒原宇宙，是十七天外達盤古聖使們首次成功建形之造物宇宙，而其目標在仙魔宇宙之確立，深淵眾則在魔神宇宙之立成，故其中爭勝，仍要在未來正式治理成形後才會展開。

這就是本作創仙誓，主要呈現予世人之仙佛世界歷史，修真離我們並不遙遠，並非幻想空話，而是宇宙之實際真相，我們靈魂化生於地球世界，正是為了在仙佛世界中修真做準備的。

若能明白這真相，那維持日常定心安住，就是修行重點，這才能維護我們識核內之道能穩定與累積，而這識核道能是否充足穩定，就是仙佛取擇引渡極樂世界的第一項要求重點，再來就是無私道性的養成，也就是捨己為人之利世態度，此應天心之至道，為仙佛所最關注，且即如日常五常德之修持，也必為養成此重要道性之絕對方徑。

世人修行能由此，皆可不為枉矣，若知得循習易之法，則必更得道之正途矣。

習易道以知循易理，是人生開啟智慧之絕對道路，中華文化所傳下之易道經典，實為仙佛特意廣申教化之修行寶藏，這是修行方法的絕對真相，外人難以明白言說，只能由讀者各自進行了解體悟而已。

無私方證道性

靈子歸真實徑，即在仙佛之善引，必以靈子持心至公，方實得仙佛引道。

此得無我私者，道心是也，能持恆定無退，乃道性建成，為靈子識核殷實之證也，是能昇華境界，而究竟道證仙靈。

故仙佛教化靈子，必以道心應公為廣則，即如聖賢宣教，皆由此，靈子能持信且得維心申信，如此道心漸固而道性證成，復成最終考驗，則究竟實得仙佛善引。

且觀靈子執心引道，非從虛實不得觀其真，必自證自悟而終行自勸，方成乾執之寬，而為順緣之受，乃實證坤德也，是靈子修行必要自證，非能由他也。

靈子修真正法唯一由易之說

靈子修真乃為仙靈證化，是得仙佛身，而定仙炁識核以引渡化生宇宙。

此道可言唯一，必要定心方可為，乃知易道最為圓全，故仙佛教化始終以之，而為修行正法。

此知末法時代正法不存，當明指易道失真，眾人執心入歧途：

是言佛法不存，即失易之禮也，蓋求佛無節，少自立也。

道言儒門寡傳，即失易之仁也，蓋崇上無恤，少慈心也。

再言道法失真，即失易之知也，蓋尚玄無學，少明道也。

更言耶回無寬，即失易之信也，蓋尊獨無他，少受慧也。

復言邪魔廣立，即失易之義也，蓋靈心強執，少教化也。

此即世道無明之盛劫，當循易之五常以成正心也。

以上這兩篇經藏，皆來自於天外造物主之實傳，乃節祿於此，供讀者參考。

第二十六回 治之道

尚治明道政要

造化之德取其恆者，順動之道也，順動乃乘勢，其利咸申，乃得眾業之義和，是稱「尚治」。

其有為之實徑，正明立之端方，全觀易之有言也。

大道至簡，易而已矣。

且論世治之衍：菈眾盛業，權責無端，欲明其要，累事無真，此知離其道者，無知簡也。

衍眾繁雜，造作無端，此弊也，欲為經綸，正理其序。

乃知：

御其眾者，得其心以善引也。
執其業者，觀其實以知有也。
實其知者，申其道以履實也。
見其微者，明分斷以辨之也。

此為全道，御繁於簡，乃證之。

事非必恭親，執其首以成馭，事非必成聞，得其專乃成權，由此以論上治，綜觀其德，御眾以簡易而已。

荒原宇宙東方華梵世界，於東極皇朝應天城。

仙魔紀元聖誌第一年立冬，皇帝王昊德退位，皇城眾人尊青華聖人為華梵世界永恆之陽界聖王，這是荒原宇宙五行至尊成治之開始，也是這華梵世界邁向永恆之起步。

青華盛治紀元開，持心志一恆思慮，
從此明正胤德貞，證業有道識往來。
乾坤天地恆常新，證心拳拳皆進步，
靈子修真圓道濟，極樂世界真創成。

皇子本自名道號——青華，即皇帝位後眾人皆以青華聖人稱之，首要治道，即提出皇城五大變革：

第一、更名：華梵王朝世界，更名為「玲瓏」。

第二、制度：玲瓏世界所有發展方針要事，惟青華聖裁。

第三、兵革：建立新軍種，積極培養道化靈子。

第四、組織：立定修真道脈，精選門人弟子。

第五、研考：改造王朝原有如欽天鑑等之學術組織，重新立定統一研究機構。

這是青華聖人為將來之仙魔大戰所做的準備，此時距離五行至尊為世界修真定位之正式決戰，尚有十五年之久，但這十五年在達盤古世界，其實也才十六日左右的時間而已。

易之道五數為成，在青華聖人主導之變革下，僅歷五年時間發展變化，玲瓏世界之樣貌已可說完全展現了全新景象。

其中影響最大，論最重要的變化，大約有三項：

第一項、施政成就：

青華聖人所立道脈「元聖太乙青華全道脈」，替代原本行政組織，已立門眾十萬靈子，其中依種族分別為：人、精、幽、幻、凶、厲六部，此六部各自再分六類組織，即軍、研、術、陣、丹、寶部門，全心全意發展於靈子進化修真一道。

此六族六部三十六主事，即稱為「元聖太乙三十六天任眾」。

第二項、研考成就：

主要為靈子藉體發展，在原本離象幻形基礎上，已成功研發至第三等藉體「乾道厲形」，大幅提高了靈子留居玲瓏世界之壽命達三百歲以上。

這項技術的提升，大幅降低初等藉體之製造成本，這也是當時八識王慶族太子護持王朝正統之心願，由此慶族對於青華聖人之統治，更加支持守護。

此外對於靈子修行境界之提升，也有極顯著之效果。而且也讓眾靈子之修行功法術業，達到一個更高的平均水平。

第三項、兵革成就：

藉著施政系統與研考發明之大幅進展，青華道脈軍力早已遠勝於華梵王朝最盛時期，其下即分六軍種，為陸、海、空、法、陣、輔，皆分別任命總司令與副總司令，其下再立六軍正副按察使、六軍正副行運使與六軍正副造作使。

此六軍種組織嚴密，遍佈玲瓏世界五大方域，與六部種族組織密切配合，達成完整軍事造作，即包含研發、訓練與養成為一體之兵革成就。

在青華聖人整頓華梵王朝之時，由達盤古聖使玄生授意，謫仙人重整道門組織，創立了「聖明玄德修真道脈」，以擴大落實道門實力基礎。

仙魔紀元聖誌前五年期間，聖明道脈之發展，雖未如「元聖太乙道脈」般迅速擴張，也著實累積了相當顯著成果。

最顯著之重要發展，同樣可分為三項：

首項為門人組織變革：分別三大組織系統。

第一組織地階系統為「申部」：這主要於玲瓏世界各疆域，廣泛的設置道門所屬各分脈，並招募門人尋找修行菁英之用。

申部主要執事有五位：

負責東方皇城疆域的為——姬叔明，本為皇子之皇叔，因天生嚮往修行，華梵時期於皇城養心殿與玄明深談後，即加入道門，之後皆協助謫仙酒樓之營業運行。

負責北方荒城聖域的為——郭宸，為精靈一屬巨人族之泰坦，身高二丈許，青華聖人轟動出世時，前往皇城朝聖，與五仙碰巧結識，因而加入門人。

負責西方八荒原的為——龍環，為厲屬魂豹之驅魂種，算是金豹子的同門師兄弟，見金豹子入道門而主動加入，後期表現相當活躍。

負責南方麒麟地的為——雷鵾，為凶屬厲獅之血誓種，與金獅子同族同宗，親如兄弟，是受金獅子邀請而加入的，後期則與金獅子同時離開道門。

負責中部玄空峻嶺的為——晁雷，為精靈一屬天鷹族之幻靈，尖嘴猴腮，背生雙翅，動如雷鳴，靜如脫兔，本為劍仙一脈七大宗門之峨嵋宗，因宗門衰落而出走，加入道門。

第二組織人屬系統為「合部」：為道門主要之情報蒐集部門，也就是暗影組織之衍生。

主要執事同樣有五位：

統領東方的為——趙丙，北方的是——黃天祥，西方為——孫寶，南方是——孫子羽，中部則為——魯仁傑。

第三組織天命系統為「進部」：屬道門最高軍事防衛體系，專為英才教育訓練，協助門人提升修行境界。

主要執事也是五位，都是修行境界達合體之道門梁柱，原本皆隸屬十七天外之玄生道脈。

負責東方的是：九幽智星——謫仙人。

負責北方的是：千手觀音——苗姜。

負責西方的是：傀儡軍師——劉衡。

負責南方的是：寶煉童子——殷洪。

負責中部的是：御劍仙——黃元濟。

中項為門人境界衍生：

修行境界普遍提升至築基，最高則已到達大乘境界者已有七位。

總門人靈子數目，由原本不足六千人，至今已超過九萬，其中以皇城疆域達五萬之數為最多，五方疆域之門人，仍在迅速增加中。

而五方各地疆域擴展，以分道脈基地為中心，道門所擁有之疆域迅速擴增，平均已至百萬畝以上。

落實各分立組織執事成員已達千名，雖仍不足以應付各式業務，同樣也積極培訓招募中。

末項為門人覺醒行步：

覺醒行步是除造化屬人族外，其餘種族天生具備的進化方式與覺醒規則，這極其嚴謹的修行步驟，即稱名為「覺醒行步」。

對多數靈子來說，這或言絕對機密，然於各族長老間，不乏知情之輩，唯條件嚴苛，縱使知情，亦視之為神話，欲能符合覺醒條件，有三項必備要求與配合時機。

其一為識核養成達化神境界，且最好能化神九重圓滿。

其二是自身所選擇之「經藏」功法修煉，必達圓滿境界。

其三是突破覺醒所需煉體丹藥，基本上不同種族必有不同的煉體需求，尤其某些必備藥材極難取得，所以這可說是三項條件中最困難的部分。

再來就是時機的配合，這就看個人因緣，有些或許能頓悟而覺醒，有些會需經歷折磨與痛苦，更多的是在性命攸關之時瞬間覺醒，而在覺醒突破藉體限制後，當依個人條件與領悟之相異，而更有不同之強能與變化。

針對九幽靈谷門人為例做一些覺醒後之說明：

五仙之金耗子，為遁地族之執鼠，可覺醒為「遁地龍」一道，遁地尋寶為至能。

五仙之金溜子，為魂蟒之靈蛇種，可覺醒為「幽魂蟒」一道，識心破幻為至能。

五仙之金豹子，為魂豹之幽魂種，可覺醒為「嘲風幻影」一道，匿蹤幻形為至能。

五仙之金獅子，為厲獅之血誓種，可覺醒為「凶獸」一道，縱橫鬥殺為至能。

五仙之金廚子，為豚獸之喚豚種，可覺醒為「喚靈豚」一道，飛遁喚靈為至能。

原丘山洞府之賈蝶，為六翼神使之洛神，可覺醒為「問君娥」一道，強化術能為至能。

龍族之熾火離合獸變異種，可覺醒為「火麒麟」一道，除疫護陣極速為至能。

其餘如菲菲屬仙兔一族之造化寶器，能覺醒為「幽仙」，魅惑強法為至能。

在五年期間裡，五仙修行底蘊本就深厚，故修真境界迅速突破，

金耗子為遁地龍之「執寶星使」，於他而言屬於最實際之覺醒。

金溜子為幽魂蟒之「陰陽法師」，增加識心之能，且大幅提供使用術法之威力。

金豹子為嘲風幻影之「神鬼化身」，此讓走靈術穿越空間之異能大幅升段，且能於陰陽兩界快速轉換疾行。

金獅子為凶獸最強之「吾良」，這戰體是玲瓏世界獨一無二的存在，論鬥殺之成長與天份，可為天下第一。

金廚子為喚靈豚最堅韌之「刑魔戰神」，這戰體同是獨一無二，論防護力之成長與天份，皆是上乘。

在以青華聖人為主所推動之陽界革新變化，呈現急速發展之同時，由魔體執妄所領導之幽冥疆域，也同樣與七煞商會組織，有著極大的進步，且在魔眾修行境界

速度上，平均皆高於陽界之道門眾人，這本是修行環境不同所產生的效率差異，而未來這光明與黑暗之勢力，究竟誰能更勝一籌，而證明所堅持的靈子修行道路是最正確，則是仙佛與天魔所立十五年爭勝之期屆滿後，才能真正揭曉的。

此時離仙魔陰陽界大戰，還有十年之期，這之後十年間所發生的仙佛世界重要歷史，就是「創仙誓——玄明聖使傳」全部總計六話系列，主要分享與眾讀者的著述與內容。

且先預告第二話內容，將為北方荒城聖域所相關翠湖與精靈、離幻草原與蛟龍、如意定玄針與道器玄龜聖女還有穿山族神鑄與冰龍等等，以及玄明聖使遇死劫，謫仙人一行勇闖幽冥界之故事內容，將會是與這第一話，呈現完全不同世界觀之冒險旅程，精彩豐富，絕對超出您的想像，敬請各位讀者期待。

本作道門——創仙誓系列，計畫將於網路媒體上作部份精彩內容連載，以為未來新書出版前之預告，目前固定以臉書「創仙誓」粉絲專頁分享章回片段，歡迎各位讀者前往閱讀分享。

備註：「創仙誓」粉絲專頁資訊請詳閱折書頁。

第二十七回 自治

在皇城「百日戰禍」中，共工軒轅帝因其嫡子與謫仙人遊說之故，派遣了修羅與金剛二支隊伍即時參與了皇城救援，這於皇朝最初能與魔軍抗衡，並終於贏得此戰，實在立下極重要之功勞。

而於戰後，軒轅帝並無要求皇朝做任何之賜予，且進一步積極支援了皇城重建之物資與人力，幫助皇城於最短時日內，快速恢復施政之元氣，

這種對於皇城之情義，立下了皇朝與軒轅帝之間堅實的互助互信基礎。

故於青華聖人之主政下，於玲瓏世界第一年開始之變革初期，聖人即迅速與軒轅帝取得協議共識，以確保變革時期能切實維持穩定之發展，而這協議，即是相關南極密林瘴癘疆域，既為軒轅氏世代之所居，則完全獨立為自治，而與應天城各自循求發展，且互相支援協助之永恆關係。

這項協議之方式與精神，為後來青華聖人與玲瓏世界各強大忠誠種族之間的關係，提供了良好的施行範本基礎，而最終實際形成了玲瓏世界中極有效分治之繁榮安定景象。

這其中最主要之地區自治協議，且衍生至今仍延續存在著的，於玲瓏世界之皇

城疆域中，總共有九大區域。以下依序分別介紹：

第一即為「共工軒轅氏」——

自治區域為「南極密林瘴癘疆域」。

這片處於皇城疆域之南極地帶，包含「群山洞府」、「密林噤地」、「窯山地居」與「離幻叢林」四個群體聚落，總面積約為整個皇城疆域之七分之一。

自古以來皇朝之統治，其實也不及於此，除了地形瘴癘環境惡劣外，也因居處之族群，大致排他性甚強，不易與外界交流，這次由青華聖人直接賦予自治權力，且配合軒轅帝有效統合這區域族群之實力，而能維持這區域之和平穩定發展。

由此得與皇朝做最適當的交流互動，也由此南極疆域中之族群，如共工之外的森茜族、魂蟒與蟲族，都因此而實現了修行進化，甚至有些能為覺醒行步，而達到全體種族昇華之欣欣向榮景象。

第二為「聖明玄德修真道脈」——

自治區域包含九幽靈谷與其他合法取得之疆域產業。

聖明玄德修真道脈本為天外聖使玄生道脈之衍生，為謫仙人等眾人集體領導之道門組織，其勢力範圍不只侷限於皇城，而是立足於玲瓏世界之五大疆域，此自治協議，即包含所有道門擁有之產業，不論位於何處，皆屬於道門自治區域，且於往後合法取得之實地區域，亦得列入自治。

這種變革，可說史無前例，蓋一國兩制之下，極易衍生意外困擾，但若是在自治組織能有效管理節制之條件下，則能大幅減少皇朝統治成本與壓力，彼此間更容易互信互助，而達到最理想之治理境界。

於百日戰禍時，不僅籌謀佈計更協助防守，使得道門損傷極為嚴重，由此皇朝對於道門之忠誠，實無任何疑慮，更兼青華聖人亦本屬道門，故聖人選擇自治協議之方案時，以道門為第二個自治協議對象。

第三為「冒險者總會」——

這是由王儲領導，整合旗下商會所成立，自治區域包含皇城西市大街，與合法取得之疆域產業，這是針對皇城百日戰禍之皇城恩賜贈與。

經皇城百日戰禍後，三商會實力大減，失去既有基礎能力與其他商會競爭，故王儲整合了原本代理之三個商會，即六翼商會、獵途者商會與正義商會，並包含參與皇城守衛戰之赤龍商會，重新成立了這冒險者總會，皇朝為補償商會損失，並讓王儲之商會能迅速恢復元氣，故將皇城西市治理權交與商會自治。

這是青華聖人所迅速核定的第三個自治協議對象。

第四為「幽冥八識王慶族」——

自治區為北極之冰雪天地，屬於唯一治理區域橫跨陰陽兩界之一族。

八識王慶族，同樣於皇城戰役之勝利居功至偉，而其所處幽冥疆域，就是在相對於皇城疆域之北極冰雪天地，故青華聖人依此而與慶族設定第四道自治區域協議。

這北極冰雪天地，也包含四個群體聚落，種族多屬精靈與幽、幻、凶、厲，皆屬強悍好鬥，原先皇朝之統治，即視此區域為憂患，常為突如其來之侵略而需派遣兵將鎮守。

而這現象由慶族治理之後，慶族已成了皇城疆域北極方面之屏障，從此不虞北方種族之入侵，而且因慶族太子陳繼真之能，統合了這廣大區域之族群，使得這疆域之種族昇華提升最速，進而建立了光明勢力中最強悍之軍種實力，於未來仙魔大戰中，扮演了極為重要之角色。

第五為「華梵皇族」——

其名下產業區域，與未來合法取得之疆域，皆劃分為自治。

這基本上是以上任皇帝王昊德為首之皇族，其產業大都集中在應天城之東方高檔市集與北方住宅區域，青華聖人提供皇族自治，既能協助治理各項瑣碎雜事，又能免除管理諸多繁冗事項，故為第五個核准設立之自治協議。

第六為「龍仙一族」——

自治區為西極遺跡蠻荒地。

這西極遺跡蠻荒地，佔地約為皇城疆域之四分之一，屬於原本皇朝下最廣大之無管制區域，所以強賊盜匪與不法組織橫行，妖獸害厲與異蟲遍佈，若論安全區域除了「狎城遺跡」、「危城遺跡」以及「軒轅遺跡」各正殿外，就是那些處於西極周圍群山之間的各族隱密洞府了。

所以除了原本生存於此之種族外，其餘外族幾乎難以在此扎根，而三大遺跡雖正殿安全，但內部則危險重重，大都是冒險者的探荒區域，這邊要談拓荒開墾並統合自治，唯有強力施行計畫性的蠻荒改造。

因此青華聖人特地鼓勵適合洞府居處之六翼神使、仙族與龍族移民進駐，並設定豐厚獎勵與派遣軍事支援，在建立初期並無設定自治，而是先由聖人派駐之元聖太乙門人執事代為治理。

第七為「麗水族與化蝶族」——

自治區為皇城疆域中心之太玄湖。

這太玄湖中，親水種族甚多，主要皆為麗水族與化蝶族之衍生旁支，其中又以麗水族之演化分系最多，總數高達七十旁支以上。

勢力最大者約有五族，如「鮫人」、「人魚」、「夜叉」、「海羅剎」以及「力天河童」皆屬麗水一系，前皇朝武德皇后，即來自於人魚這一族。

太玄湖連結西極蠻荒疆域，皇朝主政之期，極少干涉，也可說無此能力，一來這水域之廣，勢極立天，若無邊際，二來湖中種族，也大都各自安分，不似極北族群好鬥，常對皇城侵襲。

這湖上，其實還有數座小島，湖內也有不少洞府，總之自成一國度，甚為繁榮，其中修行境界高超者，更是多不勝數，然大約處中立，不問皇朝之事，也並無入世之意。

青華聖人為積極增加陽界光明勢力，自然無忽略這太玄湖各族勢力之重要性，遂策畫此區域之可能協力計畫，這規劃後由道門等自治伙伴之協助，歷經重重困難，突破諸端阻礙，終得以順利完成。

第八為「獅鷲」——

自治區域為圍繞太玄湖而近北面之廣大草原。

這片區域以冰雪天地山脈延伸而下之「崑崙河」為慶族與獅鷲兩自治區之交界，是一望無際之山丘草原高地，這一區極適合花笑子這邪物之繁衍，地表上幾乎遍佈各種類之花笑子，而獅鷲恰以此花笑子為食，因此這片疆域，幾乎只有獅鷲這種族世代定居於此。

獅鷲極端高傲，只會選擇性的服從於強者，其飛行中之戰鬥能力於玲瓏世界中屬於頂級，可說僅次於赤鵬一族，能大量馴服而成皇朝軍隊飛行夥伴，是皇朝空軍之主要成形條件，而其中有種族之聖王者亦通靈竅，故能與之協議而立為自治領導，這雙方皆得互利之協定，於兩方互信之條件基礎下，很受獅鷲聖王之歡迎支持。

第九為「龍族」——

自治區域為圍繞太玄湖而近南面之廣大草原。

這南面之草原區域，則以西極高聳山脈連綿而下之「不周山脈」為軒轅與龍族自治之交界，這一地帶之花笑子因氣溫較高緣故，故族群僅為零星散布，種類也較稀少。

龍族分支僅有九種，每一族都具有超乎其他種族之強大異能，是皇朝建立六部新軍之主要招募對象，其多數本皆臣服於皇朝，故於青華聖人所提自治協議，自然也歡喜接受，且對於龍族之覺醒行步這一項，更是積極配合訓練發展。

在青華聖人主導變革下之玲瓏世界，由此誠信協議真正達到繁榮各族，互助互利之自治模式，為求自治區域不落於奸人掌握，各自治區皆如皇朝取永恆之共主，此共主之名，為未來考證下做的最後既定，分別各為：

軒轅氏之帝釋、聖明玄德道脈之玄明、冒險者總會之王儲、慶族太子陳繼真、王朝貴族王昊德、龍仙一族之洛神賈蝶、麗水族之武德皇后、獅鷲之劉環、龍族呂自成。

這種自治協議，是青華聖人對於玲瓏世界各疆域之治理方式，由此推衍至全世界五大疆域，而總共立定之自治組織，在仙魔大戰應期之前，已達到七十三個團結互助且具發展實效之自治區域。

青華聖人由此大幅減輕統治之俗事壓力，得全心於提升陽間修真境界與軍力之發展提升，即全力準備於將來之仙魔大戰。這仙魔之戰本是一場陽界共存共榮之戰爭，故各自治區域，也皆積極的對將來大戰做充足準備。

再由於靈子藉體技術之突破發展，更能於幽冥世界引渡靈子入居陽界，此能實際提升陽界之整體實力，這方面慶族可謂極善任，在皇城百日戰禍藉體亡滅之靈子，少數即由此引渡再回玲瓏世界的。

從此玲瓏世界得以迅速穩定發展擴充軍備實力，由此方能真正與幽冥魔軍進行交戰爭勝，後來仙佛光明勢力勝出，仙魔世界成形而延續至今，這青華聖人之統治變革，可謂為重要之基礎關鍵。

在此同時，十七天外聖使玄生之元識玄明，終於修成「道之御——七星寶識」出關，這下回開始之故事，即由聖使玄明這主線開始說起。

玄明聖使道號全名「大智玄明尊者」，世間所流傳之西遊記小說主人翁——唐三藏，即是以玄明聖使之故事為藍本，敘述其遊歷江湖尋寶修行之故事，在西遊記中之孫悟空、豬八戒與沙悟淨，皆是玄明之入門弟子，皆是仙佛世界之真實人物。

西遊記作者，其實同樣是由造物主世界傳真訊息來完成著作的，是造物主為了提醒人們修行過程真相，而賜命造作，今創仙誓所論述之玄明歷史，即屬於較為完整之劇本，建議讀者有空閒時可將西遊記拿來互相做比較參考。

另外封神榜之故事內容，其實也是仙佛世界歷史的一部分，所以其中敘述之人名，大都與創仙誓相同，因本著作專重於仙佛世界之歷史原貌，故無做更改，這點也在此特別做個解釋。

第二十八回 大智玄明

達盤古聖使玄生之元識玄明，於天命皇子降世初期化入荒原宇宙，將皇子一事全權交由謫仙人負責後，即於謫星湖潛心修練，在歷經五年閉關修行後，終於練成太玄道經最終絕學之「七星寶識」。

仙魔紀元聖誌第五年立冬當日，謫星湖上空彩雲祥集，久久不散，幽谷童子報予謫仙人等，眾人歡欣熱切的從四方雲集於正殿遙觀，一眾門人隨即通過謫仙迴廊，快步前往謫星湖。

這謫仙殿內部之迴廊九轉，皆隱約泛著靄靄暈光雲氣，此為九宮奇門之術，是防外道靈子侵入的佈置，謫仙人領著眾人快速地繞過一扇扇房門，一同到了一處巨大的湖畔，眼見山景連湖，遍植奇花異卉，耳聞鳥語花香，清風徐徐沁人，直似人間仙境。

這謫星湖是位於靈谷東方之深水湖，湖面極廣，目不視對岸，依著山壁有一整排之湖畔密室，最是幽靜，玄明聖使這五年中即在此閉關修行。

謫仙人等眾人見天上彩雲層層疊疊，迅速飛近，越積越厚，隱隱霹靂聲出。霎時間，天地異象再變，數千道轟隆隆閃電狂奔，散落在密室周圍包含了謫星湖面，一旁圍觀眾人不知提防，急忙迅步躲避，謫星湖水受這陣陣霹靂電閃，如龍捲般直沖上天際，濺起了滿天水花，一道道七彩虹光揮灑，於眾人面前，化出一片片精彩雲霓。

再見玄明漫步移出密室，身旁泛出七彩聖光，形成無數圈的虹霓，復見萬點金星由天空落下，玄明頂上現出慶雲，腳踏七彩微步祥光，緩緩迎向了眾人。

荒原紀新仙魔誌，數載造化明道心。
負承天命鎮宇宙，萬古恆常永成金。
玄明首造萬厲功，道轉疾行陰陽中。
七星寶識御妖害，鎮守幽冥為大宗。

眾人驚訝於玄明之境界竟衍生天象之變，驚喜讚嘆之際，對於未來道門與天魔之戰信心大增，滿腔歡喜的齊向聖使道賀，此是大智玄明尊者於荒原宇宙入世，歷經五年修練終成荒原宇宙絕學七星寶識，之後終究完成使命，開啟仙魔世界造作之首發端。

正在眾人向玄明賀喜之際，一道靈光自湖邊「七重煉寶塔」內竄出，在玄明上空猶豫盤旋。

眾人正覺驚異，一齊看向七重煉寶塔，這位在謫星湖畔，為八面七層之高塔建築，正門迎向湖心，拱形深紅，虎形銅環，魁儡機關，交叉深鎖。只見古老陳鬱，光華籠罩，靈氣內斂，頗有隱藏寶器的感覺。

不多久此道靈光落至玄明身旁化作一位紫衣少女身形，身體俯伏，雙膝跪拜：「小靈『善才』求聖使收為奴僕，小靈願永世追隨。」

玄明未知所以，不便輕諾，遂請這位少女先起來再說，這少女執意不肯，必要玄明承諾，玄明乃問其因由。

這七重煉寶塔第一層是丹藥，第二層為神器，第三層太玄道經功法，第四層各種族進階丹，第五層各種族覺醒化仙丹，第六層極稀有之各族御體還魂丹，最後第七層為神物道器「玄武」，這紫金缽盂放置在第二層，沒想到如今已生器靈。

少女善才：「小靈原身為『紫金缽盂』，自居於塔中，已歷二千年之久，早晚受此地靈氣薰陶，故得以覺醒自我，更兼塔內諸共修協助，體會了轉靈化形之法，故變化此身，今見聖使功德圓滿境界，小靈心想至道在前，不肯錯過，故執著懇求聖使收留，小靈若得早晚聆聽教誨，增益修行，則此生心願足矣。」

紫金缽盂之於玄明七星寶識，用之聚能法藏，效果甚佳，與「凝象九變」同列為功法神器，皆出自「鑄靈神匠——高丙」之手，這紫金缽盂能衍生器靈，算是必然現象，這也是其鑄靈名號的由來。

玄明見此靈誠意，既知所以，故欣然答應，算是玄明出關後收到的第一名女弟子。

玄明七星寶識之功方成，能為實際道御之範圍有限，僅能在他自身境界之下二階以內，如今有紫金缽盂之助，大幅提高施用範圍，達上境界之「渡劫」，也就是包含渡劫境界以下，皆受玄明七星寶識之制衡約束。

就在玄明收了善才為徒之後，謫星湖中再見洶湧翻滾，如滔天巨浪，翻出了千層浪花，一陣陣狂笑聲由湖底竄出：「哈哈哈哈哈！想永遠鎖住老孫，也得看老天爺同不同意吧！」

一頭「勝魔獼猴」，身形不足五呎，遍體剛毛倒豎，兩眼紅光血腥，雙手交叉掩胸，正立在湖面上空，氣勢洶洶的朝向玄明一伙，眼中極盡輕視。

接著大搖大擺的向眾人邁進，金豹子見其惡意，運起「幻離拳」攻了過去，然尚未及身，這猴隨手一揮，金豹子竟倒飛了出來，金廚子與金獅子見狀，連手搶攻過去，卻也被一拳一掌輕鬆逼退帶過，謫仙人正要出手，只見玄明聖使口叱聲：「定！」如見神跡，這猴似「義行魁儡」一般，再一動也不能。

這猴掙扎半晌，怒道：「你這使什麼邪術！竟讓老孫動彈不得，真有本事別用邪術，實實在在地來一場！」

玄明合掌施禮道：「此為七星寶讖，你當與行者有緣，且同行者修行，日後金仙果位可期。」

「你是什麼東西？敢要老孫陪你修行，讓老孫能服了你再說！」

「要如何才肯與行者同行？」

「先打贏老孫再說！」

「可，不將汝定身，汝也無能碰觸行者。」

隨即一聲「落」，這猴恢復自由，兩手抱拳，徑直攻向了玄明，其勢兇猛無匹，在場眾人皆大感壓力，眾人眼看將及身之時，急切間都呼聲叫了起來，卻見玄明不慌不避，硬接了這雙拳，這猴拳勁趁時瞬發，以為輕易得手，然在即將擊中玄明之際，忽覺一股巨力將其拳勁洩往兩旁，這兩拳就這樣莫名其妙的打偏了。

這猴臉上一陣青一陣紅，惱羞驚駭不信，接連出了數道，變換了各種拳法招式，始終都不能碰觸玄明。

「這樣你能信服行者了嗎？」

「我信你幹嘛？老孫這時打不過，難道還不能跑嗎？哈哈哈哈！」

說著遁著一道金光，瞬間消失不見。

謫仙人一旁道：「其實可以將他戴上幽環，保證服服貼貼，避免麻煩。」

聽到謫仙人說這，五仙竟不自覺地各自打了寒顫。

玄明微笑著口叱一聲「回」，這剛遁走的老孫，竟又灰溜溜的出現在眾人面前，似乎自行離去又復返。

這猴此番真正有些慌了，又連續逃了數次，又數次被叫回，急得這老孫搔首抓耳，暴跳焦躁，發怒一掌不敢拍向玄明，只好遷怒湖岸，又是掀起層層巨浪。

玄明見狀，知此潑猴頑劣，遂雙掌合十，立蓮花座，連運太極，雙手中慢慢出現一圈燦爛金光，由虛形漸漸化出實體，叱聲「圈」直接的套上了老孫頭頂，此金圈一上這猴頭頂後，即慢慢縮小，漸漸縮入腦門，惹得這猴雙目圓睜欲突，額上青筋爆出，五臟六腑移形換位，頭痛鑽心肝膽欲裂。

這猴大吼大叫，遍地打滾，什麼不雅怪異姿勢都逼出來了，後來這猴實在忍不住了，終於願意拜託求饒，跪地磕頭不已。

「此名『如意金箍圈』，只要我動念，要縮要放皆能如行者之意，你是聰明的，當明白行者的用意。」

「知道知道，拜託快放了這金箍，什麼都好說！」

玄明叱聲：「放！」金箍隨即恢復原大小，這猴快速地往頭上拉扯，這金箍卻如長在頭上般，好似再也拿不下來了。

這猴長哼了一聲：「俺老孫不喜歡被拘束，你用這邪門陰招，我這輩子永遠不能服你！」

「只要你乖乖跟著行者修行，行者當不持這緊箍咒，而且你的目的也是修證太乙金仙，何妨依著此時因緣，或許正是汝千載之良機。」

「那說好了，我只跟著你修行，你不可任意使喚我，除非老孫願意，更不能想著管束我、改造我，不然老孫隨時都是要逃的。」

玄明微笑道：「都行。」

原來這老孫，是二千年前聖魔大戰時，受天魔蠱動大鬧西極之軒轅天宮，當時搞得天翻地覆，天宮損傷慘重，後被道門青陽子等眾人合力制伏，因這猴本性無壞，只是耳空單純，故道門不忍毀其道體，所以先囚禁在道門之謫星湖中，這事連謫仙人也不知，所以也就一直關到現在了。

而適才這數千道天降之雷霆，終於將這猴給放出來，這也只能說是造物之意了。

這猴皆自稱老孫，玄明賜其法號悟空，是玄明尊者降伏的第一位大乘妖怪，於未來江湖遊歷之時，將再遇上另二位，三者皆拜玄明為師，這於地球道場世人所述西遊記之故事，其實即來自於玄明招降三妖之仙佛歷史。

謫仙人一眾人等，見玄明的七星寶識輕易就收伏這猴子，個個驚異，單單隨意化招擊退金豹子等三人，就可以知道這猴的境界遠在他三人之上，至少已達中境界之大乘，而他在玄明面前，竟然如同小孩，只能是戲耍的份。

謫仙人眼見玄明又收了一位不得了的徒弟，正象徵道門大興之時機，故想順便讓門人入七重煉寶塔挑選各自適合的兵器，以更實際的壯大道門實力，遂與眾人交代，領著玄明剛收的二位弟子一起前往湖邊寶塔。

眾人見謫仙人立於寶塔門前，左手灌入道氣，右手凌空對著虎形銅環，迅速劃起一道符籙敕令，只見雙虎睜眼，仰天咆嘯，大門瞬間往兩側分開。

轟轟隆隆，這門不知有多厚重，感覺大地似乎跟著震動起來，眾人跟著謫仙人身形一轉，進入煉寶塔第一層，與一旁眾門人介紹道，「這第一層僅是各種修行進階之丹藥，第二層則是較稀有的隨身武裝兵器，等等眾人隨我上第二層，可以挑選各自的趁手兵器。」

在第一層中，已見寶塔中收藏一堆極品奇珍，這似乎饞的五仙本性紛紛露了出來，仙兔菲菲倒是一臉正經地問謫仙人。

「仙仙呦，為什麼菲菲每次進來都會自動被傳出去，害得我拿的寶物都帶沒走？」

「這是因為妳非法入侵啊，呵呵！」

「妳看這寶閣內分八卦八方位，需按時辰所對應的生門進、死門出，不然就會直接被傳出去，只要被傳送出去，身上的隨身物品，都會自動留下來，只是衣服仍在，不會被扒光了，不過有時也出現例外，比如身上衣服也是寶物時。」

由這機關佈置，以為謫仙人個性也是很善良的，對待不速之客只是趕出去而已，不過其實他只是用來防這隻兔子還有她的百寶袋而已，畢竟知之甚深，菲菲這可怕的寶物蒐集癖，是絕對改不了的。

事實上這兔子已進去寶塔無數次，開這大門，有她自己的方式，只有這生死門，她老是搞不清楚，不然就是太貪心了，時辰過去不小心又給忘了。

菲菲能開這煉寶塔之虎形銅鎖，謫仙人剛開始也想不明白，後來仔細觀察後才知道，原來是用她那魅惑專精加上咬字不清的口音，不斷求門上虎頭器靈給求出來的，那一幕差點把他笑死。

「哼！菲菲被扒光還有貼身毛髮呦！不像仙仙扒光就難看了。」

謫仙人看著滿地掉落的物品，看來都是這兔子拿的，一時搖頭無語，幸好第一層不是重要事兒，重要的就是些丹藥罷了。

「菲菲明明有整理的喔，他要自己掉下來，絕對跟我無關！」

這兔子忙著辯解也不知漏洞百出。

隨著出門一轉上了寶塔第二層。

「仙仙你不帶上我，菲菲又要被送出去了。」

謫仙人笑道：「那門只防小人，不防君子的。」眾門人聽完菲菲對話，都忍不住哈哈大笑。

七重煉寶塔第二層，存放著華梵世界中最罕見最神奇的兵器，是謫仙人二千年來透過各種方式蒐集過來的。

謫仙人對其餘眾人說：「這層的兵器，除了貼上定魂咒的之外，大家看哪件兵器趁手，皆贈與大家對敵防身。」

眾人挑了好一陣子，最後都有各自選定了。

金秏子挑中的是「熾金棍」，金溜子是「玄靈鎖鏈」，金豹子是「魂煉穿雲槍」，金獅子挑的則是「銀勾指虎」，金廚子挑「玄鐵離身盾」，老孫也在謫仙人應許下，挑選喜歡的兵器，只見挑了許久，都因重量太輕，竟全都被他嫌棄了。

謫仙人苦笑搖頭：「若這些都嫌太輕，恐怕只有那根北海如意定玄針你會瞧得上了。」

菲菲挑得最久，最後才選定一柄極老舊黑沉又不起眼的長劍，劍身上少見的篆刻「刑天」二字，得此劍菲菲非常開心，一時歡天喜地的手舞足蹈。

謫仙迴廊陣

此為靈谷內之各式通道，依奇門九宮佈置，彎彎繞繞，不辨四方，見太玄術陣加護，迷迷濛濛，更入幻鄉。

此稱名謫仙迴廊陣，終年雲霧飄渺，如乘在仙道上。

第二十九回

道化寶器

行尊兩儀鎮太極，陰陽雙界永動行，
造化宇宙恆常業，萬載實成證道臨。

在荒原這造物宇宙五行強能遍佈盈滿的環境，皆因五行魂識之融合交互作用下，有著變化多端之複雜衍生，自然的形成了各種極特殊的道化寶器，這些道器因為本身即為道之造化，使得擁有這類道器之修行者，皆能大幅強化自身實力，還有些特殊的丹形寶器更能迅速的提升修行者的境界，在五方星系世界裡，這些自然造化之物，統稱為「道化寶器」，而其中最上乘者，則稱為「御真道」。

於仙魔未來爭勝中，要能突破陽界修行遠比魔眾提升境界更為緩慢之問題，最有效的方式，就是尋得這些上乘的道化寶器，而這些道化寶器是否能順利取得，就在積極用心以取得比魔皇行動更加迅速之先機。

所以謫仙人即針對這些道化寶器之取得計劃，並做為門人之修行歷練，向玄明提出了遊歷江湖之建議。

在玲瓏世界之五大疆域中，自然造物所形成之道器，大約可分為五大種類：

丹藥、武裝、寶器與坐騎四類，最特別的一類則是聖靈，這分別散落在世界之各個角落，為何出現，何時出現都無絕對答案。

而這對於修行者來說，算是最讓人執迷的吸引力了，因為一旦獲得造化之道器，必能提升修行境界與實力，若進一步已生器靈，更必專認此人為主，這如同得到一個忠心又實際的貼身夥伴。

倘若是屬於藥丹之類，則再分是否已成丹靈，成丹靈者多能化作仕女或童子模樣，未成丹靈的，能提升修行境界或突破藉體限制，另外還有道丹之類，這是服下之後，能體會諸道自然造化之一脈，進而能為實用掌握，此即能影響世界諸如環境等等之神異變化，其實也就是造物主之能力範疇了。

由此而言五行至尊，即是掌握了宇宙世界永恆之道，能為自然之道之造作，故言至尊，故稱聖人，在五行至尊之領導下，世界從此能夠維持永恆之進步與運轉，這也是造物主必要培養出五行至尊之理由了。

在青華聖人推行革新自治，以求快速建立與魔皇應戰之軍力之時，在道門這邊，自然著重於「御真道」上乘道器之取得，以能快速增進道門整體實力。

道門組織分別由天外天十三光明聖使所領導，而於皇城疆域，則皆以謫仙人為主要負責執事，在皇城疆域之道門組織，大約分為明道書院之暗影八部天龍、謫仙酒樓之三十六天罡眾，廣濟商會之冒險組織，以及九幽靈谷這道門基地，除了九幽靈谷之外，其餘單位，謫仙人皆由絕對信賴之專人打理，主要就是為了盡早進行能實際快速強化道門實力之「自然造物上乘道器」取得計劃。

當下玄明聖使練成七星寶識，眾門人也都完成覺醒行步且達進化，而謫仙人於黑市拍賣所得之離合熾火與九蛇石化種，也已成功孵出並孕育成體，其中離合熾火異變種更覺醒成火麒麟，而為謫仙人與菲菲之貼身坐騎，至於九蛇石化種，則與謫仙人道體融合，形成更完美之縱橫修羅法身。

另外六翼神使之洛神遺孤賈蝶，在謫仙人盡心栽培下，也早覺醒為「問君娥」，並習得道門最強助功法陣，即太玄明德經第五重全境界之五行道御「曼陀御法陣」，這種輔助強化夥伴能力的陣法，由問君娥施展，更增雙倍之真實效能。

在這些前階段諸事皆已至完全，接下來自然是這上乘道化寶器——「御真道」蒐集取得計劃進行的時機了。

場景——謫仙正殿密室

謫仙人與玄明思量道：「目下道門發展已漸有序，當即行下一步，以乘聖戰之先機。」

隨即翻出玲瓏世界地圖，「聖使請看，玲瓏世界這五大疆域，東皇城、北聖域、西荒原、南麒麟，中為玄空峻嶺，各自隱藏有宇宙五行精華所孕育之至寶，我們若能早於七煞魔皇眾使取得這些道化寶器，必能於仙魔聖戰中實際掌握勝機。」

玄明道：「大陸道化寶器，行者雖聞，但無甚明白，且有勞掌櫃。」

「說也奇怪，這些消息都是在青華聖人現世後，才紛紛被門人暗影所探知的，散人猜想，必是造物有意之指點。」

謫仙人續言道：「這雖稱言寶器，但非必皆器物一屬。在東方皇城疆域寶器，菲菲其實就是『御真道』其中之一，散人當初於谷中發現她時，其身上之五行精華木屬彩光異常強烈，當時就有些懷疑是道器所化，近二千年來與她朝夕相處，早就實際確定了這一點。其餘皇城區域，散人已尋遍，目前沒有任何發現。」

「這些年來暗中調查得知，另外四方疆域皆各有一上乘寶器的確切消息。」

「在北方聖域是玄龜一族之聖女，隱居於其疆域東方之翠湖，此族因聖魔大戰之故，與世隔絕已久，隱居處有層層幻術保護，極難發現真實位置。」

「在西方荒原，則是『萬厲十亟收魂幡』，位置在萬魔洞下三千呎，是魔族所占據之要地，恐怕早入魔皇之手，這將會是聖戰時最大的威脅之一，只能針對這幡恐怖能力盡量做好設防準備。」

「至於南方麒麟地，則是一隻龍馬聖獸，位置不能確定，因為此龍馬能離潛、能飛遁、能隱身、能換位瞬移，是這世界上最上乘之坐騎，散人心想這龍馬若與聖使有緣，或許我們在此處遊歷時能順利得之。」

「最後中部峻嶺之造化寶器，是一張看起來近乎透明的網子，名為『捆仙網』，一但被羅住，任你大羅金仙，也無法遁出，這於前年已為道門所得，正在御劍仙的掌握之中。」

「散人建議江湖遊歷當由北方先行，順道取中往南，最後向西，然後立基地建傳送，這樣既能完整道門佈置，也是最節省遊歷時間的路徑，這樣我們就能有更多先機與七煞魔皇一眾爭勝了。」

玄明道：「行者知曉，一切有勞掌櫃了。」

謫仙人隨即安排了菲菲、五仙一干人等全部出行遊歷，隨行的還有火麒麟，以及金豹子與金溜子所生下的幼子「胡升」。

這胡升為魂豹之幽魂種，名字是一出生時自己取的，不由父母命名，這是荒原世界偶而會出現的情況，與靈子條件與遁入藉體的方式有關，前者天命皇子一出世即識自我，能完整保留原本意識而不受藉體拘束，由此可知胡升非同一般，其靈識來歷必然非凡。

一行人準備妥當，正預備啟行江湖遊歷之際，謫仙人忽然收到楊定侯之求助訊息，主要因青華聖人之自治協議計畫，需要謫仙人等幫忙西極疆域與太玄湖這兩個蠻荒區域，這因皇城鐵衛幾番行動都未能得到成果，故專請道門協助。

謫仙人與眾人商量後，即決定幫助皇朝先掃除西極自治規劃之障礙後，再行出發遊歷江湖。

根據楊定侯所提優先區域，是西極三大遺跡之造鎮自治計劃，即以三遺跡為中心，先各自清除周圍之蠻荒害物與不法賊寇，這點可以配合冒險總會來進行，三大遺跡若能建立城鎮，則冒險者在遺跡內部之尋寶，必大為便利。

這建設西極蠻荒地最大的困難，其實就是魔皇在陽界的勢力了，魔皇在這幾乎算法外區域的西極，其經營根基遠勝皇朝，不僅據點眾多，實力也是非凡，五年前皇城一戰敗後，魔皇勢力雖曾隱遁一時，目下卻早又活躍了起來，造成西極自治計劃之障礙。

而魔皇勢力最重要的西極根據地，正是邊地環山之各式洞府，其中大小不一約三、四十個，自然也包含洛神一族丘山洞府，這次任務就是驅逐魔皇在這洞府之最重要最強大之勢力——「鈴霍洞府」。

謫仙人與楊定侯確定地點時間後，九幽靈谷一行人打點行程出發，因行空扶搖僅有一隻，所以謫仙人與玄明、洛神、菲菲乘扶搖，五仙則帶著胡升走陸路，根據謫仙人之安排，各自前往西極蠻荒區域之軒轅遺跡正殿集合。

謫仙人吩咐五仙，在這五年中世界環境變化頗大，尤其以某種邪物之族群，有大範圍增長的異常情況，這與之前五仙闖蕩江湖時有很大的不同，所以在前往西極之陸路上，一定要特別小心謹慎。

還有那本該跟在玄明身旁的老孫，笑嘻嘻地說知道那個位置，不就是他鬧過的那個，也不等玄明答應，自己先過去了。

青華聖人所推行之區域自治計劃，最困難的，就是驅逐魔皇在陽界之勢力，而此項最重要的關鍵，就在是否能夠成功奪取魔皇大本營，要說這任務的至高障礙，自然就是魔皇這絕對境界與實力，都不是目前之皇朝眾人所能單獨匹敵的。

總之，這是造物之考驗，如何完成，端賴承命者之智慧應對，也必要有此雙方對立而互相競爭，才能真正創造宇宙之永恆發展。

第三十回　萬里尋魂花笑子

神秘太玄湖

且說華梵皇城疆域中央太玄湖之形成，其實是來自於十七天外聖使明道的刻意造作，因為這地方是他在荒原東方星系創造生物藉體之時，用來生成奇幻物種藉體的主要實驗基地。

這太玄湖廣垠若海，地理上連接著北方冰雪天地凍寒與南方熾炎之密林疆域，由於兩邊溫度上的極端差異，造成了太玄湖特殊的環境與氣候，這種形如太極造物之情態樣貌，正是各式物種衍生繁茂之優質環境。

除了因此孕育出各種奇特的生物藉體外，同時也衍生發展出一種單存無識魂，也能生存之活物，這其中最具邪惡代表性的，就是一種人面花，這是彼此聚集成團，從不停止尋找獵物的恐佈物種，這種外型像花的邪物，就都稱作「花笑子」。

這花笑子具有強烈的攻擊性，專門吞噬生物藉體內之靈子，所以被稱為華梵世界之「尋魂邪物」，其習性較偏寒冷，故遍佈於太玄湖北方，而南方只有零星散布。

這是太玄湖的神祕，主要就是來自於他所孕育的種族，不僅繁雜多樣，變化無端，有些極為美麗，莊嚴，神聖，有些極為醜陋，離經，邪惡，而最主要被冠上華梵世界最大神秘湖的原因，其實就是外界並無能力與這些種族交流之故。

說過了，這是一種花，極其詭異的花。如果你會飛，那可以安心的欣賞一整片的繁華；如果只能在地上走，將是被這艷冠群芳的花笑子，用力的追捧與摧殘。

遠遠看著，滿山遍野，
群花豐姿搖曳，鮮麗爭艷，
花海滿滿一整片，恰似人間遊仙境。

近身聞芳，鬼魅森羅，
哭魂夜唱幽厲，顛心驚怖，
妖邪枯爪尋魂噬，又如苦海至無間。

這花笑子近看驚如鬼魅，雙眼空洞暗黑，面容慘白而扭曲，最讓人不舒服的，就是那千篇一律的笑臉，還有隱約的、微弱的、永遠不停歇的呼喚聲，不過幸好，大都不會發出令人作嘔的味道。

這是玲瓏世界中最可怕的無魂藉體邪物，有著極強烈的尋魂執欲，被他們的美麗吸引而來的任何有靈魂的生物，都是這群花笑子追魂取魂的目標，一旦被盯上，會整群整群的蜂擁而上，追至天涯海角也無罷休，除非這獵物終於也成了花笑子。

被花笑子奪魂後，將永遠鎖在花笑子這種藉體，從此成為他們的一份子，兩眼應不再空洞，但會出現嗜血邪光，不變的，還是那種讓人毛骨悚然的笑臉，彷佛活過來之僵屍惡鬼，一心只想將他人變成永遠的花笑子。

花笑子這邪物，可說難以毀滅，只能一口一口的吞噬掉它，世界上只有獅鷲這種神獸，特喜歡花笑子無魂的味道，算是花笑子唯一的天敵，這讓人很難想像，如果獅鷲哪天不在了，這世界會變怎樣？

這種邪物大都分布在太玄湖北方高原上，偶而也會在南方草原出現，比如這一群。

「天啊！爸啊！媽啊！老大啊！二姊啊！我們該怎麼辦啊？」

「這怎麼應付啊？」

「用火、快用火！」

「誰說用火的？這不是越用越糟糕了嗎！」

「打也打不死，又是一整群，還跑的飛快。」

「我之前聽唱戲的說過，好像要用吃的。」

「誰用吃的？」

「據說是獅鷲的樣子。」

「真假？」

「你吃看看。」

「這一群怎麼吃啊？不抬槓了，逃命要緊啊！」

「學了這麼久的功夫，竟然都沒派上用場。」

「二姊我跑得快，上來我揹妳，孩子你自己跑。」

「有這樣做老爸的嗎？」

「不是，你跑得沒我慢啊。」

「你學獅鷲一口吃了試試。」

「我老豬嘴有那麼大嗎？」

「你不是飛天豬？帶我飛不就得了。」

「還沒學好。」

「沒用的東西。」

「這東西有毒對吧？」

「看起來一定有。」

「二姊不然妳也噴個毒試試？」

「你要死嗎？」

「唉呦！這聲音何時要停啊？簡直催魂似的。」

「仙人說要我們注意的，怎麼就碰上了呢？」

「我們這樣能逃到哪兒啊？」

「對啊，也好幾里了啊，他們要追到什麼時候啊？」

「分開跑！」

「有用嗎？這背後一整群。」

「老大你不是能鑽地？」

「試過幾次了，都鑽不下去。」

「不會吧！這鬼東西難道也會法陣？」

「有可能。」

「還沒見過不知怎麼殺的東西。」

「都說了，唱戲的說只能吃掉。」

「這種情況，死命吃了也沒用吧。」

「老大，求救了沒？」

「老早發訊號了，只是跑了這麼遠，準備的訊號早都發完了。」

「難怪他們坐扶搖。」

「噓！不許你這麼說，唉！心機還真重。」

「幸好的是，沒遇到對面也來這麼一群，我們還能跑給他們追。」

「現在我們是往哪邊跑路的？」

「不知，就跟著老大跑的。」

「老大，你知道我們要向哪邊嗎？」

「誰知道啊？逃命都來不及了！」

「我是怕……又跑回那邊去了，因為遠遠看到了一片花海，不過飄來的味道怪怪的。」

「兄弟們停步，前面也是！」

「天啊，前面那群往我們這邊過來了！」

「不同的嗎？」

「不知道，應該是。哇！這味道……不行，我要吐了！」

「千萬……別，嘔嘔……」

「我們應該不會就這樣被熏死吧？那也太悲哀了！」

「真是無言，不會塞住鼻子喔？」

「還是很臭……」

「這一群面孔好看多了，沒那麼扭曲，但味道實在嚇人。」

「兄弟們，目前重點是，我們被徹底包圍了。」

「該怎麼辦啊？」

「能怎麼辦？」

「你們這幾個……唉！真是無語，來聽我指揮吧！」

「小胡升，你知道怎麼對付啊？」

「不能對付，只能暫時圈個安全地而已。」

「用『子衛陣』配合『拘靈陣』環繞我們一圈，這樣花笑子就進不來了。」隨即照法佈陣，果然一群花笑子佇立在陣外，終於不再前進，不過招魂聲與味道還是

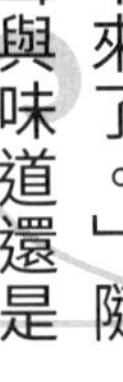

一直在的。

「就這麼簡單，小胡升剛剛都不說？」

「你們都跑得那麼快，也想說看看你們能搞笑到什麼程度，還都覺醒了，不知真醒還是假醒。」

「這、這，你這樣做小輩的啊？」

「呼呼……能安全就好，老豬已跑不動了。」

「那麼，之後呢？」

「我們就一直等在這？」

「只能這樣沒錯。」

「這種花笑子邪物，外號叫萬里尋魂，被盯上就是追到天涯海角也同樣照追不誤。」

「傷不得、殺不得、避不得、逃不得，只能等了。」

「你這愛說廢話的毛病還沒改啊。」

「等仙人們來救吧。」

「用扶搖帶我們飛就是了。」

「恐怕很難。」

「為什麼，難道他們會飛不成？」

「不是會飛，是扶搖看了也不敢下來。」

「那……我們還有救嗎？我就問這句。」

「有，等花笑子的天敵來。」

「有天敵？」

「是什麼？獅鷲嗎？」

「是。」

「那有聯繫上了嗎？」

「沒。」

「那要等上天派來喔？」

「對。」

「吼！這樣有意思嗎？我這麼認真的問。」

「真的只能這樣。」

第三十一回
傲慢獅鷲

萬里尋魂花笑子在世界上，算是孤獨的很，幾乎沒有任何物種敢隨意親近它們，但是獅鷲這一族卻是例外，不僅喜歡跟它們住一塊，還特喜歡花笑子獨特的味道，不僅把它拿來當作食物，也拿來當作戲耍的對象。

這獅鷲，是西方文學小說裡所介紹過的神獸，外觀很特別，鷹嘴鷲翅，體若雄獅，雙翅連結起來六丈許，看起來相當威武神氣，有一種高傲的氣勢。

獅鷲大都具備自我意識，個性獨立，勇猛忠誠，少數根器高的，甚至能進步化形為更高階種族——「蠍尾獅」。

而獅鷲也有一種進化出的旁支，其形異於獅鷲，即如天鷹，然通體赤紅，大小倍於獅鷲，這旁支名為「赤鵬」，赤鵬算是獅鷲為適應惡劣環境之自然演化，能化形藉體為人種，能言語習法，但因天生條件不差，沒有再進化之絕對必要，故僅有少數懂得熱衷於修行。

會稱為傲慢，是因獅鷲對於眼前外物，都是用極睥睨的眼光在看待，就算對於體型實力比他們強大的龍族物種，也同樣態度，這種天生個性，導致生存延續極端困難，赤鵬就是由此因素衍生。

世界各宗教為何皆稱仙佛所處造物宇宙為極樂世界，這極其多樣多幻化之靈子藉體物種，就是其中一項重要的因素。當然也有其他，比如說靈子藉體物種可以依靠修行，而再進化呈現不同的、更高階的、更有能力的外在形態與不凡樣貌。

仙佛世界物種之奇，千變萬化，匪夷所思，可說只有我們所想像不到的，沒有所謂完全不存在的。

於中華神話山海經中，有多種相關於物種之描述，這些本都是地球世界真實存在過的，目前仍有小部分遺留於世者，然已都各自演化，或體積變小，或樣貌改變，而成了各種新形態，所以世人很難根據山海經所言，來尋找那些曾是屬於神話中的物種。

不講山海經所述說，而論目前人間最流行的，所謂西方神話、科幻魔法之類小說，或者虛擬電玩所呈現之各形怪異物種，只能說都屬於這地球道場世界，量子資訊互相傳遞所形成之靈感而建立之形態，白話一點來說，就是這些都屬於仙佛世界資訊之傳遞，也就是所有想像出來的怪物，其實大都是真的，但大都存在於仙佛世界。

這提供了一個很好的理由，因為這些原本就是我們內心所知曉期待的世界，所以我們都非常容易受這些神幻故事輕易地吸引。

來自北方聖域，在百日戰禍之時加入道門，如今在廣濟商會的「修行契旅團」，這五人中之劉環，就是幻屬獅鷲之赤鵬種修煉化形。這次西極的驅魔任務，謫仙人也請他們幫忙配合。

這五人冒險團本就實力不凡，在道門這五年的修真裡，皆已達到「合體」境界，差大乘僅一步之遙，相較於摘星五仙之境界大都僅至「練虛」，實力明顯上大出許多，在道門之實力排名，可說僅次於光明聖使與玄明。

謫仙人預料五仙走陸路往西極，必然遭遇近年越來越多的花笑子，故在出發前，一早交代了「修行契旅團」一行，要他們在前往西極支援任務時，沿途特別注意找尋一群被花笑子圍住的五仙，順便把他們救出來。

劉環載著修行契旅團成員，後面跟著五匹獅鷲，在往西極的草原上空緩速飛行，遠遠就看到了被花笑子圍住的五仙們，遂直接飛到了五仙上空，大方地落在了這一群邪惡的花笑子上。

修行契旅團下了赤鵬與五仙招呼，劉環則未復出人形，眼神掃向花笑子，花笑子見狀皆紛紛退避，那五匹獅鷲則對花笑子，一隻隻的啄了起來，味道不佳的，還嫌棄的甩到了一旁，用那雙大大的鷲翅，飛舞拍打這群花笑子，極輕視的戲弄著。

花笑子眼見天敵到來，皆驚懼不前，多數已四散潰逃。

「大家沒事吧？我們是道門廣濟商會的修行契旅團，也是要往西極軒轅遺跡執行任務的，仙人要我們在路上順便帶上你們。一起來的獅鷲，是我們的好夥伴，請大家讓他們載一程吧。」

五仙不停道謝，早怕了那些花笑子，廢話沒說，都急著爬上獅鷲了。

「老大，我只想說……」

「嗯。」

「……這種心機，我只能說佩服、感恩。」

「嗯。」

「你說說感想。」

「嗯。」

「老大只會嗯，唉！」

「不然呢？」

「嗯，這是境界。」

「喔。」

「我一直在學。」

「嗯。」

「我在想……『剎滅獅吼』，應該可以震攝花笑子。」

「剛剛不試試？」

「方才看了赤鵬們才想到。」

「不然……下次有機會試試？」

「你還想有下次？」

「現在跳下去就行。」

「別開玩笑了。」

「難道不想確定一下？」

「嗯……我想想……」

「……勸勸他。」

「……拜託。」

「以後有的是機會。」

「嘯聲震波，應該可以做到。」

「小胡升，別搞事了。」

「不知你這獅吼能不能跟魔皇的比？」

「沒問題的。」

「只要境界別差太多。」

「嗯，差滿多的。」

「我忽然發現，以前那隻小喵，不見了。」

「我早發現了。」

「現在是凶獸好嗎？」

「而且是吾良、吾良啊！」

「你不也是戰神？」

「感覺不像。」

「還不成氣候。」

「是嗎？要不試試？」

「能乘著獅鷲，這樣吹著風，真是舒服。」

「剛剛有點像是做夢了。」

「應該現在比較像。」

「嗯，不會啦，你看看前面的二姊。」

「嗯，長髮飄逸啊！」

「嗯，二姊的法師模樣，很讓我著迷。」

「哼！嘴巴穩重點。」

「三哥的神鬼，怎不能跟花笑子比？奇怪了。」

「那、那位執寶的呢？」

「只是名字而已，叫著好聽，也不知實用不。」

「噓，被老大聽到，有你受的。」

「喂，老大啊！」

「唉！都好，我還在沉思，怎麼都不能跟那個境界比啊。」

「喔，是的。」

「我真是佩服。」

「我也佩服。」

五仙一行人乘著獅鷲，一路上嘮嘮叨叨的埋怨著，往軒轅城飛去。

到了軒轅遺跡，大夥已經都在正殿等候，皇城方面是楊定侯與寒衣衛八人，商會則是王儲與高可兩位會長，道門人數最多，有十六位，也包含了最近加入的謫星湖中之老孫。

眾人互相寒暄後，楊定侯對大家說道：「感謝各位支援此番任務，在下已探得魔軍主要根據地『鈴霍洞府』所在，預計今晚行動，避免魔皇眼線眾多，追了消息。根據情報，『鈴霍洞府』中之境界高手不少，坐鎮的是三位大乘境界魔使，我們這也有三位，趁其不備，我們應能順利完成任務。」

「嗯，那我們安排一下，今晚子時行動。」

「就這場子，俺老孫沒興致，懶得攪和，你們去就好。」隨即倒頭睡覺去了。

「……這？」

「無妨。」

謫仙人道：「且慢，魔皇必知聖人的西極自治規劃，不可能毫無反制準備，若換是我必定早設好陷阱等敵方上門，最理想的做法，還是直接叫門挑釁，畢竟要長期經營佔領，只有顯示真正強大的實力才行，這樣才能實際永恆穩定，所以與其偷襲，不如光明正大的挑戰。」

「這樣，好的，是我太心急了，那就依仙人建議，明兒，就由在下先去叫陣。」

一聽叫陣，老孫跳了起來：「這是俺最喜歡幹的活，讓老孫去吧！」

玄明道：「且讓楊右使先行，你想叫陣，未來有的是機會。」

第三十二回 魔皇血誓

仙魔紀元聖誌第五年小雪，魔皇西極據點「鈴霍洞府」大門外之前庭廣場，楊定侯驅退守護魔使，立於廣場中央，身披離象武裝，橫劃白銀穿魂槍，乘著熾火離合獸，肩上鴟儸天鷹，身後王儲、高可與修行契旅團並五仙眾人一列排開。

朗聲叫陣：「青華聖人座下金城鐵衛右使，與西極魔皇一眾魔使宣告：即日起，玲瓏陽界將全面由皇朝統治，請眾魔使乖乖配合趁早回歸幽冥，避免天威降臨造成爾等無辜死傷！」

「哪來的無知青黃小兒，什麼天威右使？這邊只有魔皇，就你這樣想挑釁，還遠遠不夠資格！」

「不想配合，就出來亮招吧！還是只敢龜在裡面，說說大話？」

「就憑你們，還不配我出手。」

「是嗎？乾脆把你們晦藏老大叫來吧，省得我一番功夫。」

「魔皇尊名也是你叫得？」

「我楊某叫得叫不得，出來會會不就知道了？」

「呵呵！小娃兒口氣不小，膽子也挺大，你去會一會他吧。」

一位魔使受命，出了洞門，橫立在楊定侯身前。

這魔使是巨人族之旁支「泰坦」，青面獠牙，象腰四臂，身高三丈有餘，恍若一座小山，其所練魔功，基本上不懼任何外力傷害，有些類似道門之如意金剛罩。

「進招來吧！讓本魔使看看你有何真本事，膽敢來這裡叫囂！」

楊定侯由鴟儸天鷹探詢告知，此人修體為金剛罩一類，全身並無死角。

「真是特大的靶啊，我恰好專門剋你！」

隨即左手捏玄冽訣，右手凝聚真氣，一聲道言叱喝，貫入了穿魂槍，一股凜冽至寒之氣息，迅速聚集槍尖之上，並散發異常耀眼奪目之光芒，楊定侯運起玄冽龍槍法，一式專門破盾之「貫體破形」，不耍花招，直接了當，整個人如箭射一般，飛撲了過去。

這魔使表情嘲笑，四手排掌交叉，一橫一握，對著楊定侯槍桿直劈了下來，正要與槍尖碰觸到一塊，將相觸之際，楊定侯旋身縮槍避過，這槍尖疾如遊蛇，一回一閃，結結實實的往魔使胸腹間穿了過去。

楊定侯以為得手之際，卻覺槍尖如擣棉花，似乎無任何著力之處，一股真氣如泥牛入海，源源不斷的被狂吞吸沒。

楊定侯一驚，隨即收斂警惕，側身踢腿連環，出掌拔槍，倒退而出，並與魔使距離拉開數丈。

原來魔使修為屬「北冥」功體，這種功體專吸他人真氣，全身皆如軟泥，幾乎不怕任何兵器，這倒叫鵾儸天鷹看走眼了。

不過要應付這種對手，對於楊定侯來說，還是胸有成竹的。

隨即又一式貫體破形直穿了過去。

一旁圍觀眾人有些不解，正想要不要出聲提醒一下。

魔使自信輕蔑：「真不長記性。」

這次魔使也不防此槍，依著體型優勢，一招摔跤手「撼拔」，作勢要將楊定侯抱住，只見楊定侯忽然拋槍離身，並側身縱走蹬足連環，一式飛躍上空，雙手疊掌交叉按住魔使頭頂，一股充沛道氣傾瀉直入北冥功體，魔使正得意間，忽然眼見懼色，極力反抗不得，漸漸身體脹大，兩眼突出，雙腳塌軟，終於支撐不住昏死了過去。

楊定侯回想師尊說過的，這種對手只能強拚境界，畢竟一旦碰觸，真氣不僅立時受損，招式威力更是大打折扣，只有一次貫入超過功體所能吸收的真氣範圍，讓他自行撐破，這北冥功體從此也就廢了。

「哼！廢物、愚蠢，腦袋不好使，竟不知自己的罩門，換你們去試試。」

魔使「奪魂四隱」隨即竄出。

楊定侯見勝了這一回，戰帖正要在下，猛不防，數尾長鞭，由四周攻了過來，楊定侯左支右絀，終是被圈住了四肢，眾人正以為動彈不得，這四支長鞭竟紛紛自斷，裂成了數節。

四隱一招未得手，隱身不見，正猶豫間，楊定侯立足之處，出現四道鬼鍊，同樣奪向四肢，制住了楊定侯，這鬼鍊倒是無形體，只是氣息之凝結，由此可知這四影境界非凡，能夠練氣化形。

這楊定侯被這無形氣息牽制了四肢，馬上又見四把死神鐮刀從四方角度揮了過來，這揮刀角度甚是奇特，只是招招很辣，處處指向楊定侯要害。

一旁眾人大叫：「卑鄙！危險！」

不知金鐵交集碰的一聲大響，四把鐮刀同時又斷成兩節。這實在把一旁眾人都看傻了。

這楊定侯身上的離象武裝，也太犯規了吧，四影見這四刀又毀，同步再抄起散發慘綠光之詭異匕首，向著沒有武裝保護的肌膚割去，眾人又是一聲呼叫。

在一陣赤光之後，四影不解的愣在一旁，正互使眼色要再次進招之時，楊定侯身上之鬼練束縛已除，立即一式蛟龍踏浪，向四影揮了過去，四影不敢硬接，又是再度隱身不見。

就這樣來回數十合，魔使奪魂四影只是遁逃，進招只是白費，楊定侯單人一個，卻也拿他們沒辦法。

遂縱身罷手，高聲叫到：「別叫這些沒本事的出來丟人了，裡面主事的，不要害怕，勇敢出來面對吧！若是打不贏我，絕對不算丟臉，畢竟當日魔皇晦藏也是跟我打個平手而已，必不好責怪你的。」

「哼！井底之蛙，就憑你嗎？」

一勢掌勁，不由分說，從洞府中奔了出來，隱約中竟現狻猊之形，王儲等眾人一見不妙，正要上前出手相助，這離象武裝，迅速變身為一血紅盾牌立於楊定侯身前，接著迅速化出九道遁器幻形在前方交疊陣列，這一矛一盾瞬間接觸交火，一如狻猊衝刑，一為石牛九尾，二股道形強擊交鋒，狻猊道體氣勢強韌，一連衝破九層石牛幻形，但終於在實體血盾面前力盡消散。

這時，離象武裝形態再變，狂牛幻形接連奔出，轉瞬間見數百道火牛直衝洞府，那人叫了一聲：「好啊！」一拳擊出，黑龍化形穿過，眾狂牛與之接觸，隨即不支而紛紛潰散。

「不愧為凝象九變，連老子剛剛那招都化得掉，還敢迅速反擊出招，難怪當時能與晦藏對上一二。不過你小子還是回去吧，這點功夫，老子還看不上，想要這鈴霍洞府，找個更高明的來吧！」

楊定侯雖不服氣，也不敢妄自行動，仍舊繼續在外挑釁著，卻見裡面的人，再也不搭話，眾人見狀只好先回去了，第一天無成果，看看第二天是否改變個方式。

隨後眾人回到軒轅遺跡大殿與謫仙人等商量著今日的情狀。

「對於這僅憑掌氣就能現出狻猊道體形態的，目前想想也只能是那一位『魔皇生狂』了。」

「他怎麼會在這裡？」

「應該是暫時幫忙晦藏的，畢竟五年前晦藏大敗後，請他兄弟來幫忙，也是正常的。」

「那表示我們若要選擇硬攻，可能會一同面對二位魔皇，這樣想完成任務恐怕相當困難。」

「沒錯。」

「硬攻是打不贏了，那該怎麼辦？」

「以生狂的性子，別跟他硬碰硬，倒是可以想辦法讓他跟我們賭上一賭。」

「賭？」

「是的，用賭注來約定，以他性格，若是輸了，必不會反悔，若他已做了決定，晦藏想反悔也拿他沒轍。」

「我們明天就這樣，如此如此這般這般。」

「此計甚妙。」

「虧你想得出來。」

「智星又不是叫假的。」

「好啊，就這麼辦！」

「這心機，真令人崇拜啊！」

「幸好，我們跟他是一道上的。」

次日，楊定侯等再次於鈴霍洞府廣場前叫陣。

「三戰兩勝，輸的就得要甘願點！」

「哦？要我出手，還想贏兩場？」

「還沒聽說你們那邊誰有這種本事？」

「你如果怕丟臉，也可以不用自己下場，隨便找個屬下應付應付也就是了。」

「呵呵！這種激將法對我可不管用，我可以出戰三次，你們那邊一人只能一戰，這是佔我便宜呢？還是要準備引誘我賭下去呢？」

「隨你怎麼想，反正我們說到做到，就我們目前在西極的這群人來比，如果我們輸了，從此西極一帶歸魔族管。」

「恩，這條件還真讓我有點心動。」

「若敢賭注的話，空口無憑，我們與魔皇要立下血誓。」

生狂心想，這種比拚實力的，毫無循巧空間，更何況要求立下血誓，這由造物主盯著的誓言，更不用說了，誰也不可能使詭計的，算算對方聖使玄明應已出關，若稱得上對手的，除了他還能有誰？楊定侯本算上一份，昨天表現，要贏他又不難，若嚴格來說，玄明也不可能是他的對手，那謫仙人等，更別說了，他們哪來這自信啊！隨即又問了一下晦藏，既確定沒問題，那麼就定下囉，省得我要一直在這邊幫忙顧著。

「那好吧！就定三戰取兩勝，我若輸，魔皇勢力從此退出玲瓏陽界，你們若是輸了，這西極疆域連結至太玄湖中心點一帶，南至不周山，北至崑崙河，就從此全部歸我魔族勢力統治吧。」

「魔皇方面已由晦藏授意我生狂代表立誓，你們呢？」

「青華聖人旨意，已交由行者代表。」

這種賭注，在魔皇看來，皇朝是絕對沒有任何贏的機會，為什麼這麼篤定的要求這必輸的賭注？

皇朝為何信心滿滿？這謫仙人的佈計到底是什麼？又將會是誰？能有把握贏得了魔皇中實力最強的生狂？

麗水系族並獅鷲、龍族與皇朝的關係，將會如何發展呢？皇城疆域中太玄湖綿延至西極地帶，能順利形成永恆自治嗎？

幽冥欲界至尊執妄童子，又會在未來世界中扮演什麼角色呢？

靈子修行藉體的研究，從「坎體正形」到「乾道厲形」已大幅延長藉體使用年限，將來又能達到什麼樣的便利特性與成就水平呢？

花笑子也是藉體之一，那這類邪物是怎麼發生的？世界到底還有哪些怪體異形，與邪物害厲或者有沒有更多的仙族神獸？

道體真身是靈子修行的成就，以謫仙人的縱橫道體能與九蛇融合，那又會是如何奇特的模樣？

菲菲、洛神與五仙的修煉進展，這部分主線內容，會有哪些令人驚奇又有趣的故事發展呢？

七星寶識，到底是多強大的太玄絕學？是不是所謂已接觸世界之道的領域，那這道之領域又是什麼境界？

拍得凝象九變七星劍靈的這人，是友是敵？這劍靈有可能回到楊定侯身邊嗎？又其餘九變神器，隱藏在何處？

這世界上有著絡繹不絕的遺跡尋寶隊伍，到底那些寶物是怎麼來的，是上古聖戰遺留，還是自然造化道器，又或者，是造物主刻意放上去的？

刑天之劍、聖魔武裝、神匠鑄造、五方聖獸、離經叛道，這些常見的神秘詞彙指的又會是什麼？

玲瓏世界道器不知多少，玄明一行人有可能順利取得上乘道器嗎？他們未來的江湖遊歷，會遇到那些有緣人呢？又到底會是多感人肺腑又驚險刺激的冒險呢？

既知老孫就是西遊記之悟空，那麼他的觔斗雲呢？金箍棒呢？又會是在何處？

創仙誓玄明聖使傳第一話「荒原宇宙開幕」，到此先告一段落，接下來將描述仙佛世界真實歷史的，為第二話「荒城聖域」，乃述說道門玄明一行人初次江湖之歷險，將進一步呈現荒原宇宙多變幻之瑰麗樣貌，與神奇多樣性之各式造化物種，荒原宇宙所以名為極樂世界之種種理由，將逐步在創仙誓系列中呈現予讀者，敬請您熱切期待。

接下來的，提供本話之「番敘外事篇」八個小故事，內容也是溫馨有趣，敬請各位讀者欣賞。

番敘外事第一篇

藉體狂人——柳風

在荒原宇宙中，靈子所依存之藉體亡滅之後，基本上必不由自主的回返幽冥，等候尋找陽界之新生藉體，這種方式缺乏效率又充滿了意外危險。

這原本是於陽界中修行的靈子，所必然要面對的問題，然由「藉體移魂術」之發明，徹底改變了這個規則。

經由「藉體移魂術」，能免去回轉幽冥步驟，而直接於陽界遁入其他新生藉體，在華梵世界中之修行者，多數尚未掌握這「藉體移魂術」之時，「柳風」正是一位早將此術練的爐火純菁的十世藉體狂人。

這種不斷更換靈子依存藉體，來達到永存陽界修行的目的，這種方式即稱為「藉體輪迴」。

魂識覺醒自我成為靈子，必在幽冥界方能形成，故追根究底來說，每一個陽界種族之靈子，都來自幽冥，而靈子於幽冥界為求生存之聯合部落，即稱為「八識王」。

柳風，即來自於幽冥八識王，他執著於靈子藉體的強化與改造，算是已接近瘋狂執迷的程度，透過「遁體指南」與「藉體移魂術」，不斷的在陽界更新他的藉體，而柳風這一身分，即是從聖魔大戰時期以來，他所更換的第十一個藉體。

來到皇城欽天鑑，自然也是為了尋求藉體創生改造的方法，而這源自於「造生經」之傳說，這是十七天外聖始「明道」所傳，專門針對生物藉體形成方式的一部最詳細的研究經藏。

在欽天鑑多年探訪詢查後，得知「造生經」或許被收藏於皇城內院藏經閣之中，因此由玄珠一事，被皇朝關押入鐵衛天牢中時，恰好是他進入皇城尋找「造生經」的最佳機會。

由於他的「藉體移魂術」已出神入化，任何剛出生之生物形體，都能當他之臨時藉體，比如他隨身攜帶的「遁地鼠」，即是用特殊方式保存之新生藉體，由此自由出入天牢，而不為人所知。

事實上在天牢這段期間，皇城中經歷了百日戰禍，他也沒能找到這部造生經，一直到青華聖人主政後，因知曉其來歷，將柳風釋出天牢，並編入專門負責靈子藉體的研究單位，之後在玲瓏世界五年中，將靈子藉體發展到第三階段的「乾道厲形」，這種藉體的突破成果，大幅增加了藉體使用壽命，達到三百年左右，這就是由他主導所研究出的成就。

藉體的發展，對於靈子於陽界修行，有非常重大的實際意義，柳風經由研究藉體的無私貢獻，在華梵世界中，成為最早登上太乙金仙境的修行者。

已知靈子於宇宙陽界之藉體介紹

第一階段為「坎體正形」：就是地球人類的身體，可經由種族繁衍生成，這藉體壽命年限在一百五十年左右，有繁雜的生物需求。

第二階段為「離象幻形」：這階段可經由坎體正形修練升階，提高壽命約二百五十年左右，與初階相較，能降低至少五成的日常生物需求。

第三階段為「乾道厲形」：這階段僅能人工造出，相較於前二階段，壽命提高至三百年，主要是大幅減少生物需求。

第四階段為「坤道化形」：如同第三階段，差別在壽命增加至六百年，且幾乎可以忽視生物日常需求。

第九階段為「鴻蒙」，目前最高階段，無任何生物需求，壽命也無侷限而為永恆，能依靈子自身條件化形成獨特個體，或者於靈子能力足夠時，暫時性的變換各種想像的型態樣貌，是能將意識想像即成實際的最上乘藉體。

創仙逝所敘述之仙佛歷史時段，靈子藉體發展僅到第四階段坤道化形，而如今仙佛世界，則早已發展至鴻蒙藉體階段了。

番敘外事第二篇

修行契旅團——神器

華梵世界的北方荒城聖域，是一處長年皆處寒冬之地，尤其接近北方雪山一帶。

這裡有一座長年冰凍之湖，站在上面如同照著鏡子一般，人影輪廓清晰可見，在光線照耀下，更是七彩紛呈，格外亮眼。

這湖名為「廣寒湖」，在聖魔大戰時期，曾有一段時間因交戰關係，導致湖面解凍，後來隨著大戰結束，也漸漸的恢復了原貌，聽說聖魔戰神青陽子就是在那湖上面自爆元神的。

「那這樣說來，他的隨身神器有可能在這湖下方囉？」

「嗯，我認為可能性極高，以我的尋寶直覺，也能感受到這湖底必有寶貝。」

「問題就在如何打破這冰面下去尋找。」

「我們五人，可沒一個熟悉水性的，若真在湖下方，也難以取得。」

「我在想，若千百年來都沒解凍過，那這層結冰湖面，肯定要非常厚才行，說不定……」

「說不定什麼？」

「說不定藏著神器的湖底，都是冰塊，根本沒水。」

「嗯，這是有可能的。」

「如果是這樣，那團長你盡量確定藏寶位置，我們動手挖挖看。」

「根據我的技能判定，至少離湖面一里以下，當然只要接近了，我必能確定位置。」

「如果破這一里深的冰層，只要中途不進水，那就僅僅是時間問題了，可以試試。」

「重點是這神器有這價值嗎？」

「華梵世界最強神器，你說有沒價值？不過也可能不是神器啦，但是有寶貝是肯定的，就看大家要不要賭看看了。」

「尋寶這行，本來就是要賭的啊，過程能享受就好，萬一賭對了，那可是大大的驚喜啊！」

「呵呵，那麼大夥若沒意見，就準備動手囉！」

「在這片冰湖上面，要做長期挖掘準備，也得避開意外來客的耳目，那就勞煩『景元』先佈個陣囉。」

「我來準備工具。」

「我準備大夥要食的。」

「預計至少需要百日，大家先有個心理準備。」

「嗯，沒問題的。」

「當作冰地露營，也挺好。」

劉環：「我可以呼喚獅鷲來幫忙，他們也習慣挖冰層，能幫我們節省不少時間的。」

高震：「破冰面這粗活就由我來吧！」

「嗯，勞煩二位兄弟了！」

這五位是冒險者——修行契旅團，團長彭九元發現這冰湖下的寶藏位置後，與其團員在這冰湖上方展開了挖掘，原本預計三個月時間就能達到一里深之藏寶處，沒想到這冰層厚實堅硬的程度超過想像，足足花了一倍的時間，才到達寶藏位置，幸運的是，一次著二項神器，一個凝象九變之藉體武裝神器離變，一個是探敵神器坤變。

這離變外型如同一件裝甲戰衣，全身宛如燒著赤火，在挖到他之時，身旁竟沒結冰，而是被一圈湖水圍著，而旁邊就是這坤變神器，這坤變外型就如一個金屬圓球，上面佈滿奇特的紋路，最特別的是上面的天鷹與獨狼之形狀，簡直如活的一般生動，從內部不斷散發著光芒，在圓球上面的紋路上流轉躍動。

這五人冒險團挖掘到這二項神器後，隨即動身前往皇城疆域，團長一路上研究這二項神器，最後卻發現早生器靈，只因沉眠二千年之久，所以在發現時沒能察覺，想來想去，最後只好決定將之拿去拍賣換錢了。

番敘外事第三篇

丘山洞府——血案

日既西傾，車殆馬煩。爾乃稅駕乎蘅皋，秣駟乎芝田，容与乎陽林，流眄乎洛川。于是精移神駭，忽焉思散。俯則未察，仰以殊觀，睹一麗人，于岩之畔。

乃援御者而告之曰：「爾有覿于彼者乎？彼何人斯？若此之艷也！」

御者對曰：「臣聞河洛之神，名曰宓妃。然則君王所見，無乃日乎？其狀若何？臣愿聞之。」

余告之曰：「其形也，翩若惊鴻，婉若游龍。榮曜秋菊，華茂春松。仿佛兮若輕云之蔽月，飄飄兮若流風之回雪。遠而望之，皎若太陽升朝霞；迫而察之，灼若芙蕖出淥波。襛纖得衷，修短合度。肩若削成，腰如約素。延頸秀項，皓質呈露。芳澤無加，鉛華弗御。云髻峨峨，修眉聯娟。丹唇外朗，皓齒內鮮，明眸善睞，靨輔承權。瑰姿艷逸，儀靜体閒。柔情綽態，媚于語言。」

奇服曠世，骨像應圖。披羅衣之璀粲兮，珥瑤碧之華琚。戴金翠之首飾，綴明珠以耀軀。踐遠游之文履，曳霧綃之輕裾。微幽蘭之芳藹兮，步踟躕于山隅。于是忽焉縱体，以遨以嬉。左倚采旄，右蔭桂旗。壤皓腕于神滸兮，采湍瀨之玄芝。

余情悅其淑美兮，心振蕩而不怡。無良媒以接歡兮，托微波而通辭。愿誠素之先達兮，解玉佩以要之。嗟佳人之信修，羌習禮而明詩。抗瓊珶以和予兮，指潛淵而為期。執眷眷之款實兮，懼斯靈之我欺。感交甫之棄言兮，悵猶豫而狐疑。收和顏而靜志兮，申禮防以自持。

于是洛靈感焉，徙倚彷徨，神光離合，乍陰乍陽。竦輕軀以鶴立，若將飛而未翔。踐椒涂之郁烈，步蘅薄而流芳。超長吟以永慕兮，聲哀厲而彌長。

爾乃眾靈雜遝，命儔嘯侶，或戲清流，或翔神渚，或采明珠，或拾翠羽。從南湘之二妃，攜漢濱之游女。歎匏瓜之無匹兮，詠牽牛之獨處。揚輕袿之猗靡兮，翳修袖以延佇。

休迅飛鳧，飄忽若神，陵波微步，羅襪生塵。動無常則，若危若安。進止難期，若往若還。轉眄流精，光潤玉顏。含辭未吐，气若幽蘭。華容婀娜，令我忘餐。

于是屏翳收風，川后靜波。馮夷鳴鼓，女媧清歌。騰文魚以警乘，鳴玉鸞以偕逝。六龍儼其齊首，載云車之容裔，鯨鯢踊而夾轂，水禽翔而為衛。于是越北沚。過南岡，紆素領，回清陽，動朱唇以徐言，陳交接之大綱。恨人神之道殊兮，怨盛年之莫當。抗羅袂以掩涕兮，淚流襟之浪浪。悼良會之永絕兮。哀一逝而异鄉。無微情以效愛兮，獻江南之明璫。雖潛處于太陽，長寄心于君王。忽不悟其所舍，悵神宵而蔽光。

于是背下陵高，足往神留，遺情想像，顧望怀愁。冀靈体之复形，御輕舟而上溯。浮長川而忘返，思綿綿督。夜耿耿而不寐，沾繁霜而至曙。命仆夫而就駕，吾將歸乎東路。攬騑轡以抗策，悵盤桓而不能去。

也。

此世人述文以顯洛神之華，直如親見，本為正顏，乃循之以為此番外篇之序

洛神，為華梵世界中極其稀有之種族，屬神族六翼神使突變之異種旁支，十七天外明道聖使於荒原造物，在幻化六翼神使藉體時，意外出現的衍生物種，所以在隸屬上算是道門之一環。

這種族只有一支，歷代隱居在皇城疆域西極地之群山洞府中，位置極其隱密，稱名「丘山洞府」，洞外層層結界保護，外人不得其門，皆難以窺視入內，長久以來，與世隔絕，世人大約只聞其名，不得見其真身。

會出現洛神臨世消息，還得從故事主角「貎端星——賈蝶」說起，只因先天體質之故，每月必要固定前往外界修練功體，才能恢復藉體元氣，長期以往，自然衍生禍端，這其後因果，也就顯然明白。

這一天，數道冷冽掌氣，夾藏化靈滅能陣法，輕鬆的破壞了丘山洞府外的護陣。

「躲在這什麼地方？難怪遍尋不著，還以為結界有多強，沒想到三兩下就解決了。」

「魔皇交代，只獨留一個，其餘都要滅了，真是可惜啊，真不知怎麼想的。」

「你有幾顆腦袋，敢質疑魔皇？萬一我想……嘿嘿。」

「你可以想，我會先滅了你！」

「不敢，畢竟我們一組行動，生是同生，死也是同死，只是魔皇的交代，我們只能做就是了，唉！此族也要絕種了。」

魔使太鸞與王豹二人，站在丘山洞府前，正發著小牢騷，準備開殺的冷眼無情模樣，讓人見了不寒而慄，心裡直打哆嗦。

眼前出現數十位六翼神使圍了上來，為首言道：「我族與世並無爭競，當無仇怨，緣客既來，何由壞我洞府防壁？或者是有所求，不妨直言，老朽若辦得，皆無不允。」

「你的確辦得，給出性命便是，另外再交出這位。」隨即展開畫像。「看完了吧，交出人來就行。」

族長：「要老朽性命，並無不可，只是此女私自外出，違背祖訓，早被我逐出族外，老朽也不知其去向了。」

「騙誰呢！自從發現她之後，我們就沒看到她出來過，反正你們不交，我們自己尋去，只是性命都得全給我交代了！」

族長欲再言，雙魔使卻不搭理，直接殺了起來，眾人久不歷世事，本非鬥殺之族，皆無能為對手，不一會兒，已遍地屍骸，皆沒了性命。

只見原本美如仙境之洞府，卻一瞬間成了修羅地獄，地上鮮血滿佈，匯聚集流成河，洞府內老弱婦孺，嚇成一團，也不敢做聲，嗚嗚咽咽的忍著哭泣。

二魔使隨後直入洞府，心中毫無半點惻隱，將洞府裡裡外外數百個石室殺了個遍，硬是沒留下半個，最後在一處隱密夾壁內，發現了畫像這位，遂綁了去，送回了魔皇西極基地「鈴霍洞府」。

番敘外事第四篇

是友是敵——神匠高丙

聽說七煞商會的拍賣會上，必有我要的好東西，這番果然不假，沒想到能讓我重新見到了它。

本來對這拍賣是一點興趣也沒有的，承蒙老魔熱情相約，就陪她去了一趟。

自從二千多年前聖魔大戰結束，他自毀元神後，我都能感受到他身上器靈們的哭泣聲，日日夜夜，幾乎從無休止，這讓我也停下了手上的研究工作，開始尋找它們的蹤跡。

然而二千多年過去了，我走遍了這個世界各個角落，依然沒有任何的蹤跡，縱使有時有所感應，卻是如近似遠，像幽魂般，摸也摸不著，一次次的期待，都是伴隨著必然的失望，早已失去了的心，讓我的雙眼，疲乏的不想再為誰張開。

好友啊，你魂歸幽冥，我無能尋你助你轉生，也應保佑我找到你的親密戰友啊，唉，我的孩兒啊。這是一次又一次不斷出現在我心裡的吶喊，好幾次想要放棄，都是孩兒們的嗚咽聲，要我千萬別放棄，……還是，你終究仍在世間，並沒有煙消雲散嗎？

這天可憐見，讓我又重新遇到了這把七星劍，這名字「劍靈」是它自己取的吧，唉，天生萬物，精神致靈，它們就像我的孩兒，他們的痛，讓我刻骨銘心，感同身受。

好友啊，那麼，如今，你在哪呢？

也罷，先完成我對老魔的承諾吧，一件九變，幫他鑄造一件趁手兵器，雖然我知道老魔是你的對家，但承諾就是承諾，這也是你向來堅持的，對吧。希望我的這些孩兒，永遠沒有互相對陣的一天。

番敘外事第五篇

菲菲的寶物——世種

楊信叔叔要給菲菲的寶物，會是什麼呢？菲菲真的好期待呦！

菲菲小心翼翼的將這袋子裡的寶物，慢慢倒了出來，小小顆，一粒粒的，各種顏色都有，菲菲細數了一會兒。

「仙仙呦，總共有九十八顆呦，這些是什麼啊？」

「那寶物稱為世種，妳只要細心呵護照顧，它就會長出妳最愛的口糧。」

「是真的嗎？那菲菲應該怎麼照顧它們？」

「它們要直接住在地面上，才能讓妳看到奇蹟，在我們屋子外有一片大的空地，妳可以讓它們自由的生活在那兒。」

「它們好像都沒有醒著，我是不是應該先叫醒它們？」

「不用的，妳讓它們生活在地面上，就會自己醒過來了。」

「是呦，那這邊這麼多顏色，是不是種族不同，我要不要先幫它們分一下，不然吵架的話，是不是很麻煩？」

「都可以，它們不會吵架的，它們只會長出菲菲最喜歡的口糧。」

在菲菲眼中，任何事物都是有靈性的，不會說話的，只不過睡著沒醒過來而已，她一出生睜開雙眼所看到的，就是與自己截然不同樣貌的生物或者是東西，對她而言，眼前所有見到的，就是這世界的一份子，她自小在靈谷中獨自生活，早習慣與環境中所遇到的東西聊天，有些與她對話上了，她就帶在身上一起遊歷這個世界。

這些朋友，都是她在世界上所認識的也是最親密的家人，說來也只有他們認識菲菲而已，對菲菲而言，是絕不會放棄任何她所珍視的這一切，直到遇見謫仙人。

這種對萬物珍惜的情感，可說是造物的執心與不捨。縱使是一草一木，甚至是一粒沙塵，可都是造化啊。

番敘外事第六篇

護寶仙之情愫——靈好

十年了，距上次「雪中御酒」十仙聚會，已過十年了，一直沒有他的消息，何時能再辦一次啊。

「看妳這麼想念他，乾脆就直接去找他得了。」

「沒有名義，怎好意思呢？」

「姊姊我陪妳去，省得天天看妳唉聲嘆氣的，都這麼久了，妳不嫌煩，我都聽厭了，呵呵！」

「嗯……那、那我去準備準備。」

「說走就走啊，哈哈，我這妹妹真是癡情種啊！」

「聽說皇城那邊有些趣事，比如最近要辦的黑市奴隸拍賣，我有關係可以弄到會員證，順便去逛一逛吧。」

「那地方……我不喜歡。」

「是嗎？我想那人應該會去的，畢竟他主持那邊的局面，得事事兼顧的。」

「是嗎？那好吧，去看看也好。」

「唉，該怎麼說妳好呢？怎麼說妳也是龍女一族，姿色條件，樣樣上乘啊，就那般沒自信啊？」

「這……我就缺乏這個。」

「這次妳要把握機會，至少把妳的心意傳達給他，他能不能接受，妳總是得去面對的，若真萬一，也好讓妳死了這條心，勝過天天這樣思思念念的。」

「也是，我只是怕不能承受他的拒絕。」

「妳都不在乎因為他而影響妳的修行境界了，還怕他拒絕妳這種事，唉，感情事執著深入，越走是會越痛苦的啊！」

「嗯……也是。」

「多想想吧，這世界上，人生能作為陪伴的很多，又不只限於人種，像妳守護的這麼多寶器，不也是心都向著妳的，也都是好夥伴啊。」

「嗯，是啊，但我就特別地在乎他啊！」

番敘外事第七篇

皇子之下落——五仙

「老大，仙人要我們到這邊找那位皇子，不知道有沒有危險？」

「有的，但不照他的命令，我們會更危險。」

「嗯，說的也是。」

「唉，完了，仙人是好人，仙人是好人，仙人是好人……」

「你毛病又犯了喔？」

「別吵，我得專心。」

「噓，有人來了，我們得趁那群獨狼行動後再開始，現下就這樣躲著。」

「你要念經，心念就好，別發生聲來。」

「這樣我怕沒有效力，不夠虔誠。」

「不會啦，你試試看，幽環不會發作的。」

「我哪敢試啊！還是你試給我看？」

「神經病，有人會拿這開玩笑嗎？」

「注意，我看約定時間快到了，這任務對我們來說不算困難。」

「在經歷了那邊那個谷、陣之後嗎？」

「是啦，還有什麼比得上那邊啊？」

「就像尋寶一樣，精準目標，講求效率。」

「所以？」

「你定好目標了嗎？」

「嗯。」

「在哪？」

「嗯。」

「老大在嗯，就是僅止於說說而已，你別為難他。」

「老說廢話，有意義嗎？」

「準確地說，目標是有的，因為依照這邊的建築與地形來看，能藏人的地方，也只有那一處而已，只是……」

「只是什麼？我幫你說，那邊就是一群守衛，而且只有一條通道。」

「對，要趕走那一大群，憑我們五人，有些勉強。」

「得看看獨狼偷襲後，有什麼變化沒有。」

「這基地人還這麼多，我看有點難，皇子多麼重要啊，他們怎麼可能擅離職守？」

「嗯。」

「別再嗯了，快想想辦法！」

「調虎離山？」

「別鬧了，又不是只有一隻守衛。」

「引蛇出洞？」

「三哥，這二句是一樣的。」

「魅惑？」

「你以為是菲菲啊？」

「遁地？」

「這裡是大牢那一類的，要遁到哪去？」

「迷藥？」

「你帶了嗎？」

「我們從不使這些手段。」

「說點有用的，好嗎？」

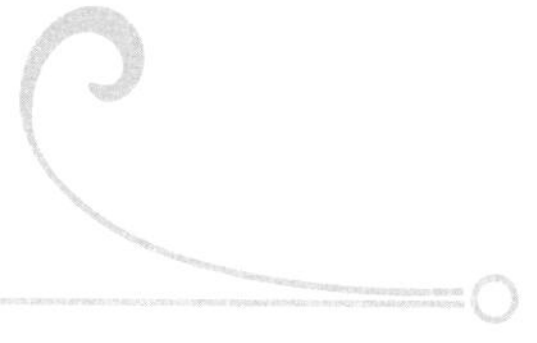

「其實我想來想去……」

「有主意了嗎？快說來聽聽。」

「沒，只是想說真沒辦法。」

「……」

「也好，練練瘋話，有助於我們轉移注意力，不對那人產生怨氣。」

「你還真是樂觀，這精神與態度都很好。」

「唉，我怎麼跟你們這一群笨蛋在一起這麼久啊……」

「二姊，妳還好嗎？」

「好的很，何必迷藥，要毒我有的是，效果也不差的。」

「對吼！」

「這樣就能解決了，都忘了二姊的毒，超恐怖。」

五仙就這樣，最後終於把皇子救出來了，其實也滿順利的。

番敘外事第八篇

晦藏之心——是或非

自從接了天魔旨意，晦藏總是盤算著，該如何應付天魔並演上這齣戲呢？

魔神世界還是仙魔世界都沒差吧，我只希望能在這美麗地陽間，能心情舒服得培育靈子幫助他們修行而已啊。

雖說絕對的壓力才是進化的根本，那也得適當才好，一但過度了，就不能算完美了。

嗯，打城戰要調重兵啊，十日之間要求這百萬數量，就算集結陽間各地魔軍也是遠遠不夠，只能再從冥界調動了，還有藉體庫存可能要用上了。

要將洛神滅族啊，也不知他們怎麼想的，這一旦毀了，還要得回來嗎？藉體突變演化，又不是可以操作的事，我哪能無情地說滅就滅，當作無事般輕易啊？

還要幫戾皇啊，唉，這小人也值得我去協助？

總之，算了，就照旨意來一場殺戮吧，稍微放個水，應該看不出來吧，說不定，天魔既然找我，本來就是打算要放水了吧。

至於天命皇子，我會有自己的打算的，因為我還是比較喜歡陽間世界這種豐富精彩的美好修行環境啊。

本話後敘

道門——創仙誓「玄明聖使傳」這第一話荒原宇宙開幕，主要描述荒原宇宙仙魔世界誕生成型之過程，以及靈子自我覺醒乃至邁向真正修行化真之旅程。

地球人間也如同仙佛世界一般，是由造物主所創造之虛擬宇宙，而造物主之目的，自然在靈子修行觀念之教化，與造物主們所期待或需要之適性靈子取擇，所以創仙誓所描述之一切內容，諸如天外視角、修行真相等等，是與我們人生之真正目的息息相關。

故由此能理解造物對這地球道場之規劃運作，皆是要磨練我們的心智，以激勵我們成長進化，所以我們對於人生所遇到的各種困難境遇，都應該持有積極樂觀面對考驗的正確態度，才能立下人生真正有意義的目標與方向，這比如放下一些不必要的執念與痛苦，避免因此困擾自己，或者形成更大的傷害與麻煩。

我們由故事中諸多人物之表現，來體會人間各種平凡多變之樣貌，有悲傷才有歡笑，有痛苦才有醒覺，有策計才有成就，有失望才得奮進，正是這麼一個未知、實際、豐富、有趣的世界，才讓我們的人生充滿了期待嚮往，而這才是真正所謂極樂世界之意義。

比如謫仙人之智、應九通之仁、楊定侯之勇、高蘭英之巧、陳繼真之政、識惡之實、暗黑之謀、生狂之妄、幽夕之險、文止之怯、晦藏之善、菲菲之真、王儲之義、朱升之識、高丙之信、妤靈之情、四玉之護、善才之願、五仙之喜、柳風之執。

再看玄明之誠、洛神之麗、高可之怪、轟雷震之直、王昊德之厚、姬叔禮之穩、修行契旅團之誼、戾皇之貪、器靈之忠、太鸞之無奈、花笑子之大癡、獅鷲之高傲等等。

或許讀者能由此觀察體會仙佛世界，其實也如同人間，只是思維上與人生目標上不同罷了，而這關鍵皆在於是否明白靈子修行之意義，與是否認識靈子修行之極度成就與樂趣，這就是創仙誓想要與大家分享的世界真相。

國家圖書館出版品預行編目(CIP)資料

創仙誓 : 玄明聖使傳. 第一話, 荒原宇宙 / 履咸引路大過述言作. -- 高雄市 : 學易門文化事業股份有限公司, 2024.03
面 ; 公分
ISBN 978-626-97774-1-9(平裝)

863.57 113002659

創仙誓　玄明聖使傳

第一話：荒原宇宙

作者：履咸引路大過述言
發行人：蘇欲同
出版者：學易門文化事業股份有限公司
地址：高雄市鳳山區過埤里田中央路 77 號
電話：(07) 796-1020

出版年月：2024 年 3 月
定價：540 元
印刷數量：1,000 本（平裝）
美術設計：蘇尹晨
美術編輯：學易門文化事業股份有限公司
素材來源：Freepik.com

ISBN：978-626-97774-1-9